KB055671

더 블 데 이 트 ?

"그래도 뭐──

너라면,

괜찮겠지."

하트에불을붙여줘

Chitose kun ha
Ramune bin no
Naka

야마자키 켄타

c o n t e n t s

Chitose kun ha
ramune bin no
naka

치토세군은
속라무네병
에

일러스트 / 히로무
[hiromu]
raemz

4

프롤로그 찾던 밤하늘

달려도, 달려도, 따라잡을 수 없었다.
뛰어도, 날아도, 닿을 수 없었다.

예전부터 지는 것에는 익숙하다.
열등감은 친구다.
몇 번을 벽에 부딪혀도, 풀 죽지 않고, 긍정적으로, 똑바로 나아가다 보면 분명 미래를 붙잡을 수 있을 거라 믿어왔다.

──태양에게 받은 이름에 걸맞은 자신이 되고 싶다.

하지만 역시 때로는 외톨이라는 게 두려워지는 밤이 있다.
내가 나아가려 하는 곳에 나 같은 아이는 없으니까.
세상에는 정신없이 발버둥 쳐도, 안간힘을 써봐도, 어떻게 해볼 수 없는 게 있을지도 모른다.
어쩌면 계속 헛발질만 하고 있는 게 아닐까 해서.
……아니, 그게 아니야, 그것뿐만이 아니다.
무엇보다 가장 두려워했던 것은 언젠가 사소한 계기로 내 안에 있는 새빨간 불꽃이 사라져버리는 것.
이제 여기까지라며 얄팍한 미소를 지으며 멈춰 서버리

는 것이다.

저기, 가르쳐 줘, 방과 후 체육관.

나는 10년 뒤에도, 20년 뒤에도 후회하지 않는 지금을 달려가고 있어?

언젠가 돌아보았을 때, 가슴을 펴고 당당해할 수 있을 정도로 온 힘을 다하는 지금을?

저기, 가르쳐 줘, 땀으로 범벅이 된 리스트밴드.

내 햇살은 소중한 누군가의 하트에 닿았어?

이런 자그마한 몸집으로도 증명하고 싶거든.

뜨거워지는 것은, 진흙투성이가 되어서 노력하는 것은, 꼴사나운 게 아니라는 걸.

그러니까 착각하지 않게끔, 놓치지 않게끔, 자신을 포기하지 않게끔.

나는 이 가슴속의 정열을 전부 받아들여 줄.

──소중한 달을 찾고 있었다.

1장 방과 후 수영장에 맨발의 포니테일

여름의 입구에는 표식이 굴러다니고 있다.

방과 후 제1체육관에서 문득 그런 생각을 했다.

아마 책가방을 멘 아이들이 제일 먼저 눈치채고, 정장을 입은 어른들은 좀처럼 눈치채기 힘들어지는, 자그마한 세계의 비밀 같은 것.

예를 들자면 그것은 짤랑, 귓가를 스쳐 가는 풍령 소리나 스쳐 지나가는 아이들이 풍기는 수영장 냄새, 멀리 아스팔트에 일렁이는 신기루, 새로 나온 냉라멘 전단지, 또는 모기에게 물려서 손톱으로 가위표로 눌러댄 내 팔이나 장딴지.

마치.

——지금부터, 여름.

그렇게 가르쳐주는 것처럼.

언제나 계절이 바뀔 때는 **징조** 같은 게 있지만, 이 시기에는 특히 잔뜩 있는 것처럼 느껴지는 이유가 뭘까.

우리는 1년 중 가장 긴 휴일을 손꼽아서 기다리던 그 무렵부터 계속 여름에게 사로잡혀 있는 긴지도 모른다.

어떤 만남이, 모험이, 신기한 일이 기다리고 있을까——.

그렇게 마음 한구석이 근질거리니까 '이제 여름이다', '봐, 여름이지'라는 식으로 일상의 사소한 것들까지 전부 표식으로 받아들여 버리는 것이다.

끼익, 농구화가 살짝 스치는 소리가 내 생각을 가로막았다.

그렇다.

예를 들어 지금, 이 순간.

——올해 여름은 사이다 거품처럼 톡톡 터지는 여자애들의 땀이 데리고 왔다.

*

7월 1일.

호쿠리쿠답게 질질 끌고 있던 흐린 날씨는 온데간데없어졌고, 요즘은 마치 우울해졌던 마음을 깨끗하게 씻어내 주는 것 같은 푸른 하늘이 펼쳐져 있다.

작년보다 일주일 빠르게 진행된 기말고사도 무사히 끝났다. 오랜만에 옥상에서 소설이라도 읽다가 집에 갈까 생각하던 방과 후, 아오미 하루가 나를 불러세웠다.

　이야기를 들어보니 오늘은 평소보다 연습을 가볍게 하고 끝낼 예정이니 끝난 다음에 근처 공원에서 캐치볼을 하자는 것 같았다.

　옥상에 있을 테니 끝나면 연락하라고 말하자, 옆에 있던 나나세 유즈키가 그럴 거면 연습을 보러 오라고 했다. 고문인 미사키 선생님과 마주치는 건 좀 껄끄러웠지만 굳이 사양할 정도의 이유는 아니었다.

　그렇게 결국 두 사람에게 끌려가는 형태로 체육관으로 왔고, 2층의 난간 너머로 견학을 하게 되었다.

　일단 자판기에서 시원한 사이다를 사서 돌아오자 아래쪽에서는 헐렁한 티셔츠와 반바지 차림의 여자애들이 이리저리 뛰어다니고 있었다. 코트 위에 있는 사람 중 절반이 숫자가 새겨진 푸른색 팀 조끼를 입고 있는 걸 보니 시합 형식으로 연습을 하는 모양이었다.

　끼익, 끼기긱, 퉁퉁.

　농구부스러운 소리가 리드미컬하게 연달아 울렸다.
　"센, 나나(유즈키) 체크. 느려!!"
　조끼를 차고 있지 않은 팀의 중심으로 보이는 하루가 자기 팀을 향해 소리쳤다.
　지시를 받은 여자애는 급하게 나나세의 슛을 블로킹하

려 했지만, 높은 타점에서 한 손으로 날린 3점슛은 쉽사리 고리를 통과했다.

"바로 치고 들어가자. 속공!!"

아군의 스로우 인을 받아든 하루는 다리에 힘을 꽉 주고 총알처럼 뛰어가기 시작했다.

몸을 약간 앞으로 구부리며 낮은 자세로 적진 한복판을 향해 돌진했지만, 생각했던 것보다 상대방의 방어가 두터 웠는지 날카롭게 브레이크를 잡고는 멈춰 섰다.

다시 시작이라는 듯이 힘을 빼고 윗몸을 일으키고는──.

"바깥!!"

나나세가 그렇게 외쳤을 때는 이미 몸 뒤쪽을 지나친 노 룩 패스가 왼쪽 사이드를 뛰는 팀원을 향해 뻗어가고 있 었다.

"우미(하루)는 내버려 두지 마!"

곧바로 나나세가 지시를 내렸다.

하지만 하루는 그 순간의 빈틈을 찌르며 수비를 돌파했 고, 같은 팀원이 그쪽으로 돌려준 패스를 받아들었다. 몸 을 살짝 움직여 쫓아온 상대 팀원 한 명을 피한 다음, 활주 로를 달리듯 골대를 향해 도움닫기를 시작해 왼쪽 다리를 힘껏 내디뎠다.

포니테일이 찰랑거렸고.

──타다닥.

마치 사이다의 거품처럼 시원스러운 땀이 터지며 코트에 흩어졌다.

──아, 여름이 시작됐구나.

그 순간, 왠지 나는 그런 생각이 강하게 들었다.

양 팀 중에서도 특히 키가 큰 센터가 곧바로 뛰어 앞을 가로막으려는 듯 손을 뻗었다.

하지만 하루는 공중에서 상대방에게 등을 보이며 몸을 비틀더니 곧바로 뒤쪽으로 공을 슬쩍 던졌다.

반쯤 자포자기한 것처럼 보이기도 하는 그 슛은 천천히 센터의 손가락 끄트머리를 스르륵 넘어선 다음, 잠시 후 거의 바로 위쪽에서 철썩, 골 네트를 통과했다.

삐삐, 디지털 타이머가 시합이 종료되었다는 것을 알렸다.

점수판을 보니 이긴 쪽은 나나세의 팀인 모양이었다.

코트 위에 있는 멤버들은 대부분 무릎에 손을 대고 있거나, 하늘을 올려다보는 등, 숨을 몰아쉬고 있었다.

그런 와중에 하루가 같은 팀원 중 한 명에게 성큼성큼 다가갔다. 나나세를 마크하던 여자애다.

"센!!"

매서운 목소리였다.

우미나 나나처럼 코트 네임인 모양이었다. 그 목소리를 들은 여자애는 어깨를 살짝 떨면서 조심조심 고개를 들었다.

"나나에 대한 체크가 너무 어설퍼! 잘 알고 있는 상대에게도 그런 식이면 본 시합에선 아무것도 안 돼. 그다음에 치고 들어갔던 것도 느려! 또 울고 싶어?"

"……미안해, 우미."

센이라는 약간 기가 약해 보이는 단발 여자애가 풀 죽으며 고개를 숙였다.

마지막에 했던 말은 아마 저번 달에 치렀던 인터하이 예선 이야기일 것이다.

후지 고등학교 여자 농구부는 성난 파도 같은 기세로 현의 베스트4까지 올라갔지만, 준결승전에서 인터하이 단골인 아시바 고등학교에게 아쉽게 져버렸다.

3학년은 은퇴했고, 새롭게 주장으로 취임한 사람이 하루다.

그런 두 사람 곁으로 키가 큰 센터가 다가와 말을 걸었다. 여기에서는 잘 들리지 않지만 분위기를 보아하니 '자자, 새로운 팀을 꾸린 지 얼마 되지도 않았으니까……' 같은 내용일 것이다.

"요우도!"

하루의 목소리가 울렸다.

"마지막 블로킹, 그냥 대충 뛰기만 했을 뿐이라 압박감이 전혀 없었고, 코스를 막아서지도 못했어. 나보다 키가 큰 사람이었다면 그냥 점프 슛으로도 넣을 수 있었을 거야."

그녀는 볼에 흐른 땀을 티셔츠 소매로 닦으며 계속 말했다.

"갑자기 실력 이상의 플레이를 보이라는 게 아니야. 하지 못하더라도 상관은 없지만, 해보자는 생각을 하자는 거지. 그러지 못하면 안 그래도 다른 학교보다 연습 시간이 적으니까, 인터하이 같은 건 꿈에 불과하다고."

농구부뿐만은 아니다. 아무리 문무양도를 자처하더라도 후지 고등학교는 어디까지나 진학교다. 수업은 7교시까지 빡빡하게 진행하고, 19시 이후의 연습도 허가하지 않는다. 시험을 앞둔 시기에는 기본적으로 모든 클럽활동을 쉬게 된다.

클럽활동에 더욱 비중을 많이 두는 인터하이나 코시엔 단골 강호 학교와 비교하면 연습할 시간은 짧을 수밖에 없다.

결국 그런 상대와 대등하게 맞붙고 싶다면 하루가 말한 것처럼 질을 높여나가야 한다.

취임한 지 얼마 되지도 않았는데 제대로 주장 노릇을 하고 있구나. 그런 생각에 마음이 훈훈해졌다.

"자~, 자~."

짝짝, 하루와 다른 선수들에게서 조금 떨어진 곳에 서

있던 나나세가 손뼉을 쳤다.

좀 전까지 스포츠 타월을 목에 걸치고 쿨하게 포카리 스
웨트를 마시고 있었는데, 표정에는 장난기 어린 기색이 엿
보였다.

참고로 부주장은 나나세다.

"반성회는 나중에 느긋하게 하기로 하고……."

씨익 웃은 다음, 반바지 주머니에서 끈이 달린 호루라기
를 꺼내 들었다.

"진 팀 여러분께서는 다녀오세요~ ♪"

휘리릭~.

마치 조건반사처럼, 그 소리를 들은 하루 팀 멤버들이
엔드 라인을 향해 일제히 뛰어가기 시작했다.

휘릭.

나나세가 다시 짧게 호루라기를 불었다. 이번엔 재빨리
반대쪽 엔드라인을 향해 뛰어간다. 보아하니 그게 진 팀의
벌칙인 모양이었다.

휘릭.

휘릭.

휘릭휘릭휘릭휘릭.

나나세는 아예 왕복 달리기라기보다는 좌우 반복 뛰기 같은 간격으로 리듬을 새겨나갔다.

휘리릭~.

그런가 싶더니 이번에는 엔드라인에서 다른 쪽 엔드라인까지 장거리 뛰기.
"네가 사람이냐아!!"
하루가 온 힘을 다해 뛰면서 소리쳤다.

휘릭휘릭휘릭휘릭휘릭~.

나나세는 그 말에 경쾌한 호루라기 소리로 대답했다.
좀 전에 혼나던 센이라는 여자애도 하루와 마찬가지로 욕설을 내뱉으며 뛰고 있었다.
"잠깐만, 나나, 좀 봐줘~!"
한편, 요우라는 여자애는 복수라도 하려는 듯이.
"주장은 영 느리네! 남자 데리고 와서 정신이 팔린 거 아니야~?!"

깔깔대며 웃고 있었다.

"데리고 온 건 나나라고! 진짜아, 다들 큰 소리로 외치면서 가자~!!"

""""좋았어!!""""

아, 역시 좋다.

체육관에 가득 찬 열기를 피부로 느끼며 그렇게 생각했다.

태생도, 능력도, 성격도 다른 같은 세대의 친구들이 같은 방향을 향해 달려간다.

거의 모든 사람에게 장래와 직접적인 관계가 없는데도, 한정적인 순간의 한정적인 정열, 한정적인 빛, 한정적인 땀, 눈물.

이렇게 진심으로 무언가에 몰두할 수 있는 시기가 앞으로 인생에 있을까.

호루라기, 구호, 발소리……, 그것들이 마치 돌림노래처럼 겹쳐지기 시작했다.

거기에서 눈을 살짝 피하며, 나는 뒤쪽 창문을 열었다.

미지근한 바람이 운동장 쪽에서 정겨운 프리 배팅 소리를 실어다 주었다.

*

"꽤 모양새가 잡혔던데, 하루."

"흐흥, 당연하지."

여자 농구부 연습이 끝난 뒤, 우리는 학교 근처에 있는 동쪽 공원에 와 있었다.

하루와 이렇게 캐치볼을 하는 것도 대충 다섯 번째인데, 정말 깜짝 놀랄 정도로 배우는 속도가 빨랐다.

아마 기본적으로 몸을 다루는 법이 능숙한 거겠지.

예를 들자면 공을 던질 때, '좀 더 손가락 끄트머리에 걸치는 게 좋을 것 같다'라든가, '팔이 휘어지게끔 하는 게 나을 것 같다'라든가, 그렇게 어렴풋한 감각을 잡아내고 움직임을 수정할 수 있는 녀석은 대충 어떤 스포츠를 하더라도 금방 실력이 는다.

그거야말로 일반적으로 말하는 운동신경일지도 모르고, 실제로 천성적인 센스가 차지하는 부분이 전혀 없다고는 할 수 없다. 하지만 개인적으로는 자신의 몸과 진지하게 마주해온 시간이 훨씬 더 중요하다고 생각한다.

이상적인 플레이를 하지 못했을 때, 재능처럼 애매한 것을 탓하지 않고 여러 가지 폼을 시도해보거나, 달리기, 근육 트레이닝을 하며 체력을 향상시키거나, 스트레칭으로 움직일 수 있는 영역을 늘리거나…….

그런 오늘 한 것의 성과가 언제 나올지 모르는 끈기 대결 속에서 어느 날 갑자기 자신의 실력이 조금 늘었다는 것을 깨닫게 된다. 그걸 꾸준히 반복해나가다 보면 언젠가 머릿속에 떠올린 움직임을 몸으로 자연스럽게 재현할 수 있게 되는 것이다.

하루의 사소한 행동 하나하나에서 그렇게 쌓여온 시간 같은 걸 느낀 나는 왠지 기뻐졌다.

슈욱, 타악.
쿠웅, 파앙.

"하루, 낮은 볼이라도 함부로 글러브를 뒤집지 않는 게 좋아. 글러브는 최대한 세워둔 채로. 무릎을 굽혀서 잡도록 해."

"파악."

"반대로 이렇게 굴러오는 공이나 숏 바운드는 글러브를 뒤집어야지."

나는 그렇게 말하며 살짝 굴러가는 공을 던졌다.

하루는 조언대로 글러브를 뒤집었지만, 몸 앞에서 불규칙하게 튀어 오른 공을 놓쳐버렸다.

"으아앗!"

"아깝네, 아까워. 공이 굴러올 경우에는 공이 튀어 오를 때나 떨어질 때를 노리면 잡기 편할 거야."

"한 번 더!"

하루가 그렇게 말하며 공을 높게 다시 던져 주었다.

나는 그 공의 낙하지점을 파악하고 등 쪽으로 돌린 글러브로 잡아냈다.

"뭐야, 그거, 멋지다!"

천진난만하게 들뜬 하루를 보니 살짝 쑥스러워졌다.

"전국의 야구 소년들이 한 번쯤은 도전하는 배면 캐치야. 참고로 실패하면 죽을 만큼 창피한 데다 시합에서 하려고 하면 십중팔구 감독이 분노하는 금단의 기술이지."

"나도 해봐도 돼?"

"경구로 실패하면 위험하니까 좀 더 실력이 붙으면 하도록 해."

"쳇~."

그렇게 장난치고 있자니 편의점에 갔던 나나세가 돌아왔다.

"치토세는 그렇다 치고, 하루는 그렇게 뛰어다닌 다음에 용케도 하는구나. 조금 쉬자."

그렇게 말하며 오른손에 든 비닐봉지를 들어 보였다.

"오, 내 고기만두 사 왔어?"

하루가 그쪽으로 후다닥 뛰어가자 나나세가 어이없다는 듯이 웃었다.

"이렇게 더운데 제정신이야? 애초에 그런 걸 팔 시기가 아니라고."

그렇게 말하며 봉투에서 꺼낸 것을 휘익 던졌다.

하루는 그것을 글러브로 잡아낸 다음 기뻐하며 볼에 가져다 댔다.

"빠삐코~ ♪ 역시 유즈키야, 뭘 아네."

곧바로 두 사람은 두 개 있던 벤치에 각각 따로 앉았다.

셋이서 앉기에는 조금 좁고, 두 사람이 앉으면 거리를 두기가 조금 애매한, 그런 크기의 벤치.

나는 별다른 생각 없이 나나세 옆에 주먹 세 개 정도만큼 거리를 두고 앉았다. 결과적으로 옆쪽 벤치에는 하루, 이쪽 벤치에는 나나세, 그리고 나 순서로 앉게 되었다.

"치토──."

"자, 치토세."

뭔가 말하려던 하루의 목소리를 나나세의 목소리가 덮었다.

그쪽을 보니 2개입짜리를 반으로 쪼갠 빠삐코를 내밀고 있었다.

"오, 땡큐."

나는 그것을 받아든 다음 끄트머리의 고리에 손가락을 걸고 뜯어내서 입에 물었다. 알맹이를 빼내려고 살짝 깨물자 사각사각 시원스러운 소리가 울렸고, 연한 밀크 커피 같은 정겨운 맛이 혀 위에서 녹아내려 천천히 퍼져나갔다.

곧바로 옆에서 비닐봉지를 벌려주었기에 빈 뚜껑 부분을 던져넣었다.

나나세도 슬쩍 흘러내리려는 검은색 세미 롱 머리카락을 귓가에 누르고 혀를 살짝 내밀어 떼어내 물고 있던 끄트머리를 봉투 안에 떨어뜨렸다. 별로 바람직한 모습은 아니었지만, 묘하게 어린애 같아서 귀여웠다.

그녀가 시선을 눈치챘는지 내 쪽을 올려다보며 쑥스러운 듯이 볼을 긁었다.

"저기~, 두 분?"

나나세 건너편에서 하루가 말했다.

보아하니 끄트머리를 떼어낸 빠삐코를 하나씩 손에 들고 있었다.

"뭐야, 한꺼번에 먹으면 배탈 난다?"

내가 그렇게 말하자 하루는 한쪽 볼을 부풀렸다.

"그게 아니라! 유즈키는 치토세하고 반씩 나눠먹고, 나만 2개짜리를 다 먹는 게 대체 뭐냐고."

"뭐냐니……."

나나세가 쿡쿡대며 웃었다.

"치토세는 단 걸 그리 많이 먹지 않고, 하루는 절반만으로는 부족하잖아."

"꽃도 부끄러워하는 소녀에게 무슨 실례되는 소릴!"

"빠삐코를 번갈아 가면서 먹어대는 모습을 본 꽃이 부끄러워서 눈을 피한다는 뜻이야?"

내가 태클을 걸자 두 사람이 마치 미리 짠 것처럼 웃음을 터뜨렸다.

그 자그마한 행복을 근처에 나누어주려는 듯 바람이 살랑살랑 흘러갔다. 두꺼운 스프링 위에 돌고래와 판다가 얹혀 있는 놀이기구가 기분 좋게 흔들렸다.

시간은 18시가 지났지만, 저녁놀이라 하기에는 아직 밝았고 기온도 아직 높다. 빠삐코를 쥐고 있던 왼손이 시원해서 기분 좋게 느껴졌다.

　나는 글러브에 담아두었던 공을 오른손으로 들고 손가락 끝으로 별생각 없이 만지작거리며 문득 입을 열었다.

　"……인터하이 예선, 아쉬웠지."

　두 사람에게 직접 이런 말을 한 건 처음이었다. 시합에 진 선수에게 외부인이 위로하는 말을 해주려면 그 정도 기간을 둘 필요가 있을 거라 생각했기 때문이다.

　준결승전을 벌인 아시바 고등학교, 통칭 아시고전은 나도 응원하러 갔었다.

　저번에 봤던 연습 시합처럼 하루와 나나세를 중심으로 맹공을 가했지만, 팀의 기본 실력에 차이가 너무 컸다는 인상이었다.

　특히 약한 수비는 초보가 보기에도 눈에 띌 정도였고, 두 사람이 깜짝 놀랄 만한 플레이로 겨우 점수를 따내도 수십 초 만에 쉽사리 뺏기곤 했다.

　후반전 때는 빈약한 후보 선수의 영향도 꽤 컸던 것 같다.

　아시고가 주력 선수를 번갈아 가며 쉽게 해서 여유 있는 시합 운영을 한 반면 후지고는 최대한 선발 멤버만으로 싸우려 했고, 실제로 교대해서 들어간 선수의 실력은 척 보기에도 뒤처졌다.

　하지만 단순히 종합적인 능력 차이만 놓고 본다면, 하루와 나나세의 플레이로 흐름을 잡기만 하면 게임을 뒤집을 가능성도 충분히 있었을 것이다.

결정적인 원인은 상대편 팀의 에이스.

슈팅 가드를 맡은 그 선수는 175센티미터는 될 것 같은 큰 키로 힘차게 움직이며 마치 하루처럼 날카롭게 인사이드로 파고들었고, 나나세처럼 아웃사이드에서 골을 넣곤 했다.

무엇보다 여기 있는 두 사람처럼 화려했다.

하루와 나나세의 플레이로 기세를 제압하려고 할 때 화려하게 반격했기에, 후지고는 마지막까지 자신들의 리듬을 만들지 못한 것처럼 보였다.

플레이어로서의 실력은 동등하거나, 어쩌면.

"——토도 마이."

마치 내 생각을 읽어낸 것처럼, 하루가 조용히 중얼거렸다.

"대단했지? 그 애. 미니 농구 시절부터 공식전에서는 한 번도 이긴 적이 없어."

그녀가 말한 사람은 아마 방금 내가 떠올리던 아시고의 에이스일 것이다.

바로 옆에서 나나세가 '나도'라고 말했다.

체육 계열은 전문이 다르다 해도 왠지 유대감이나 동료 의식 같은 게 있기 때문에 초등학교 시절부터 지금까지 가끔 아는 사람을 응원하러 갈 기회가 있었다.

농구뿐만이 아니라 소프트볼, 배구, 육상……, 여자애들의 시합도 꽤 많이 봐왔는데, 역시 하루와 나나세는 특별하다. 친구라는 필터 없이도 확실히 다른 사람들보다 뛰어난 선수라는 사실은 플레이나 행동을 보면 금방 알 수 있다.

그렇기 때문에 하루가 한 말이 뜻밖이었던 것과 동시에, 금방 납득할 수도 있었다.

이 두 사람의 빛이 바래버릴 정도로 토도 마이라는 선수가 남긴 인상은 강렬했던 것이다.

대답하기 곤란하다는 걸 눈치챈 모양이었다.

하루는 왠지 힘없어 보이는 미소를 지으며 계속 말했다.

"초등학교 때는 이미 160센티미터가 넘었거든. 나는 예전부터 '덩치만 큰 녀석에게는 절대로지지 않는다'라는 게 말버릇이었는데, 토도는 그렇게 크면서도 빠르고, 강하고, 능숙하단 말이야."

농구나 배구만큼 키가 중요한 스포츠가 없다는 건 굳이 말할 필요도 없다. 160센티미터 이상일 나나세조차 강호팀과 비교하면 아마 평균이거나 그 이하일 것이다.

그리고 하루는 겨우 152센티미터.

이 키로 싸워나가기 위해 범상치 않은 노력이 필요했을 것은 분명하다.

팀의 에이스로서 활약하는 것만 해도 대단하고, 심지어지금의 하루라면 거의 모든 상대와 호각 이상으로 맞붙을 수 있겠지.

하지만 그렇게 위로해봤자 얻어맞기만 할 거다.

핸디캡이 있는 것치고는 대단하다. 그런 식의 위로는 진심으로 올라가는 것을 목표로 삼으며 노력하는 사람에게는 모욕에 불과하다.

자신처럼 운동능력이 뛰어나고, 노력하고, 자신보다 키가 큰 녀석에게 어떻게 이길까.

이 녀석이라면 분명히 그런 식으로 생각할 테니까.

"그래서 오늘 연습 때 기합이 바짝 들어갔던 거구나."

내가 그렇게 말하자 하루는 다 털어낸 듯이 씨익 웃었다.

"그렇지! 다음에는 반드시 짓밟아주겠어. 내년은 타도 아시고, 목표는 인터하이. 그러기 위해서는 철저하게 다시 단련하고, **주장으로서 내가 할 수 있는 일은 해야지.**"

그 말을 잠자코 듣고 있던 나나세가 갑자기 입을 열었다.

"있잖아……."

"응~?"

하루가 느긋하게 대답하자 부른 쪽은 잠시 망설인 다음 고개를 살짝 저었다.

"아니, 아무것도 아니야."

신기하게도 뭔가 얼버무리는 것 같긴 한데, 나나세도 나름대로 진 시합을 질질 끌고 있는 건지도 모르겠다. 곧바로 살짝 숨을 내쉬고는 장난기 어린 표정으로 입가를 살짝 치켜올렸다.

"그건 그렇고, 다음에는 내 3점 슛을 공격 주축으로 삼는 게 낫지 않을까?"

"그게 무슨 뜻이지, 부주장?"

"역시 에이스의 20센티미터 차이는 치명적이라."

"──아악, 시끄러워! 시끄러워!"

나도 나나세에게 맞장구를 치며 농담을 했다.

"진정해, 하루. 거만한 태도라면 너도 안 져."

"네가 무슨 염치로 태도를 지적하는 건데!"

하루가 텅 빈 빠삐코를 봉투에 내동댕이치듯이 버리면서 계속 말했다.

"애초에, 그러는 유즈키도 3점 슛을 넣은 횟수로는 졌잖아."

"흥, 성공률로는 이겼거든."

"그야 확률이 높은 상황에서만 노리니까 그런 거 아냐~?"

"정신없이 돌진하다가 카운터를 펑펑 맞는 것보다는 나은 것 같은데?"

하루의 입가가 움찔움찔 굳어졌다.

"유즈키는 성격이 그러니까 보너스 스테이지에서 남자의 하트 하나도 못 맞히는 거지 ♪"

이번에는 나나세의 미간에 움찔움찔 주름이 잡혔다.

"으응? 그게 대체 무슨 뜻인데에~?"

"딱히~. 이제 당분간 네 턴은 돌아오지 않을 것 같다는 말·이·지♡"

"살짝 칭찬해줬다고 신이 나서 옷을 산 다음에 전화하는 어린애가 남자를 말해 봤자지, 응?"

……저기, 그래.

나, 이 흐름이 뭔지 알아.

"호오! 흐음! 했겠다 하면 안 되는 말을 했겠다 오늘만큼은 결판을 내주마 1 on 1으로 승부다 나나 이 자식아!!"

"좋아, 농구든 여자력이든 이미 등급이 나뉘었다는 걸 알려줄게, 우미."

"아니, 저기……, 캐치볼은…….."

""치토세는 심판!!""

"네에엣!!"

나는 그 이후로 해가 질 때까지 땅바닥에 계속 바를 정자를 쓰게 되었다.

훌쩍.

*

다음 날, 7교시.

모든 학생들이 제1체육관에 모여 있었다.

오늘은 인터하이 출장이 결정된 클럽활동 몇 군데와 전국 고등학교 야구 선수권 지방대회, 알기 쉽게 말하자면 여름 코시엔을 앞두고 있는 야구부의 환송회가 있다.

비슷한 행사가 인터하이 예선 전에도 있었지만, 하루네 여자 농구부를 비롯해서 져버린 곳도 많기 때문에 규모가 꽤 줄어들었다.

무대 위에 유니폼을 입고 늘어서 있는 사람들은 남자 테니스부, 궁도부, 수영부, 산악부, 그리고 야구부.

보아하니 인터하이 출장을 따낸 곳은 전부 개인 종목인 모양이었다.

유일하게 이제부터 대회에 참가할 야구부만이 벤치 멤버를 포함한 11명에서 늘어서 있었다.

"왠지 말이야."

교장 선생님의 긴 인사말을 멍하니 듣고 있자니 옆에 앉아 있던 하루가 얼굴을 가져다 댔다.

"이런 건 앞에 서는 쪽도 그렇고, 보고 있는 쪽도 근질근질하지 않아?"

소곤소곤 미지근한 숨결이 귀에 닿아서 조금 간지러웠다.

"무슨 말인지 알겠어. 평소에는 그냥 우리끼리 하던 건데 갑자기 학교의 대표처럼 떠받드니까 마음이 어수선하다고 해야 하나."

지금은 이쪽에 있지만, 작년에는 나도 저쪽에 있었다.

중학교 때도 환송회가 있었고, 그럴 때마다 비슷한 기분이 들곤 했다.

"맞아, 맞아. 교복을 입은 애들 사이를 유니폼 차림으로 입장하는 것도 왠지 쑥스럽단 말이지. 앉아서 보는 쪽은 어떤 기분일까 생각하기도 하고."

이럴 때 문득 실감하는데, 클럽활동과 학교생활이라는 건 바로 옆에 있는 것처럼 보이면서도 의외로 확실하게 거리가 떨어져 있다.

예를 들어 중학교 때는 팀원과 같은 반이 되더라도 그 녀석은 '야구부 친구'였지 '학교의 친구'라는 느낌이 아니었다.

클럽활동이 본격적일수록 방과 후나 휴일에 함께 지내는 시간이 길어지고, 때로는 합숙이나 원정을 하면서 말 그대로 한솥밥을 먹게 된다.

학교 축제를 마치면 반의 단결력이 강해진다는 말을 하곤 하는데, 클럽활동은 1년 내내 모두가 그런 이벤트를 치르는 거나 마찬가지다.

필연적으로 평범한 친구라기보다는 가족에 가까운 관계가 되어가고, 실제로 진심으로 높은 목표를 잡고 있는 클럽활동이라면 고등학교 3년 동안 부모 형제보다 오랫동안 함께 지낼 것이다.

그렇기 때문에 이런 행사로 쑥스러운 기분이 드는 것은 가족과 함께 있는 모습을 학교 친구들이 보았을 때와 조금 비슷할지도 모르겠다.

그렇게 생각하고 나서 가슴이 약간 아파졌다.

스스로를 속이려는 듯이 일단 입을 열었다.

"그래서, 보는 쪽이 된 감상은 어때?"

딱히 별생각 없이 화제를 선택했는데, 돌아온 것은 생각보다 풀 죽고 쓸쓸해 보이는 목소리였다.

"역시 좀, 힘들지. 져버렸구나라고 실감하니까."

"……그래, 무슨 소린지 알겠어."

생각이 부족했다고 반성하기도 전에 조용히 그렇게 중얼거렸다.

하루는 나를 살짝 본 다음 무뚝뚝하게 말했다.

"너는 아직 안 졌잖아."

"이미 졌다고, 작년 여름에."

정신을 차리고 보니 개인전으로 인터하이에 출장하는 선수들의 결의 표명 시간이 끝났고, 마이크가 야구부 대표에게 넘어가 있었다.

그것을 들고 있는 사람은 한때 팀메이트였던 에자키 유스케였다.

그렇구나, 주장이 되었구나.

후지고 야구부는 빈말로도 강호라고 할 수 없다. 아니, 작년에 내가 입부했던 시점에는 존속조차 위태로울 정도로 알아보기 쉬운 약소 팀이었다.

당시에는 3학년이 10명, 2학년은 0명.

시합을 하려면 최소한 9명이 필요한 야구에서 그 숫자는 꽤 아슬아슬하다.

만약 신입생이 9명 이하라면 3학년이 빠져나간 뒤에는 공식전에 나가는 것조차 불가능할 것이다.

하지만 다행히도 작년에는 10명이 입부했다.

3학년이 은퇴하고, 내가 그만둔 뒤에도 겨우 계속 활동을 이어나가고 있다.

무대 위에 있는 사람들을 보아하니 아마 내가 모르는 두 명은 올해 신입생일 것이다.

"잇지."

이것저것 생각하고 있는데, 하루가 팔꿈치로 내 팔을 툭, 건드렸다.

"정말로 힘들어지면 가슴 정도는 빌려줄 테니까."

뭔가 들켜버린 것 같은 기분이 들어서 둘러대려 농담을 했다.

"……공교롭게도 베개는 푹신푹신한 걸 선호하거든."

"치토세도 차암♡ 쩍, 갈라진 수박하고 콰직, 뭉개진 토마토 중에 뭐가 더 좋아아?"

"사과할 테니까 말끝에 하트를 붙여가면서 살벌한 소리 하지 말아주실래요?"

바보 같은 이야기를 나눈 덕분에 가끔 소리가 튀는 낡은 스피커에서 흘러나온 내용은 머릿속에 거의 들어오지 않았다.

"──모두 함께, 이 여름을 싸워나가려 합니다."

유스케는 그렇게 마무리한 다음, 다른 부원들과 함께 고개를 크게 숙였다.

고개를 들었을 때, 문득 눈이 마주친 것 같았지만 아마 착각일 것이다.

*

그날 방과 후, 쿠라쌤이 부탁한 교재 운반을 돕는 일을 마치고 교실로 돌아오자 아야세 나즈나가 창가 쪽 자리에 앉아 멀거니 운동장을 바라보고 있었다.

오후 HR이 끝나고 한 시간 정도 지났기 때문에 다른 녀석들은 이미 집에 갔거나 클럽활동을 하러 간 모양이었다.

나즈나답지 않다고 하면 조금 실례가 될지도 모르겠지만, 평소와는 다르게 왠지 우울한 옆얼굴이 보여서 말을 걸 타이밍을 놓쳐버렸다.

바깥에서는 야구부와 축구부, 테니스부 등이 힘차게 구호를 외치는 중이었다. 거기에 연극부의 '아, 에, 이, 우, 에, 오, 아, 오' 같은 발성 연습도 묘하게 또렷한 주장을 하는 것처럼 울리고 있었다.

멍하니 귀를 기울이고 있자니 열려 있던 창문에서 불어 들어온 바람이 고데기로 살짝 웨이브를 넣은 나즈나의 머리카락을 살랑살랑 흔들었다.

낡은 학교 책상의 나름대로 낡은 판자에 턱을 괴고 있는 그녀와, 창문 너머 푸른 하늘에 둥실둥실 떠 있는 적란운.

마치 청춘의 한 페이지로 도려내고 싶은 순간이었다.

　팔랑팔랑, 누군가가 책상 위에 두고 간 노트가 넘어갔다.

　깜빡깜빡, 나즈나가 천천히 눈을 깜빡이며 돌아보았다.

　"아앗~, 치토세 군이네~."

　그 직전까지 두르고 있던 분위기가 마치 여름의 신기루였던 것처럼, 그녀는 가벼운 목소리로 손을 살랑살랑 흔들었다.

　그 분위기에 맞춰 나도 입을 열었다.

　"무슨 일이야? 숙제하는 걸 깜빡해서 남아 있는 건가?"

　뭐가 그렇게 우스운지, 나즈나는 활짝 미소를 지으며 깔깔 웃었다.

　"초등학생도 아니고! 아니, 이래 봬도 나 성적은 꽤 좋거든?"

　"……오오."

　"아니, 왜 그렇게 뜻밖이라는 표정을 짓는 건데, 너무하잖아?!"

　나는 마치 음악처럼 확확 바뀌는 말투에 쓴웃음을 지으며 계속 말했다.

　"그럼 아토무라도 기다리고 있었어?"

　"뭐? 왜?"

　"왜냐니, 너희 사귀는 거 아니야?"

　"뭐어어?"

　나즈나는 호들갑을 떨며 완전히 말도 안 된다는 듯이 애기했다.

"사귈 리가 없잖아. 그렇게 눈초리 사납고 음침한 남자랑."

"말이 너무 심해서 동정심마저 드네."

"나는 치토세 군처럼 경박하고 여자에게 익숙할 것 같은 정통파 훈남이 취향이거든."

"시비 거는 건 아니지?"

나나세와 다퉜을 때도 생각했던 건데, 나즈나는 자신의 마음을 솔직하게 말하는 타입인 것 같다. 이런 다 들여다보이는 태도는 다른 사람과 마찰을 일으키기 쉽기도 하겠지만, 개인적으로는 꽤 호감이 간다.

"그 녀석은 말이지."

나즈나가 조용히 중얼거렸다.

"나하고 조금 닮았거든."

입을 다문 채 계속 말하라고 하자 좀 전까지와 마찬가지로 턱을 괴고 창밖을 보았다.

"클럽활동하는 걸 보고 있었어. 역시 좋겠다 싶어서."

예전에 아토무에게 들은 이야기인데, 나즈나는 중학교 때까지 농구를 했고 나름대로 실력 있는 선수였던 모양이다.

나는 잠시 망설인 다음 입을 열었다.

"왜 고등학교 와서 안 하게 되었는지 물어봐도 될까?"

나즈나는 살짝 애매하게 웃었다.

"지금은 이런 느낌이지만, 초등학교 때부터 꽤 진지하게 농구를 했고, 중3 때도 그럭저럭 괜찮은 결과를 냈어. 후쿠이 현내 베스트8에 그쳤으니까 자랑할 정도는 아니지만."

현내 베스트8이라면 충분히 자랑해도 될 성적인 것 같지만, 지금은 그렇게 싸구려 같은 말을 원하는 게 아닐 것이다.

이야기가 좀 더 이어질 것 같았기에 나는 하나 건너 앞자리에 앉았다.

"내가 나나세 플레이의 팬이었다고, 예전에 아토무가 말했던 거 기억해?"

나즈나와 나나세가 이 교실에서 맞붙었을 때다.

나는 고개를 끄덕였다.

"준준결승에서 졌던 게 나나세가 있던 팀이었거든. 외모가 그렇잖아? 시합하기 전에는 '어차피 놀면서 슬슬 하는 애들이겠지'라고 완전히 적대시했는데, 결과는 시원스러울 정도로 완패였어. 웃음이 나올 만큼 이길 만한 게 하나도 없었거든."

그렇게 말한 다음, 왠지 그립다는 눈초리를 보였다.

"타고난 재능의 차이라고 생각할 수 있었다면 좋았을 텐데, 그것도 아니었지. 그 애는 그냥 나보다 몇 배나 더 많이 뛰었고, 몇십 배나 더 슛 연습을 했을 뿐이야. 무슨 느낌인지 알지?"

"그래, 어느 정도는."

"팬이라고 하면 너무 호들갑일지도 모르겠지만, 어울리지 않게 그 애의 플레이를 보고 싶다는 생각이 들어버렸거든. 그래서 준결승을 보러 갔어. 그리고 나나세가 아오미에게 졌지."

나즈나는 그렇게 말한 다음 한숨 같은 웃음소리를 냈다.

"말도 안 되잖아. 분명히 나나세네 팀이 우승할 줄 알았는데. **그거라면 납득할 수 있었는데**, 그런 말이 머릿속을 맴돌았고, 눈치채버렸어. 아, 그런 식으로 받아들여 버린 나는 여기까지겠구나 싶어서."

"그렇, 구나."

짧게 대답하자 그녀는 '헤헤', 쑥스러움을 둘러대려는 듯 손가락으로 머리카락을 만지작거렸다.

"아니, 기세를 타고 말해버렸는데, 좀 안쓰럽지 않아?"

나는 조용히 고개를 저었다.

그럼에도 불구하고 껄끄러워 하는 것 같았기에 화제를 바꿀 생각으로 입을 열었다.

"방금 한 이야기가 아토무와 닮았다는 거야?"

입을 삐죽대며 한동안 망설이던 나즈나가 고개를 살짝 갸웃거리며 나를 들여다봤다.

"뭐, 그건 내가 할 이야기가 아닐 것 같아. 치토세 군이 그 녀석하고 친해져서 물어보지 그래?"

"뭐? 쳐내라고?"

"뭐야, 그거, 빵터지네."

"툭하면 시비를 걸어서 겁이 나거든."

"애정의 반증이라는 거 아닐까?"

"어? 그 사람 설마 츤데레 속성도 있어? 진심으로 안 그랬으면 좋겠는데."

"그치~, 기분 나쁘잖아?"

나즈나는 정말로 우습다는 듯이 깔깔 웃었다.

친구인 아토무에게도 이런 느낌이다. 예전에 켄타와 유아에게 시비를 건 적이 있긴 했지만, 본인은 딱히 악의를 품고 그런 게 아니었을 것이다.

나는 문득 생각이 나서 물어보았다.

"그러고 보니까, 토도 마이라는 선수 알아?"

잠깐의 침묵 후에, 자조처럼 중얼거리는 목소리가 돌아왔다.

"결승전에서 아오미를 이긴 게 그 애. 정말 말도 안 된다니까."

나즈나는 그렇게 말하고 다시 운동장을 보았다.

나도 덩달아 그쪽을 향하고, 시끌시끌 북적대는 방과 후를 둘이서 조용히 바라보았다.

*

다음 날 점심시간, 나는 4교시 수업이 끝남과 동시에 매점으로 뛰어가고 있었다.

보아하니 여자 농구부는 아침 연습, 방과 후 연습에 추가로 점심 연습까지 하게 된 모양이었다.

그게 내 지금 상황과 무슨 상관이 있냐 하면, 하루와 나나세가 '시간이 이까우니까 너, 야키소바빵 사와'라고 명령했기 때문입니다, 네.

요즘 나를 너무 막 다루는 거 아니야?

엄밀하게 말하자면 하루는 야키소바빵, 소스카츠빵과 핫도그. 나나세는 믹스 샌드. 그리고 두 사람이 공통으로 주문한 것이 초코칩 비스킷.

참고로 이 비스킷은 50엔이라는 저렴한 가격에도 불구하고 일반적인 전병 2개 정도 크기이기 때문에 출출할 때 먹는 간식으로 인기가 많다고!

살짝 숨을 헐떡이며 매점 앞에 도착해보니 긴 탁자 위에 여러 가지 빵이 잔뜩 담겨 있는 컨테이너가 네 개 정도 늘어서 있었고, 이미 많은 학생들이 몰려든 상태였다.

꽤 급하게 왔는데도 우리 2학년 5반은 학교 건물 3층이고, 4교시가 조금 늦게 끝나서 늦어버린 모양이다. 빵은 일찌감치 다 팔리는 경우도 많아서 자칫하다가는 다른 상품과 비교해서 많이 쌓여 있는 비스킷밖에 남지 않는 상황이 될 수도 있다.

뭐, 그래도 이런 느낌이라면 오늘은 아슬아슬하게 괜찮을 것 같다.

매점 아주머니도 익숙해서 그런지 줄이 비교적 빠르게

줄어들었고, 금방 내 차례가 되었다. 하루와 나나세, 그리고 내 빵을 사고 나니 복도 안쪽에서 열심히 달려오는 사람이 보였다.

나는 무심코 쓴웃음을 지은 다음 빵과 비스킷을 하나씩 추가로 샀다.

돈을 내고 그곳을 빠져나온 다음, 길게 늘어선 줄 마지막에서 손수건을 꺼내고 있던 그 사람에게 말을 걸었다.

"유아, 그렇게 땀을 많이 흘리다가는 화장이 지워져서 쌩얼이 보일걸?"

"──."

"곧바로 경동맥을 꽉 조르지는 말아줄래?"

내가 그렇게 말하자 그녀가 목덜미의 땀을 닦고 발끈하며 대답했다.

"그렇게 진하게 안 했거든요?"

"농담이야. 신기하네. 오늘은 매점에서 사 먹으려고?"

유아는 기본적으로 자기가 도시락을 싸 온다. 미리 약속하면 같이 학교 식당에서 먹는 경우도 있긴 하지만, 빵을 사 먹는 건 거의 본 적이 없다.

"응, 싸긴 했는데 놓고 와버려서. 그런데……, 너무 늦었는지도 모르겠네."

쓴웃음을 지으며 줄 앞쪽을 보았다.

그녀 차례가 되면 컨테이너가 텅 빌 것 같긴 하다.

"자, 햄에그빵하고 비스킷이면 되겠어?"

그렇게 말하며 빵을 건네자 깜짝 놀란 표정을 지었다.

"급하게 뛰어오는 게 보였거든. 그런데 여자애가 먹는 양이나 취향 같은 건 잘 모르니까 적당히 골랐어."

샘플이 그 두 명이니까.

하루는 운동부 남자들도 깜짝 놀랄 정도로 많이 먹고, 나나세는 몸매 유지 같은 걸 여러 모로 신경 쓸 것 같으니까 기본적으로는 후자 쪽으로 고르면서도 샌드위치보다는 식감이 좀 더 나은 걸 골랐다.

유아는 들고 있던 빵과 내 얼굴을 번갈아 가며 본 다음, 작은 목소리로 중얼거렸다.

"정말, 사쿠 군은."

"미안, 마요네즈 듬뿍 메가 곱빼기 닭튀김 빵을 살 걸 그랬나?"

"그런 건 다 못 먹거든요?"

그렇죠, 애초에 그런 메뉴는 있지도 않고요.

유아는 빵을 끌어안아 들면서 활짝 웃었다.

"고마워, 나를 눈치채줘서."

"호들갑스럽기는."

내가 그렇게 말하자 그녀가 살짝 눈을 가늘게 떴다.

뭔가 의미가 담겨 있는 것 같은 말이었지만, 무슨 의미인지는 알 수가 없었다.

더 이상 캐묻는 것도 촌스러울 것 같아서 3인분 점심 식사가 들어 있는 갈색 봉투를 들어 보였다.

"이걸 하루하고 나나세에게 가져다주고 바로 먹을 건데, 같이 갈래?"

"응!"

왠지 나는 1년 정도 전에 있었던 일을 정겹게 떠올리고 있었다.

                                    *

체육관에서는 모두 합쳐서 4개인 골대를 전부 사용하며 슛 연습을 하고 있었다.

참고로 중간에 유아에게 확인해보니 유우코는 테니스부 애들하고 밥을 먹는 날이었던 모양이었다.

하루는 곧바로 내가 온 것을 눈치챘지만, 마무리 지을 때까지 할 모양인 것 같았다. 한 손을 살짝 들고 고맙다는 신호만 보냈다.

연습에 방해되지 않게끔 나와 유아는 무대 가장자리에 나란히 앉았다.

"좋아, 그럼 자유투 연속 다섯 개. 성공한 사람부터 밥 먹어도 돼~."

한가운데에서 멤버 모두를 보던 하루가 말했다.

"센, 또 폼이 조잡해졌어! 빗나가면 반대쪽 벽까지 왕복 달리기!!"

그 말대로 뛰어갔다 온 여자애에게 나나세가 조언을 해

주고 있었다.

"힘내는 건 좋은데, 굳이 점심시간까지……."

지난번에 요우라고 불렸던 키가 큰 여자애가 우리 근처에서 작은 목소리로 중얼거렸다.

마치 그 말을 들은 것처럼 하루가 이어서 말했다.

"얼른 넣으면 쉴 수 있다고~."

다른 부원이 소리쳤다.

"주장~, 점심시간 안에 못 넣으면?"

"물론 굶어야지 ♪"

"""악마!!"""

넓은 체육관에 울려 퍼진 그 목소리를 들은 나나세는 살짝 곤란하다는 듯이 미소를 지으면서도 참견하지 않고 지켜보고 있었다.

나는 캔커피 뚜껑을 따면서 느긋하게 중얼거렸다.

"청춘이로구만."

옆에서 밀크티에 입을 대고 있던 유아도 쓴웃음을 지었다.

"정말 대단하지, 하루도 그렇고 유즈키도."

"나는 문화 계열은 잘 모르는데, 취주악부도 콩쿠르 같은 게 있잖아?"

"물론 있지. 그래도 우리는 모두 함께 즐겁게 연주하고, 그게 결과로 이어지면 좋은 거지 같은 느낌이라서."

당연히 그런 부도 있겠지.

왠지 '즐기는 클럽활동'과 '높은 곳을 목표로 삼은 클럽활동'을 대조적으로 여기게 되곤 하지만, 그 두 가지는 양립시킬 수 있다.

결국 정도의 문제다.

예를 들어 휴일이 이틀이라면 이틀인 대로 정해진 시간 내에서 즐기며 열심히 활동하다가, 대회나 콩쿠르가 있으면 최대한 좋은 성적을 남기기 위해 노력하는 것.

운동부나 문화부와 상관없이 고등학교의 클럽활동 중 대부분은 분명히 그런 형태일 것이다.

그 너머, 예를 들어 하루네 여자 농구부처럼 휴일이나 쉬는 시간까지 전부 투자해서 몸을 내던지며 높은 고지에 도전할지 여부는 고문의 방침, 선배들에게 이어받은 전통, 그리고 현역 부원들의 분위기 등에 따라 다르겠지.

——지금이라면 그런 식으로 생각할 수 있다.

"유아는 어떻게 생각하는데?"

문득 떠올라 물어보았다.

항상 색소폰을 가지고 다니는 건 알고 있지만, 지금까지 클럽활동에 대해 제대로 이야기를 해본 적이 없다.

아니, 아마 나를 배려해서 화제를 꺼내지 않았을 것이다.

"음~, 나도 예전부터 경쟁하는 건 껄끄러워서."

약간 쑥스러운 듯이 볼을 긁으며 계속 말했다.

"어렸을 때부터 피아노랑 플루트를 배웠고, 고등학교에

서는 약간 나답지 않은 악기를 해볼까 해서 알토 색소폰을 선택했어. 그래서 신선하니까 즐겁고, 체육관이나 홀에서 연주하면 정말 기분이 좋긴 한데, 그걸로 만족해버린다고 해야 하나……."

애초에 승부를 가리는 게 전제인 야구나 농구 같은 스포츠와는 달리 음악을 하는 사람 중에는 그런 타입이 꽤 많을지도 모르겠다.

"하긴, 피아노하고 플루트는 왠지 이미지에 맞는 것 같네. 그럼 합창 콩쿠르 때 반주 같은 거 했어?"

"맞아, 맞아. '잠깐! 남자들! 제대로 노래해!!'라고 하면서."

"우와, 상상이 안 되는데."

내가 그렇게 말하자 유아는 쿡쿡 웃어댔다.

"뭐, 방금 한 말은 농담이지만. 나, 구기 대회나 체육 대회 때는 도움이 안 되니까 그 정도는 해야지."

"그래, 릴레이 때 중요한 순간에 넘어져 버릴 것 같으니까."

"잠깐, 너무하잖아! 취주악부에서도 런닝이나 트레이닝 같은 건 하고, 나도 힘을 주면 복근이 살짝 보이거든?"

"호오. 그럼 잠깐 실례하면서 진짜인지 확인을――."

"예이, 예이, 야이, 야이."

"태클이 너무 조잡하잖아!"

둘이서 웃음을 터뜨렸고, 한동안 깔깔대며 웃었다.

이윽고 그 소리가 거의 동시에 멈추자 체육관의 시끄러운 소리에서 덩그러니 남아버린 듯한 공백이 생겨났다.

불규칙적으로 울리는 농구공 소리를 들으며 나도 잘 알 수 없는 사이에 자연스럽게 말이 새어 나왔다.

"언젠가 말이지……, 들려줘, 색소폰. 체육관이나 홀이 아니라, 마음이 흔들리는 때의 저녁놀 강가처럼, 엄청 세련된 상황에서."

그렇게 말한 다음, 메꾼 줄 알았던 공백이 여전히 뻥 뚫려 있다는 것을 깨닫고 왠지 의아해 보이는 표정으로 나를 보는 유아에게서 눈을 돌렸다.

곧바로 쑥스러움을 감추며 장난스러운 목소리로 계속 말했다.

"뭐, 사실 어두운 곳에서 색소폰을 부는 입가가 야하니까 그런 거지만."

그렇게 말하자마자 어설픈 농담을 비난하듯, 휘리릭, 호루라기가 울렸다.

"좋았어, 휴식~. 아니, 오늘은 여기까지만 해야겠네. 얼른 정리하고 바로 들어가도 돼, 다들 고생했어~."

하루가 큰 목소리로 말했다.

부원들은 저마다 '배고프다~'라든가 '이제 한계야~'라고 소리치며 공을 정리했고, 걸레질을 하기 시작했다.

내가 말한 창피한 말까지 함께 닦아내 주는 것 같아서 살며시 가슴을 쓸어내리고 있자니 마치 내 약한 마음 같은 건 전부 들여다보는 듯이 유아가 자상한 목소리로 중얼거렸다.

"――네, 맡겨만 주세요. 그때는 분명 **누구보다 사쿠 군 곁에 있을 테니까.**"

무슨 말인지 추측하기도 전에 다시 하루의 목소리가 울렸다.

"나나, 얼른 끝내자."

"우미가 실수해도 기다려주지 않을 거야."

"좋아!"

보아하니 저 두 사람은 다른 부원들이 할당량을 채우기 전까지 보조와 조언에 전념하고 있던 모양이다.

하루가 자유투 라인에 서서 퉁, 퉁퉁, 힘차게 공을 세 번 튀겼다.

이러쿵저러쿵하면서 점심시간이 시작된 지 30분 이상이 지났다.

자칫하다가는 진짜로 굶게 될 수도 있는 상황이지만.

――슈욱, 털썩.

보아하니 그럴 걱정은 할 필요가 없는 것 같다.

한 손으로 날린 슛은 골대를 향해 거의 일직선으로 날아갔고, 튕기지도 않고 들어갔다. 한순간, 공의 기세에 밀려난 그물이 세로로 쭉 늘어난 다음, 공을 토해냈다.

그 공을 회수한 하루가 씨익 웃으며 나나세를 보았다.

"연속으로? 번갈아 가면서?"

"당연히 한 번씩 교대하면서. 그러는 게 더 압박감이 들 잖아."

이번에는 나나세가 자유투 라인에 섰다.

통, 가볍게 공을 한 번 튀기고는 곧바로 물이 흐르는 듯이 자연스러운 폼으로 던졌다.

하루의 하늘을 미끄러지는 듯한 궤도와는 대조적으로 높게 호를 그리는 슛이 그물을 거의 건드리지도 않고 빠져 나갔다.

나나세가 시원스러운 미소를 지었다.

하루가 씨익, 도전적인 표정을 지으며 입가를 치켜올렸다.

통, 통통――, 슉, 털썩.

통――, 화악, 스윽.

결국, 두 사람은 한 번도 실패하지 않았고, 나나세가 마지막 슛을 날렸다.

2층 창문으로 스며드는 여름 햇살이 궤도와 만났고, 너무 눈부셔서 나도 모르게 눈을 돌렸다.

그 앞에 있는 유아의 옆얼굴은 좀 전에 했던 말 같은 건 뜨거운 아스팔트 위에서 녹아내려 사라져버린 것처럼, 한없이 익숙한 유아의 옆얼굴이었다.

*

공을 정리한 두 사람이 우리가 있는 곳으로 다가왔다.

나나세는 감사 인사를 하고 빵을 받아든 다음 잠깐 이야기를 나누고 반대쪽에 뭉쳐 있던 팀메이트들 쪽으로 향했다.

곧바로 체육관에서 점심 식사를 할 모양이었다.

하루도 따라갈 거라 생각하고 있었는데 무대 끄트머리에 두 손을 대고 폴짝 뛰어오른 다음, 유아 옆에 앉았다.

"저쪽에서 안 먹어도 돼?"

내가 묻자 씨익 웃으면서 농담 같은 대답을 했다.

"뭐, 악마 주장이 근처에 있으면 불안할 거 아냐."

내가 건넨 야키소바빵 봉투를 뜯으면서 계속 말했다.

"그리고 웃찌하고 이렇게 밥을 먹을 기회가 은근히 없지 않나?"

옆에서 유아가 쿡쿡 웃으며 고개를 끄덕였다.

"그렇긴 하지. 유우코나 유즈키하고 다 함께 먹는 경우는 자주 있지만."

그렇게 말하며 햄에그빵 봉투를 조심스럽게 뜯었다.

나는 이미 내 빵을 먹기 시작하고 있었지만, 유아는 하

루네 연습이 끝날 때까지 기다렸던 모양이다. 그런 부분이
그녀답다고 느껴졌다.

"그런데 말이야, 전부터 신경 쓰이던 건데, 물어봐도
될까?"

하루는 늘어뜨리고 있던 다리를 끌어당겨서 무대 위에 양
반다리를 하고 앉았다. 보들보들하고 부드러운 연습용 반바
지가 올라가 약간 달아오른 무릎과 허벅지가 드러났다.

그녀는 곧바로 교차시킨 다리 위에 팔꿈치를 대고 야키
소바빵을 오른쪽 손바닥 위에 올려놓은 다음, 시원스럽게
베어 물었다.

"응, 뭔데?"

그렇게 대답한 유아는 누구와는 대조적으로 무대 아래
로 늘어뜨린 다리도 얌전하게 무릎을 맞댄 상태였다. 빵
봉투를 뜯어서 만든 간이 냅킨을 치마 위에 펼쳐두고 있
었다.

우물우물, 입 안에 넣었던 빵을 삼킨 하루가 우리 두 사
람을 보았다.

"웃찌하고 치토세는 왜 사이가 좋은 거야?"

무슨 뜻인지 알 수가 없어서 나도 모르게 유아와 서로
마주 보았다.

하루는 부정의 뜻을 나타내기 위해 비어 있던 쪽 손을
살짝 들었다.

"아니, 이상한 의미가 아니니까 오해하지 말아줬으면 하

는데. 웃찌는 이런 거랑 같이 다닐 타입이 아닌 것 같아서."

"나한테는 오해할 여지가 없을 정도로 이상한 의미잖아."

곧바로 태클을 걸었지만, 그녀는 전혀 듣지 못한 것처럼 계속 말했다.

"그, 우리들 중에서는 웃찌가 제일 상식인 같다고 해야 하나, 모범생? 얌전? 조용? ……아니지, 내 어휘력으로는 왠지 이상한 느낌이 되어버리네."

뭐, 무슨 말을 하려는 건지는 알겠다.

물론 빙빙 돌려서 비꼬는 게 아니라는 것도.

유아도 똑같이 느낀 모양인지 입가에 손을 대고 쿡쿡, 웃음을 참으며 입을 열었다.

"하루, 니시노 선배에게도 비슷한 질문을 했었지."

"어? 그랬나?"

"응. 그 대답은 이미 하루 마음속에 있는 것 아닐까, 라고 들었잖아."

"……아~."

저번 달, 니시노 아스카 선배, 즉 아스 누나가 교실로 쳐들어왔을 때다.

그런 이야기를 했었지. 떠올랐다.

껄끄럽다는 듯이 머리를 긁어대는 하루를 보고 유아가 살짝 웃었다.

"사실 니시노 선배한테 공감되는 게 좀 있긴 해, 그래……."

뭔가 떠올리는 듯이 눈을 가늘게 떴다.

"아마 사쿠 군이 **누구보다 나를 막 대해줬기 때문** 아 닐까."

한순간, 침묵이 흘렀고, 그것을 밀어내려는 듯이 하루가 가벼운 목소리로 말했다.

"어? 웃찌는 그 정도로 성벽이 위험한 사람이었어?!"

"그래. 유아는 괴롭혀주면 불타오르는 애첩 타입이지."

일단 맞장구를 치고 보니 뾰족뾰족한 고드름 같은 눈초리가 날아들었다.

"──사쿠 군?"

"농담이에요, 죄송합니다, 죄송합니다."

유아는 어이가 없다는 듯이 한숨을 쉬었다.

한참 웃던 하루가 유아의 어깨를 꽉 끌어안고는 볼을 쿡쿡 찔러댔다.

"그럼 나는 어때? 막 대♡해♡줄♡게♡."

"정말! 하루도 참!!"

"야, 웃찌, 야키소바빵 먹어라."

"하루가 생각하는 막은 진짜 막장이고!!"

유아가 그렇게 말하며 고개를 홱 돌렸다.

하루는 '농담이야, 농담' 하고 웃어넘긴 다음, 약간 진지한 말투로 말했다.

"뭐, 이해는 돼. 치토세는 그런 구석이 있지."

왠지 껄끄러워져서 한 번 더 농담을 할까 했지만, 그 말을 들은 유아의 눈가가 부드럽게 내려가는 모습을 보고 그만두었다.

　그 대신 뭔가 고등학생의 점심시간에 어울릴 만한 화제를 꺼내볼까 하던 참에.

——끼이익.

　여자 농구부의 연습이 끝나서 많이 조용해진 체육관에 낡아서 뻑뻑해진 문이 열리는 소리가 울렸다. 우리가 있는 무대와 반대쪽 구석, 체육관과 그라운드 양쪽에 연결되어 있는 체육 교관실이었다.

"——윽."

　내 입에서 무심코 알아들을 수 없는 소리가 새어 나왔다.

"대표!! 허가는 받았냐!!"

　쩌렁쩌렁 천둥 같은 목소리가 울려 퍼졌다.
　그것을 내보낸 사람은 문 그늘에서 나온 남자 교사.
　거의 빡빡 민 것에 가까울 정도로 짧게 자른 흰 머리에 50대답게 군살이 잔뜩 붙은 배, 항상 불쾌하다는 듯이 인상을 쓰고 있는 미간과 이것 하나만은 노쇠해진 느낌이 들지 않는 날카로운 눈빛.

아, 무엇 하나도 변한 게 없다.

하루가 어깨를 움찔 떨었다.

"……이런, 와타야 선생님."

체육 수업을 맡고 있는 와타야는 요즘에는 드물게도 이른바 으름장을 놓는 타입의 선생님이다.

저 정도라면 아마 본인은 소리를 지르고 있다는 생각조차 없겠지만, 위압적인 외모로 큰 소리를 내니 위축되는 사람도 많은 모양이라 학생들은 대부분 무서워한다.

"주장!!"

와타야가 다시 소리쳤다.

하루가 대답하려고 하자.

"부주장인 나나세입니다. 미사키 선생님께 체육관 사용 허가는 받았어요. 일단 다른 부에서 쓸 예정이 없다는 것도 확인했고요."

쿨한 목소리가 그를 가로막았다.

나나세는 당당한 표정으로 일어서서 와타야와 마주 보고 있었다.

물어본 쪽에서는 그 대답만으로 충분했던 모양이다.

와타야가 '그러냐, 수업에 늦지 마라'라는 말을 남기고 걸어가기 시작했다.

"허가……, 받았구나."

하루가 작은 목소리로 중얼거린 다음, 하늘을 바라보며 아~, 숨을 크게 내쉬었다.

"역시 대단하구나, 유즈키. 점심 훈련을 한다고 말을 꺼낸 건 나인데, 고문의 허가나 다른 부의 상황 같은 건 요만큼도 생각하지 못했어."

"역할 분담이라고 생각하면 되는 거 아니야?"

내가 그렇게 대답하자 약간 억지스럽게 웃었다.

"뭐, 그렇지."

이러쿵저러쿵해도 하루 또한 새로운 주장이다. 태도에 별로 드러내지는 않지만 나름대로 책임이나 압박감을 느끼고 있을 것이다.

입가심을 할 겸 비스킷이나 먹을까 하던 참에 어느새 무대 근처로 다가와 있던 와타야가 멈춰 서서 이쪽을 노려보고 있다는 것을 눈치챘다.

또 뭔가 트집을 잡을 거라 생각했는지 하루가 몸을 움츠린 걸 알 수 있었다.

하지만 그 시선 끝에 있던 것은…….

와타야는 매우 불쾌하다는 듯이 눈썹을 일그러뜨렸다.

"──정말 못 봐주겠구나, 치토세."

내뱉는 듯한 말투였다.

나는 상대방에게 보이지 않는 위치에서 주먹을 꽉 쥐었다.

"여전하신 모양이네요, **감독님.**"

곱씹는 듯한 말투였다.

그 대화를 들은 하루와 유아가 깜짝 놀란 기척이 느껴졌다.
둘 다 눈치챈 모양이었다.

——**눈앞에 있는 남자가 야구부 고문이라는 사실을.**

2초, 3초, 4초, 우리는 둘 다 눈을 돌리지 않았다.
5초, 6초, 7초, 우리는 둘 다 입을 열지 않았다.

그런 교착 상태를 깬 것은 하루의 장난기 어린 말이었다.
"와타야 선생님~♪ 이런 미녀 두 명에게 둘러싸여 있는 남자보고 못 봐주겠다고 하시는 건 너무하지 않나요오?!"
너무나도 조잡하게 화제를 돌리려 하는 그 모습에 나도, 아마 와타야도 맥이 빠졌을 것이다.
그는 웅얼거리듯 칫 하고 혀를 찬 다음, 마지막으로 이쪽을 한 번 더 노려보고 나서 떠나갔다.
체육관에서 나간 것을 확인한 뒤 나는 입을 열었다.
"익숙하지 않은 짓은 하지 말라고, 멍청아. 분위기가 싸해졌잖아."
하루는 에헤헤, 하고 쑥스럽다는 듯이 볼을 긁었다.
"아, 역시 그런가? 유즈키였다면 좀 더 잘 넘겼겠지만."

"그래도 뭐."

나는 아직 먹지 않았던 비스킷을 하루에게 휙, 던져주었다.

"기쁘더라, 감싸려 해줘서."

유아가 내 말을 이었다.

"고마워, 하루."

"정말, 왜 웃찌까지 고맙다고 하는 건데에."

점점 쑥스러워졌는지, 하루는 고개를 휙 돌리고는 받아든 비스킷을 오독오독 먹기 시작했다.

유아도 옆에서 아삭아삭 비스킷을 깨물어 먹었다.

그런 두 사람을 바라보며 나는 그제야 힘을 뺐다.

야구부 시절과 마찬가지로, 단단한 손바닥에는 손톱자국이 또렷하게 남아 있었다.

*

이러쿵저러쿵하면서 점심시간이 정신없이 지나갔고, 5교시 시작 5분 전을 알리는 예비종을 들으며 셋이서 교실을 향해 뛰어갔다. 다행히 아직 선생님들의 모습은 보이지 않았다.

그러고 보니 다음은 현대 문학이었지. 쿠라쌤은 항상 수업 시작종이 울릴 때쯤 들어오니까 이렇게까지 서두르지 않아도 될지 모른다.

팀 치토세 멤버들은 유우코 자리를 중심으로 뭉쳐 있다.

우리보다 꽤 일찍 체육관을 나선 나나세는 땀 처리와 화장을 완벽하게 한 느낌으로 시원스러운 표정을 지으며 이쪽을 향해 손을 살짝 들었다.

참고로 하루는 지금까지 나와 경쟁했기에 땀으로 범벅이 된 이마에 앞머리가 찰싹 달라붙어 있다.

같은 농구부라도 이런 부분은 정말 대조적이구나.

우리 모습을 보고 히이라기 유우코가 기다리다 지쳤다는 듯이 일어서서 말을 걸었다.

"정말, 늦었잖아~! 셋이서 뭐 했는데?"

"여자 농구부 연습을 보면서 체육관에서 밥을 먹었거든."

내 대답에 뿌우, 알아보기 쉬운 불만스러운 표정이 돌아왔다.

"뭐야~, 치사해~. 나도 그쪽으로 갈걸 그랬네에."

유우코는 아쉽다는 듯이 유아 쪽을 보았지만, 정작 그녀는 그런 걸 신경 쓸 상황이 아닌 모양이었다.

"——으응, ——헉, 허억, ——휴우."

한참 섹시한 숨결을 내쉬는 중이었기 때문이다.

주륵, 매끈한 목덜미와 가녀린 쇄골을 작은 물방울이 타고 흘렀다. 손수건으로 닦아내지 못한 그 물방울은 그대로 견갑골과 등뼈를 간질이는 듯이, 또는 단아한 골짜기로 흘러드는 듯이 소녀의 윤곽을 어루만졌다.

단적으로 말하자면, 교실을 향해 전속력으로 뛰는 나와

하루를 따라왔기 때문에 망측한 일이라도 막 벌인 듯 엄청나게 땀을 흘리고 지친 상태다.

일단 금방 말을 꺼낼 만한 상황이 아닐 것 같았기에 나는 돌아오기 전에 산 볼빅 생수를 유아에게 건네고는 그녀의 심정을 대변해주었다.

"'애초에 유우코가 나를 버린 게 잘못이잖아'라고 말씀하시는군요."

"그랬어? 웃찌?! 미안해, 쓸쓸하게 해서."

꽈악, 옆구리를 꼬집혔다.

유아, 조금만 살살해줘. 진짜 뜯겨버릴 것 같으니까.

나는 어흠, 능청스럽게 헛기침을 하고는 계속 말했다.

"'뭐, 사쿠 군하고 단둘이 있고 싶었으니까 사실 잘된 일이지만. 그런데 분위기 파악도 못하고 끼어든 하루가 좀 걸리적거렸어'라고 말씀하시―, 거짓말이야, 거짓말, 유아, 하루, 미안해."

유아에게 꼬집히면서 하루에게 걷어차이고 있자니 유우코가 입을 삐죽댔다.

"사쿠, 너무해~! 웃찌는 언제나 내 편이거든? 그치~."

그녀는 약간 곤란해하는 표정을 짓고 있던 유아의 손을 잡았다.

그런 모습을 왠지 부럽다는 듯이 바라보고 있던 아사노 카이토가 끼어들었다.

"아니, 치사한데! 점심 연습을 하는 거였으면 나도 낄 걸 그랬네."

하루가 들으라는 듯 한숨을 쉬었다.

"미안하지만 여자 농구부에서는 사절이거든."

"어? 왜?"

"시선이 망측해."

"그건 모두의 의견이야?!"

조용히 상황을 지켜보던 미즈시노 카즈키가 어이없다는 듯이 입을 열었다.

"그건 그렇고, 새로운 반이 되어서 인간관계도 여러모로 바뀌었으니까, 사쿠네 부부 애첩 만담도 적당히 해야지. 안 그래? 유즈키."

"왜 그런 이야기를 나한테 하는 거야?"

"왜 그렇게 경계하는 거야?"

나나세는 등골이 오싹해질 정도로 방긋 웃었다.

"미즈시노, 슬슬 제대로 이야기를 한 번 할까?"

정작 카즈키는 시원스러운 태도로 그 말을 흘리고는 야마자키 켄타의 어깨를 툭툭 두드렸다.

"그러니까 켄타, 사쿠한테 뭐라도 한마디 해봐."

"염장 지르지 말고 얼른 자리에 앉으라고! 신 이 자식아!"

응, 너도 이제 껄끄러워하지 않게 되었구나.

마침 그 타이밍에 벨이 울리고 쿠라쌤이 들어왔기에 나는 재빨리 내 자리로 도망쳤다.

*

새근, 새근.

새근, 새근.

5교시가 시작되고 15분 정도가 지났을까.

쿠라쌤이 하는 이야기에 멍하니 귀를 기울이고 있자니 묘하게 규칙적인 숨소리가 들리기 시작했다.

옆을 보니 하루가 현대 문학 교과서를 세워두고 기분 좋게 낮잠을 자고 있었다. 꾸벅꾸벅 조는 거라면 그나마 귀엽겠지만, 두 팔을 베고 고개를 이쪽으로 돌린 상태로 푹 자고 있다. 뭐, 점심 연습을 하고 밥을 먹었으니 이해가 되긴 하지만.

이마에 땀이 살짝 나 있는 걸 보고 나는 쓴웃음을 지으며 창문을 열었다.

오후의 느긋한 바람을 맞고 나무들도 흔들흔들, 기분 좋게 꾸벅꾸벅 졸고 있었다.

운동장을 둘러싼 공받이 그물은 출렁, 출렁, 부드럽게 파도치는 것 같았다.

따악, 따악따악, 칠판 위에서 분필이 튀어 올랐다.

누군가가 스윽스윽 새 루스리프를 꺼냈고, 누군가가 쏘옥, 형광펜 뚜껑을 벗겼다.

어디에나 있고, 한없이 올바른 오후였다.

새근, 새근.

새근, 새근.

다시 하루 쪽을 보았다.

화장기가 거의 없는 피부는 비쳐 보일 듯이 매끈거렸고, 생각했던 것보다 긴 속눈썹이 따끈따끈한 햇살을 받으며 그림자를 살짝 드리우고 있었다.

약간 잘난 듯이 오똑한 코는 가끔 움찔거리며 살짝 부풀어 올랐다.

귀엽다. 솔직하게 그리 생각했다.

평소에는 무심코 남자 녀석들 같은 취급을 해버리지만, 이렇게 조용히 잠든 얼굴을 보니 역시 여자애로 의식해버리게 된다.

으응, 하루가 소리를 내며 몸을 살짝 움직이자 매끈한 목덜미가 보였다.

살짝 흘러내린 머리카락이 예쁘게 생긴 입술에 달라붙은 것을 보고 나도 모르게 살짝 손을 뻗어서 새끼손가락으로 치워주었다.

그래서 간지러웠는지 그녀는 슬쩍 미소를 지은 다음 살짝 눈을 떴다.

"……응, 치토세에."

잠결에 내 이름을 부르고 음냐음냐, 그렇게 알아들을 수 없는 말을 중얼거린 다음, 다시 눈을 감았다.

이봐, 방금 그건 좀 치사한데.

새근, 새근.
새근, 새근.

내가 동요한 것은 알지도 못한 채 규칙적인 숨소리가 돌아왔다.

역시 이 녀석도 이런저런 노력을 하면서 살아가고 있겠지.

문득 이 시간을 끈적끈적한 사탕처럼 길게 늘린 다음, 그 안에서 푹 쉬게 해주고 싶다는 생각이 들었다.

어느새 내 숨소리도 하루의 숨소리와 겹쳐졌고, 점점 눈꺼풀이 무거워졌다.

오른쪽 다리는 교실 바닥에, 왼쪽 다리는 잠의 경계에 걸치고 있는 것 같은 졸음 속에서 흔들리며 나는 들토끼처럼 폴짝폴짝 뛰어다니는 포니테일을 쫓아다니고 있었다.

*

──따악, 퍼억.

"아악!!"

한 방씩 더 맞았다.

젠장, 어째서 나만 모서리로 때리는데.

"내 수업 시간에 염장 지르지 마라."

그 말로 인해 교실 안이 웅성거리기 시작했다.

쿠라쌤이 심술궂게 씨익 웃으며 계속 말했다.

"참고로 치토세는 자고 있던 하루의 입술을 만지고는 뽀뽀하고 싶어 하던데."

그런 것까지 보고 있었냐고, 빌어먹을!

빤히, 하루가 기분 나쁘다는 듯이 바라보며 얼굴을 찡그렸다.

"너……."

"변호사 불러!"

그런 우리 모습을 한참 싱글거리며 바라보던 쿠라쌤은 호들갑스러운 몸짓을 보이며 말했다.

"아, 한탄스럽구나. 너희 학생들 한 명 한 명의 성적이 조금이라도 오르게끔, 좋은 문장을 접하고 마음이 풍요로워지게끔, 인생을 걸고 수업을 하고 있는데도 말이다."

"아까 삼천포로 빠져서 경마 이야기 하지 않았나?"

쿠라쌤은 내 태클 같은 건 듣지도 않았다.

"수업 중에 푹 잠든 학생을 간단히 용서하면 다른 학생들에게 본보기가 안 되지. 하지만 나도 다른 사람들의 눈초리를 받으면서 서 있으라는 벌을 주는 건 마음이 아프고."

점점 기분 나쁜 예감이 들었다.

애초에 평소 쿠라쌤은 잠깐 잔 것 가지고 꼬치꼬치 간섭하지 않는다.

이건 그거다.

켄타 때 일을 떠넘긴 것과 똑같은 흐름이 느껴진다.

좋아, 하고 쿠라쌤이 뻔뻔하게 말했다.

"치토세하고 아오미, 내일 방과 후에 둘이서 수영장 청소 해라."

""뭐어?!""

나도 모르게 하루와 목소리가 겹쳤다.

"왜 또 갑자기?"

내가 이어서 말했다.

우리 고등학교에 수영 수업은 없다.

수영부는 있지만 대회에 참가하기 위해 부의 형태를 취하고 있을 뿐, 평소 연습은 각자 외부 스쿨 등에서 한다고 들은 적이 있다.

쿠라쌤은 훗, 입가를 치켜 올렸다.

"개인 부문에서 인터하이 출장을 해서 수영부였던 교장 선생님이 정말 기뻤던 모양인지 오랫동안 쓰지 않았던 학교 수영장을 연습용으로 개방한다더군."

"그럼 10년 치 오물이 쌓여있는 거 아닌가……."

"안심해라, 해마다 한 번씩 업자를 불러서 정비를 한 모양이니까. 올해도 5월에 한 번 청소를 했으니 그렇게까지 더럽진 않을 거다."

"저기……, 저는 클럽활동이."

하루가 조심조심 말을 꺼냈지만.

"수업 중에 자다가 받게 된 벌칙을 내팽개치고 클럽활동을 하러 오라고 할까? 그렇게 규칙에 엄한 미사키 선생님이?"

그 말을 듣고 힘없이 무너져내렸다.

"이런, 미사키에게 죽을지도 몰라."

조금 가엾었기에 나는 이제 틀렸다고 생각하면서도 약간 저항해 보았다.

"애초에 자신들이 연습할 장소는 감사의 마음을 담아서 스스로 깨끗하게 청소하는 게 운동부의 방식 아닌가?"

"인터하이를 앞두고 있는 선수와 연습을 도와줄 다른 멤버들에게 그런 일을 시킬 수 없다는 게 교장 선생님의 의견이다."

"아니, 그거 까놓고 말해서 쿠라쌤이 부탁받은 일일 텐데."

쿠라쌤은 이마에 손을 대고 능청스럽게 하늘을 올려다보았다.

"그래, 사실 뜻있는 사람에게 협력을 받아서 내가 청소할 생각이었는데 말이지. 사랑하는 학생을 교육시키기 위해서 이번에는 악귀 같은 마음으로 너희에게 맡기기로 하마."

"참고로 그 뜻있는 녀석이란 게 누군데?"

"……그야, 뭐. 시간과 체력이 남아도는 반장이라든가."

"어느 쪽이든 나는 벗어날 수 없는 거네!!"

쿠라쌤은 이야기가 끝났다는 듯이 교단으로 돌아갔다.

나는 하루와 서로 얼굴을 마주 보며 한숨을 쉬었다.

※

그날 밤, 나는 밥을 먹고 나서 티셔츠와 반바지로 갈아입고 집을 나섰다.

눈앞을 흐르는 강가에 서서 발치의 흙을 신발 바닥으로 살짝 훑었다.

미지근하고 축축한 바람을 타고 숨이 막힐 듯한 여름의 밤내음이 느껴졌다.

졸졸 흐르는 물, 스윽스윽 흔들리는 잡초, 고무장화 발자국이 남아 있는 축축한 논두렁길, 녹아가는 달달한 셔벗과 가늘게 뻗은 모기향 연기, 또는 누군가의 땀에 젖은 뒷모습.

그런 것들이 한데 엉킨 분위기는 또 그 계절이 왔다는 것을 어찌 해볼 수도 없을 정도로 들이대고 있었다.

나는 몸에 밴 루틴에 따라 온몸의 근육을 천천히 뻗어나가기 시작했다. 마지막으로 관절 스트레칭을 하고 옆에 두었던 케이스를 열었다.

스르륵, **목제 배트를 빼냈다.**

야구부였을 때 쓰던, 그리고 켄타의 방 유리창을 깼던 금속 배트와는 다른, 새로운 파트너.

　작년 여름이 끝난 뒤 가을이 오고 그 사람과 만났을 무렵에 산 것이다.

　나는 꾸욱꾸욱, 손잡이 감촉을 몇 번 확인한 다음, 얼굴 앞으로 팔을 쭉 뻗어 배트를 기울여 끄트머리를 보았다.

　3초 세고 나서 힘을 빼고, 하늘하늘 흔들리듯이 살짝 자세를 잡았다.

　머릿속에 엄청나게 기세가 넘치는 투수를 떠올리고.

　부웅.

　……방금 그건 직구로 꽂혔지.

　자신의 스윙에 퇴짜를 놓으며 그대로 몇 번 배트를 휘둘렀다.

　부웅, 부우웅.

　부웅, 부우웅.

　야구부를 그만둔 다음 한동안 멈췄었지만, 이렇게 휘두르기를 다시 시작한 것은 그냥 불안했기 때문일 것이다.

　초등학교 시절부터 날마다 빼먹지 않고 해온 행동이다.

　습관이라기보다는 완전히 생활의 일부가 되어버렸다.

고등학교 야구에서 주류인 금속 배트가 아니라 대학교나 프로에서 쓰는 목제 배트로 바꾼 것에도 딱히 의미는 없다.

그냥 기분 전환을 하고 싶어졌다, 그런 뜻이라 생각한다.

휘잉, 휘이잉.

쉬익, 쉬이익.

50번을 넘어섰을 때부터 그제야 제대로 된 스윙이 되기 시작했다.

내 상황은 귀로 알 수 있다.

폼이 흐트러졌을 때는 왠지 촌스럽고 질질 끄는 소리가 나고, 무리하지 않고 자연스럽게 휘둘렀을 때는 말 그대로 바람을 가르는 듯한 소리가 난다.

제대로 잡힐 때까지 평소보다 시간이 걸린 원인은 역시 점심시간 때 있었던 일 때문일 것이다.

감독과 직접 이야기를 나눈 것은 클럽활동을 그만두고 나서 처음이었다.

부우웅.

봐, 잠깐 떠올린 것뿐인데 또 쓸데없는 힘이 들어갔다.

나는 가슴속의 답답함을 토해내듯 크게 심호흡을 했다.

다시 방망이를 들고 타격 자세를 취한 순간.

"——소년, 너클볼이다!"

어, 으어? 너클볼?
어디선가 날아든 목소리에 동요해서 비틀비틀 맥빠지는
스윙을 해버렸다.

"아~, 삼진이네."

시끄러워, 나도 그렇게 생각했다고!
마음속으로 태클을 걸면서 돌아보니.
"아니, 아스 누나?"
거기에 서 있던 사람은 뜻밖의 인물이었다.
"안녕."
아스 누나는 그렇게 말하며 장난스럽게 웃었다. 헐렁한
베이비블루 서머 니트에 하얀 큐롯, 그리고 운동화를 신어
서 편해 보이는 스타일이었다.
나는 배트를 내리고 티셔츠 소매로 땀을 닦았다.
"음, 무슨 일이야?"
"잠깐, 공부하다가 숨을 돌리려고 산책."
뭐, 이제 밤 8시가 지났으니까 고등학생이 돌아다니더라
도 이상할 시간은 아니지.

"그래도 아스 누나네 집에서 여기까지 산책할 거리는 아니잖아?"

내가 그렇게 말하자 그녀는 쑥스러운 듯이 고개를 돌리고 깍지를 낀 다음 우물쭈물댔다.

"그건 저기, 뭐라고 해야 할까요. 목적도 없이 걷다 보니 어느새 여기에 도착했다고 해야 하나, 혹시나 우연히 네가 나오지 않을까 싶어서?"

그 모습이 너무나도 귀여워서 나도 모르게 웃음을 터뜨렸다.

무심코 심술궂은 마음이 솟구쳤다.

"'분명 너하고는 이런 식으로 생각하지도 못했는데 만나는 게 좋은 거겠지'라는 세련된 말을 어디선가 들은 적이 있는 것 같은데. 아마 오늘처럼 달빛이 예쁜 밤이었을 거야."

"아~, 또 그렇게 귀엽지 않은 말을 하네."

아스 누나가 고개를 홱 돌린 채 계속 말했다.

"그날 이후로 너를 전혀 만나지 못했고……. 여행 중에 산 원피스를 입고 데이트하자고 했으면서."

나중에 한 말은 거의 중얼거리는 목소리라 알아듣지 못했지만, 왠지 삐진 것 같다는 느낌은 알 수 있었다.

"그건 그렇고."

나는 화제를 바꿨다.

"아까 그건 뭐야?"

그제야 이쪽을 봐준 아스 누나가 쿡쿡 웃었다.

"너하고 만난 이후로 야구 만화 같은 걸 좀 보면서 공부했거든. 갑작스러운 변화구에도 대처하지 못하면 안 되지, 소년."

"고등학교 야구에서 갑자기 너클볼 같은 걸 던지면 못 치지."

참고로 너클볼이란 불규칙하게 흔들리는 궤도로 날아와서 포수는 물론이고 던진 본인조차 어떤 변화가 일어날지 모르는 마구 같은 공이다.

아스 누나는 '그래?'라고 신기한 듯이 말하면서 약간 떨어진 곳에 앉았다.

반바지처럼 다리 사이를 가려주는 부분이 있는 큐롯이라 방심하고 있는 거겠지만, 부드러운 천이 하늘하늘 펄럭이며 허벅지 안쪽이 도톰하게 부풀어 오르기 시작하는 부분까지 드러났다.

어두운 밤에 푸르스름하게 드러난 매끄러운 피부를 보니 나도 모르게 도쿄의 밤을 떠올려버릴 것 같았다.

아스 누나를 피하던 건 아니었지만, 왠지 이것저것 변해버린 관계가 껄끄러워서 적극적으로 찾으려 하지 않았다는 것도 사실이다.

어떤 표정으로 만나면 될까, 내게 어울리지도 않는 생각을 하고 있었다.

이제 와서 확인할 필요도 없다. 나는 이 사람이 좋다.

끌리기도 하고, 동경한다.

하지만 그 마음에 사랑이라는 이름을 붙여야 하는지는 아직 모르겠다.

내 시선이 갈 곳을 잃은 채 헤매는 걸 눈치채지도 못하고, 그녀는 자기 무릎을 두 팔로 감싸안으며 이쪽을 보고 있었다.

"계속해줄래?"

달달하게, 공중에 둥둥 뜨는 듯한 목소리로 아스 누나가 말했다.

왠지 그 말까지 이상한 의미로 들릴 것 같았기에 그녀의 말대로 배트를 다시 잡았다.

부웅, 부우웅.
부웅, 부우웅.

으음~, 치토세 군, 마음이 완전히 흐트러졌네요.

아스 누나는 왠지 기쁜 듯이 이쪽을 보고 있었다.

문득 정겨운 기시감에 휩싸였다.

방과 후 운동장에서 연습을 할 때 그물 너머로 아는 여자애가 걸어가던 순간이나, 대회에 취주악부과 와줬던 순간처럼 왠지 기분이 들뜨는 느낌.

평소와는 다른 자신을 보여주는 것이 쑥스러운 반면, 평소보다 큰 목소리를 내보거나, 그럴싸한 포즈를 취하면서 폼을 잡아보거나, 흔한 말로 하자면 들떠버리는 느낌이다.

휘잉, 휘이잉.
쉬익, 쉬이익.

집중력을 되찾고 계속 휘둘렀다.

"——사라지는 마구!"
"그런 걸 어떻게 쳐!"

가끔 이상한 추임새가 날아들었다.

머릿속으로 100까지 세었을 때, 아스 누나가 조용히 입을 열었다.

"그만두지 못했구나, 야구."

"그런 게 아니라, 라디오 체조 같은 거야."

이렇게 배트 휘두르기를 계속하고 있다는 이야기는 지금까지 누구에게도 이야기하지 않았다.

그래서 아까 들켰을 때는 소중한 사람에게 비밀을 들켜버린 것처럼 껄끄러웠다는 게 솔직한 심정이다.

아스 누나가 조용히 일어서서 다가온 다음, 내 손가락 끝을 살짝 만졌다.

15센티미터 정도 거리에서 내려다본 눈물점이 덧없게 보여서 나도 모르게 깜짝 놀랐다.

그리고 그 연한 베이비블루는 나비처럼 살짝 멀어져갔고, 그와 동시에 내 손에서 배트 하나 분량의 무게가 사라졌다.

"이렇게 무거운 걸."

비틀비틀, 배트를 들어 올린 아스 누나가 말했다.

"내가 못 보는 곳, 아마 다른 사람들도 못 보는 곳에서. 날마다 계속 휘둘렀구나, 너는."

또 살짝 치솟은 복잡한 감정을 못 본 척하듯 농담으로 받아쳤다.

"부탁이니까 시험해보려 하지 마. 아스 누나는 허당이니까 놓쳐서 이쪽으로 날아오는 결말이 보인다고."

"……."

"어째서 망설인 다음 '좋았어, 해치울까'라는 느낌으로 자세를 잡는 건데?"

아스 누나는 토라진 표정으로 배트를 내리고.

"봐, 그렇게 항상 둘러대기만 하잖아."

마치 밤의 구석처럼 쓸쓸해 보이는 표정으로 웃었다.

"결국, 그만둔 이유를 가르쳐주지 않았지."

스르륵 스며드는 한심하다는 생각과 미안하다는 생각 때문에 입술을 살짝 깨물었다.

삐뚤어졌던 시기에 그만큼 내게 다가와 준 이 사람에게조차 나는 이야기하지 않았다.

생각해보니 핵심에는 다가오지 않게끔 하면서도 우물쭈

물 멀리 돌아가기만 하는 녀석하고 용케도 함께 있어준 것 같다.

"직접적으로는 질문받은 적은 없었고, 무엇보다 꼴사나운 내 모습을 보여주고 싶지 않았거든."

"보여줄 수 없었다, 겠지?"

너는 마치 '노히트 노런' 노래 같아, 아스 누나는 그렇게 말했다.

"아무리 불안해도, 괴로워도, 고민해도, 도망치고 싶어져도, 그렇게 태연한 표정으로 웃어 보이지."

"과대평가야. 그리고 도쿄에서 보낸 그 밤에 나는 꼴사납게 약한 소리를 했어."

"거의 대부분 나를 위해서 그런 거잖아?"

"아스 누나……."

"막 이래."

아스 누나는 다시 배트를 겨누었다.

"미안해, 방해하고 싶었던 건 아니야. 네가 야구를 하는 모습을 본 게 처음이라 왠지 흥분해버렸거든."

"휘두르기 같은 거라도 상관없으면 언제든 보러 와."

"외박 세트 가지고 와도 돼? 이번에는 마음에 드는 파자마도."

"어째서."

"네가 열심히 연습하는 동안 맛있는 요리를 만들면서 기다리는 연습."

"고기감자조림부터 배우고 오시지."

"……내일을 향해 홈런!"

"위험하잖아?! 진짜로 배트를 놓치는 게 어딨어!!"

그 이후로 나는 약 200번, 휘두르기에 집중했다.

횟수 그 자체에 딱히 의미는 없다. 50번 만에 납득하는 경우도 있고, 1000번을 휘둘러도 끝내지 못할 때도 있다.

아스 누나는 마치 오빠의 활약을 지켜보는 여동생처럼 방긋방긋 웃으면서 때로는 장난을 쳤고, 즐겁게 들떠있었다.

오늘 한 것 중에 제일 기분이 좋은 스윙을 마친 다음, 나는 배트를 케이스에 넣었다.

미안하다며 사양하는 아스 누나를 돌아갈 때 런닝할 거라는 이유로 설득해서 집까지 데려다주게 되었다. 도중에 때때로 무언가를 확인하려는 듯이 어깨나 새끼손가락이 닿았다.

맴맴, 매미가 짧게 울었다.

"작년보다."

아스 누나가 말했다.

"멋진 여름이 되면 좋겠다."

나는 옛날부터 습관이라 자주 쓰는 팔 반대쪽인 왼쪽에 메고 있던 배트 케이스를 살짝 쓰다듬었다.

"그 시절처럼, 말이지."

문득 주위를 둘러보니 민가 마루에 나란히 앉은 노부부

가 느긋하게 수박을 먹고 있었다.

낡은 선풍기가 질색하는 표정으로 고개를 저었고, 발이 기분 좋게 흔들리고 있었다.

내일도 더울 것 같다. 그런 생각이 들었다.

*

아버지에게 들키고 싶지 않다면서 재빨리 뛰어가는 뒷모습을 향해 손을 흔들며 나는 조용히 중얼거렸다.

"……저기, 사쿠 오빠는 어째서 야구를 그만뒀어?"

한숨을 내쉬며 별이 가득한 밤하늘을 올려다보고, 직구 승부는 내가 잘 못하는 분야구나라며 무심코 쓴웃음을 지었다.

*

다음 날 방과 후, HR을 마친 나와 하루는 터벅터벅, 축 늘어진 채 교무실로 향했다.

목제 덱 브러시와 플라스틱 양동이, 잘 모르는 약품 같은 것을 받은 다음, 쿠라쌤에게 사용 방법을 들었다.

중간에 미사키 선생님이 상황을 살펴보러 왔다.

"우미, 치토세, 둘이 수영장 청소 한다면서."

옆에 있던 하루가 어깨를 움찔거리며 떨었다.

"최, 최대한 빨리 끝내고 갈게요."

"아니."

미사키 선생님은 씨익, 의미심장하게 입가를 치켜 올렸다.

"마침 잘 된 거니까 오늘은 안 와도 된다. 만에 하나 일찍 끝나면 치토세하고 데이트라도 하고 와라."

"어째서 이 녀석하고! 아니, 그게 아니라, 주장이 그런 이유로 쉴 수는."

"주장이니까. 그렇지. 그렇게 모범을 보이는 방식도 있다는 거다."

"──윽."

쿠라쌤이 옆에서 놀리기 시작했다.

"그거 좋네. 또 수업 중에 낮잠을 자거나 염장을 지르면 곤란하니까."

입이 허전해서 그런지 불을 붙이지 않은 담배를 물고 있었다.

미사키 선생님이 그 모습을 노려보았다.

"이와나미 선생님께서도 학생들의 모범이 되어야 한다는 사실을 잊지 마시고요."

"네에, 네에~."

꼴좋다, 혼나고 있네.

쿠라쌤은 씁쓸한 표정으로 담배를 주머니에 넣었다.

그 모습을 본 미사키 선생님이 다시 입을 열었다.

"아무튼, 우미는 오늘 쉬어라. 납득이 안 된다면 트레이닝 대신이라 생각하고 구석구석까지 확실하게 청소하도록."

"……알겠습니다."

하루는 아직 불만인 것 같았지만, 결정을 뒤엎을 수 없다는 사실을 깨달은 모양이었다. 투덜거리며 고개를 끄덕였다.

"그리고 치토세."

미사키 선생님이 장난기 어린 목소리로 말했다.

"나나에게 면목이 없어질 만한 짓은 하지 마라?"

"……당신도 학생들의 모범이 되어야 한다는 사실을 잊지 말아주시죠?"

＊

교무실을 나선 우리는 건물 입구에서 신발을 갈아신고 밖으로 나왔다.

우리 학교 수영장은 제2체육관 옆에 있는 클럽활동 건물에서 길을 건너간 곳에 있다. 다시 말해 학교 부지 바깥에 있기 때문에 정문 반대쪽에 있는 동문으로 나갈 필요가 있다.

하루와 청소도구를 나눠서 들고 운동장 쪽으로 가보니.

"사쿠!"

정문 바로 옆, 백네트 뒤에 있는 야구부 부실 쪽에서 유스케가 후다닥 달려왔다.

이제 곧 클럽활동을 시작할 테니 당연하게도 연습복과 스파이크를 신고 있었다.

나는 여러 가지 감정에 뚜껑을 닫고 나서 농담을 했다.

"이봐, 야구부 주장. 스파이크 신고 나오지 말라고. 닳아 버리잖아."

유스케는 그 말을 무시하고 말했다.

"찾아다녔다고. HR이 끝나고 나서 교실로 가보니 없길래 오늘은 벌써 집에 간 줄 알았어."

"그거 미안하네. 지금부터 낮잠을 잔 벌로 수영장 청소를 해야 하거든."

덱 브러시와 플라스틱 양동이를 들어 보였다.

유스케는 하루를 살짝 본 다음, 다시 이쪽을 보았다.

"진지하게 할 이야기가 있어. 잠깐 시간 괜찮을까?"

이럴 때 거절한다고 해서 물러날 만한 녀석이 아니라는 건 알고 있다.

나는 말 없이 어깨를 으쓱이며 소극적으로 긍정한다는 의사표시를 했다.

"하루, 미안한데 먼저."

"──싫어."

실실대는 누군가와는 다르게 적극적으로 부정하는 대답이 돌아왔다.

"어째서."

"어차피 야구부 관련 이야기지? 그럼 나도 같이 들을 거야."

그 이야기를 듣고 있던 유스케가 쓴웃음을 지었다.

"야구부 관련 이야기라서 상관이 없는 애는 빠져줬으면 하는데."

하루는 흥, 코웃음 쳤다.

"저번에 못 들었어? 지금 캐치볼 상대는 나라고."

"그런 놀이 같은 거하고……."

이번에는 내가 가로막았다.

"미안해, 우리 **파트너**는 이렇게 되면 물러서질 않거든."

유스케가 이를 살짝 악무는 모습을 보고 내 마음이 살짝 삐걱댔다.

――파트너.

예전에 내가 그렇게 부르던 사람은 이 남자였다.

"……사쿠가 그렇게 말한다면 상관없지."

최대한 보는 사람들이 적은 곳으로 이동한 다음, 유스케 가 입을 열었다.

"말을 빙빙 돌려서 하는 건 껄끄러우니까 단도직입적으 로 말할게. 한 번 더, 같이 야구하자."

왠지 예상하던 대로였다.

"이봐, 하루를 따라 하는 건 아닌데, 저번에 못 들었어? 이미 둔해져서 못 써먹게 되었다고."

"그래. 정말로 야구를 버렸다면 말이지."

"그렇게 말했던 것 같은데?"

내가 그렇게 말하자 유스케가 내 팔을 꽉 잡았다.

"그럼 어째서 아직 타자의 손인 건데."

"──윽."

타악, 반사적으로 떨쳐냈다.

이 손에는 미련이 듬뿍 발려 있으니까.

유스케는 아랑곳하지 않고 계속 말했다.

"날마다 수백 번씩 배트를 휘두르고, 물집이 잡히면 터뜨리고, 다시 그 위에 물집을 만들고, 딱딱해진 손이야."

역시 속일 수가 없구나.

예전에 아토무도 단번에 간파했을 정도다.

"너……."

옆에서 하루가 조용히 중얼거렸다.

그리 대단한 이야기가 아니라고 말하려는 듯이 그녀의 자그마한 어깨를 툭툭 두드렸다.

"그냥 습관이라 계속했을 뿐이야."

"만약에 그렇다고 해도, 배트의 감각은 잊지 않았던 거잖아."

유스케는 앞으로 한 발짝 내디디며 거리를 좁혔다.

나는 그만큼 한 발짝 뒤로 물러났다.

"적당히 해라, 유스케. 중요한 여름 대회를 앞두고 있으면서 언제까지 1년 전에 그만둔 남자를 신경 쓰는 건데."

"그러니까 그렇지."

보라고, 유스케가 그렇게 말하며 스마트폰을 내밀었다.

그것을 받아들고 화면에 뜬 사진을 확대시켜 보니.

"……선수 등록 명부냐?"

정겨운 이름이 주르륵 늘어서 있었다.

아마 이 여름 대회 때 제출한 명부일 것이다.

"그래서, 신입 부원이 늘어서 다행이라고 말하면 되나?"

"됐으니까 마지막까지 보라고."

"진짜, 그만둔 팀의 벤치 멤버에는 흥미가 없거든?"

그런 걸 떠나서 최대 18명까지 등록할 수 있는데 지금은 11명밖에 없으니 모두의 이름이 들어가 있을 게 분명하다.

그렇다고 해서 누가 1번부터 9번까지, 주전 선수가 되었는지 가르쳐주고 싶은 것도 아닐 텐데.

의도를 파악하지 못한 채 화면을 스윽스윽 스크롤하다 보니 어떤 한 점, 익숙한 글자에 눈길이 빨려 들어갔다.

"뭐……야. 이게."

——거기에 열두 번째 선수로 등록되어 있던 것은 **치토세 사쿠**였다.

작년 명부인가?

아니, 그렇다면 내가 모르는 1학년 이름이 있는 건 이상하고, 등 번호도 다르다.

혼란스러워하는 내 어깨를 유스케가 힘껏 잡았다.

"알겠어? **감독님은 계속 너를 선수로 등록해두고 있었다고!**"

따악, 머리에 데드볼을 맞은 것 같은 충격을 받았다.

"알겠어? 사쿠. 착각이나 어설픈 감상 때문에 이런 짓을 할 사람이 아니라는 건 너도 알잖아. 분명 후회하고 있을 거야."

유스케의 말이, 진심이, 점점 흘러 들어와 심장 고동이 빨라졌다.

"네가 마음만 먹으면 이 여름을 함께 싸워나갈 수 있어. 부탁할게, 돌아와 줘. 작년에 지키지 못한 약속을, 우리의 잘못을, 만회할 수 있는 기회를 줘!!"

아, 여전하구나, 이 녀석은.

항상 이렇게 올곧고, 뜨겁고.

"……지마."

"어?"

"──까불지 말라고, 이 자식아아아!!"

올곧고, 뜨겁고, **어찌 해볼 수도 없을 정도로 비겁한 녀석이다.**

쿠웅, 발치에 깔려 있던 강판을 있는 힘껏 짓밟았다.

어깨에 올리고 있던 그 녀석의 손을 다시 뿌리치자 동시에 내던져진 플라스틱 양동이가 덜컹덜컹, 불규칙적으로 굴러갔다.

옆에서 하루가 움찔거리며 몸을 움츠린 것을 알아챘다.

하지만 더 이상 그런 걸 신경 쓸 여유가 없었다.

"이 여름을 함께 싸워? 약속을 지킨다고? **그때** 눈을 피하면서 다른 녀석들하고 같이 입을 다물고 있었던 네가?!"

"후회……, 하고 있어."

"만약에 그 말이 사실이라면, 어째서 이제 와서 말하는 건데?"

"……그건, 사쿠가 아직 야구를 하고 싶어 하는지 알 수가 없어서."

"아니지. 너는 감독이 선수 등록을 남겨놓고 있다는 선물이 없으면 움직일 수 없었던 것뿐이야. 그 미끼를 드리우면 내가 꼬리를 흔들면서 야구부로 돌아갈 줄 알았냐? 전부 없었던 일로 하고 즐겁게 야구를 할 수 있을 줄 알았어? 또 파트너라고 하면서 어깨동무를 할 줄 알았어?"

우득우득, 마치 바이스처럼 오른쪽 주먹을 꽉 쥐고는.

"그렇게, 그렇게 가볍게 내린 결단이 아니라고!!"

갈 곳을 잃은 감정을 콘크리트 벽을 향해 힘껏──.

"치토세에에에에에!!"

그 순간, 하루가 내 팔에 달라붙었다.

"스포츠맨이잖아, 자주 쓰는 팔은 안 돼!"

"──윽, 이거 놔!!"

"까불지 마! 멍청아! 죽어도 안 돼!!"

그녀는 이쪽을 노려보면서 작은 몸집에 온 힘을 담아 꽈악 매달렸다.

"네가 그렇게 촌스러운 짓 하면 어떡해!!"

퍼억, 하루가 던진 올곧은 마음이 가슴의 심지에 꽂혔다. 그 말에 뺨을 세게 얻어맞은 것 같아서 눈이 번쩍 뜨였다.

하루는 한없이 강한 의지를 담아 나를 보고 있었다.

눈부시다. 지금 상황과는 어울리지 않는 생각이었다.

마치 그 햇살이 꼴사나운 어둠을 없애준 것처럼 마음이 스윽, 시원해졌다.

숨을 크게 내쉬고, 팔에 주었던 힘을 뺐다.

언젠가 저녁에 탔던 그네를 떠올렸다. 또 이 녀석이 구해주었구나. 그렇게 생각하며 쓴웃음을 지었다.

야나시타하고 맞붙었을 때조차 왼손만 썼는데.

"고마워, 하루. 이제 괜찮아."

"정말?"

반신반의하는 상대방을 안심시켜주기 위해 자주 하는 농담으로 대답했다.

"그래. 그리고 아까부터 쁘띠 팬케이크 같은 게 닿고 있는데."

"……메♡론♡빵?"

"백보 양보해서 우스카와 크림빵?"

"──좋아, 부러뜨린다."

"자주 쓰는 팔은 안 돼애!"

이제 괜찮다.

평소의 나다.

후회나, 연민이나, 사소한 우월감이나, 또는 실망이나 희망, 그런 것에 휩싸여서 굳어 있던 유스케에게 말했다.

"발끈해서 미안하다. **그건** 내 미학을 위해 한 일이고, 너나 다른 애들을 원망하지는 않아. 어차피 시간문제였어. 그러니까 전 부원 같은 건 얼른 잊어버리고 고등학교 야구부답게 뜨거운 분위기로 코시엔을 노리라고."

"사쿠……."

"이건 마무리야. 후지고 야구부를 위해서 배트를 휘두르는 일은 두 번 다시 없을 거라고."

굴러다니던 양동이와 브러시를 주워든 다음, 나는 걸어가기 시작했다.

전 파트너는 아무런 말도 없이 서 있었다.

현 파트너가 마치 끌어안으려는 듯 급하게 왼쪽 옆으로 다가와 말했다.

"있지, 치토세. 수영장 녀석, 반짝반짝하게 해줄까?"

"여름 그 자체처럼 말이지."

매앰매앰, 성격이 급한 매미가 울었고, 화아악, 바람이 세게 불어왔다.

나는 메마른 운동장의 흙먼지를 잔뜩 뒤집어쓰고 오른손으로 눈을 비볐다.

*

방과 후에 맞춰서 물을 빼두었다는 수영장 바닥은 아직 기분 좋게 젖어 마치 블루 하와이 빙수처럼 반짝반짝 시원스러운 빛을 반사하고 있었다.

쿠라쌤이 말한 것처럼 그렇게까지 많이 더럽지는 않았다.

솔직히 이 정도라면 일부러 물을 빼내면서까지 청소할 필요가 있는 건지 의아하지만, 기분 문제일 것이다.

나는 슬랙스 끄트머리를 걷어 올렸다.

하루도 운동화와 양말을 휙휙 벗어던졌다.

그냥 맨발이 되었을 뿐인데, 평소보다 살색 면적이 넓어져서 그런지 운동부답게 날씬하고 건강해 보이는 다리가 묘하게 신선한 느낌을 주었다.

배운 대로 가장자리와 다이빙대처럼 높은 위치에 있는 곳부터 청소하기 시작했다. 수도꼭지에서 끌어온 호스로 적당히 물을 뿌리고 덱 브러시로 샥샥 문지른 다음, 눈에 띄게 더러운 곳에는 세제인지 소독약인지 모를 가루를 썼다.

하루가 몸을 앞으로 구부릴 때마다 치마 뒤쪽이 살짝 올라갔다. 팽팽해진 셔츠 등 쪽에 하늘색 브래지어 끈이 눈에 띄게 드러났다.

하지만 정작 본인은 그런 모습을 보여주고 있다는 자각이 전혀 없는 것 같았다.

열심히 청소하는 모습에 왠지 미안해져서 가끔 슬쩍슬쩍 훔쳐보는 정도로만 하기로 했다.

그 이후로 두 시간 정도 집중해서 수영장 바닥을 구석구석까지 닦고 나니 하늘 구석이 살짝 주황색으로 물들기 시작하고 있었다.

"이만큼 해두면 쿠라쌤도 불평하지 않겠지."

내가 중얼거리자 하루도 씨익 웃었다.

"그치~. 진짜로 트레이닝이 될 만큼 힘들었으니까."

그녀는 그렇게 말하며 넥타이를 느슨하게 푼 뒤, 셔츠 안으로 손을 파닥파닥 흔들며 바람을 불어넣고 있었다.

나는 수영장 가장자리에 놓아둔 포카리 스웨트를 하나 들고 휘익 던졌다.

제대로 반원을 그린 병을 하루가 한 손으로 타악, 잡아냈다.

곧바로 뚜껑을 열고 꿀꺽꿀꺽, 맛있게 마시자 기세를 못 이겨 입가에서 흐른 물방울이 땀과 뒤섞인 채 목덜미로 흘렀다.

여름, 방과 후, 수영장, 포니테일 여자애.

마치 광고처럼 그럴싸한 상황이구나.

"아까는 고마웠어."

그렇게 말하자 하루는 페트병에서 입을 떼어낸 다음 나를 빤히 바라보았다.

"형씨도 이성을 잃을 때가 있네요."

"미안해, 촌스러운 모습을 보여줘서."

"뭐, 그런 상황에서 실실대는 것보다는 훨씬 낫지만."

자세한 사정 같은 건 아무것도 모르는 주제에, 이 녀석이 하는 말은 하나하나 마음의 부드러운 부분에 꽂힌다.

하루는 호스 끄트머리에 달린 노즐 다이얼을 찰칵찰칵 만지작거리면서 계속 말했다.

"어차피 가르쳐달라고 해도 둘러대겠지."

뭘? 그렇게 되물을 정도로 눈치가 없진 않다.

그렇다고 해서 뭐라고 대답해야 하루의 마음을 무시하지 않을 수 있을지 아는 것도 아니었다.

결국 나는 애매한 웃음으로 대답했다.

어이없다는 듯이 살짝 숨을 내쉰 하루는.

"진짜, 성가신 남자야."

노즐을 이쪽으로 돌리고 레버를 쥐었다.

푸슉, 가늘게 좁혀진 물이 로켓처럼 뿜어져 나와 얼굴에 맞았다.

"차가워, 아야얏?!"

급하게 손바닥으로 그 물을 막으려는 나를 보고 하루가 깔깔대며 웃었다.

"머리가 좀 식었어?"

"제트 모드로 하지 마! 적어도 샤워로."

──푸슉, 푸슈슉.

"말 좀 들으라고, 망할!!"

온몸에 물을 따끔따끔 뒤집어쓰면서 도망쳐다녔다.

"그래서는 도루해봤자 잡힐 거라고, 야구 소년~."

"좋았어, 말 잘했다. 거기 가만히 있어라."

나는 근처에 있던 새 플라스틱 양동이를 들었다.

너무 더웠기 때문에 가끔 얼굴과 손을 씻기 위해 담아두었던 깨끗한 물이다.

뭔가 눈치챈 하루가 천천히 뒷걸음질 쳤다.

"자, 잠깐만, 치토세. 그건 안 돼."

"그래, 아가씨, 잔뜩 끼얹어줄 테니까 각오하라고."

"아니, 진짜 안 돼, 지금은 안 된다니까!"

"말은 필요 없어!!"

"흐아악."

촤아악, 나는 사정없이 양동이 안에 들어 있던 물을 끼얹었다.

머리부터 발끝까지 흠뻑 젖은 하루가 급하게 주저앉았다.

무릎을 끌어안고 몸을 웅크린 그녀의 등에는 셔츠가 딱 달라붙었고.

"──윽."

매끈한 살색과 연한 하늘색 브래지어 끈이 생생하게 드러나 있었다.

"……이쪽 보지 마, 바보야."

하루가 창피해서 기어들어 가는 목소리로 말했다.

"미, 미안. 아니 그런데 캐미솔은 왜 안 입은 거야, 멍청아."

"무, 무조건 더울 것 같아서, 청소하기 전에 벗었는걸."

"땀을 흘리면 비칠 줄 몰랐어?"

"그래도, 클럽활동 티셔츠는 비치지 않는 것밖에 없어서……, 나도 모르게 습관적으로."

최대한 눈을 피하며 태연한 척했지만, 머릿속에는 방금 본 광경이 완전히 새겨져서 떠나질 않았다.

흠뻑 젖은 셔츠 너머의 피부는 수영복을 입은 여자애보다 훨씬 고혹적이었다.

──게다가 그 여자애가 하루니까.

항상 남자 녀석들처럼 대하던 상대가 아니다.

여자도 여자애도 아닌, 하루의 내면에 있는 '여성'에 닿아버린 것 같은 느낌이 들어서 껄끄러운 마음이 심장 고동을 빨라지게 만들었다.

"그래도 뭐."

하루가 말했다.

뚜욱, 뚜욱, 참방, 참방, 물방울이 떨어지는 소리가 들렸다.

"──너라면, 괜찮겠지."

두근, 심장이 한층 더 크게 뛰었다. 나도 모르게 목소리가 들린 쪽을 보았다.

어느새 일어서 있던 하루는 살짝 고개를 숙이며 얼굴을 붉힌 채, 자신을 끌어안는 것처럼 가슴을 가리고 있었다. 하지만 그 가녀린 두 팔과 넥타이만으로는 이른 아침에 뜬 해처럼 섬세한 레이스까지 전부 가릴 수가 없었다.

촉촉하게 젖은 머리카락이 볼과 목덜미에 달라붙었고, 휴우, 천천히 내쉬는 숨결은 등골이 오싹해질 정도로 섹시했다.

빤히 보고 있다가는 이상해질 것 같아서 아래쪽을 보니 치마 속에서 떨어져 내린 물방울들이 허벅지 안쪽을 살짝 쓰다듬고 있었다.

나는 자제심을 최대한 발휘하며 등을 돌렸다.

귀에 닿은 말의 의미를 추측할 만한 여유도 없는 상황에서 하루의 목소리가 이어졌다.

"치토세는 나한테 흥미, 없어?"

"그런 건, 아니⋯⋯."

타박.

타박, 타박.

맨발에 물이 엉키는 듯한 발소리가 다가왔다.

그것은 바로 뒤에서 딱 멈췄다.

"그럼 이쪽, 제대로 봐."

그녀가 귓가에 그런 말을 속삭였다.

나는 주머니에 넣어두지 않았던 답을 필사적으로 더듬어서 찾으려는 듯이 천천히, 천천히 시간을 들여서 돌아보았고.

"저기 말이야, 하──어푸우읍콜록우엑."

멍하게 벌린 입에 좌아악, 샤워 모드 물이 힘차게 들어와서 숨이 턱 막혔다.

"빈틈!!"

하루는 그렇게 말하며 혀를 낼름 내밀었다.

"방심한 틈에, 치사하다!"

"어라~? 치♡토♡세♡느은, 하루의 섹시한 모습에 뇌쇄당해버린 거야아?"

나는 진지한 표정으로 조용히 앞머리를 쓸어올렸다.

"미안해, 하루."

살며시, 소중한 물건을 다루는 듯이 손을 잡았다.

"뭐라고 해야 하나, 기분이 끓어 올라서……, 이대로 끝내지는 못할 것 같아."

"뭐? 너 무슨 소릴 하는 거야? 어? 진짜로?"

"갈아입을 옷, 있지? 더러워져도 괜찮겠어?"

"있긴, 한데……, 그게 아니라, 잠깐만 기다리라고, 치토세에……."

하루가 눈을 꽉 감았다.

쏴아아아아.

나는 몰래 빼앗아 든 노즐을 그녀의 얼굴에 대고 망설임 없이 레버를 쥐었다.

"어푸, 잠깐, 우엑콜록어푸."

"당연히, 당하기만 하고 끝낼 수는 없겠지?!"

"……."

"어라~? 하♡루♡느♡은, 치토세 군의 섹시하게 젖은 모습을 보고 뭔가 다른 걸 상상해버린 거야아?"

하루가 흠뻑 젖은 앞머리를 다듬으면서 씨익 웃었다.

"좋았어. 저쪽 기둥에 매달아 놓고 수영부의 승리를 기원해야겠네."

"제물이야?!"

그런 다음 우리는 시간이 가는 것도 잊고 신나게 뛰어다녔다.

나는 이윽고 기운이 빠지자 수영장 바닥에 털썩 드러누웠고, 하루도 포니테일을 풀고 나와 마찬가지로 누웠다.

어느새 떠 있던 조각구름은 새빨갛게 물들어 남색 밤이 코앞까지 다가왔다. 이곳저곳에 고인 물웅덩이가 그것들을 부드럽게 빨아들여서 단둘이 하늘에 둥둥 떠다니는 것 같은 착각이 들었다.

꽤 시원해진 바람이 약간 소극적으로 스쳐 갔다.

찌르르, 찌르르, 찌르르, 찌르르, 벌레의 울음소리가 들렸고, 구석에 세워둔 덱 브러시가 소리를 내며 넘어졌다.

얼룩처럼 보이던 까마귀 두 마리가 산 쪽으로 날아갔다.

"있지, 치토세."

하루가 조용히 입을 열었다.

"작년 여름 대회, 카이토가 불러서 경기장으로 보러 갔었거든."

"그랬던 모양이네."

그 이후쯤이었을까.

지금처럼 이야기하는 기회가 늘어났던 게.

"너 혼자였어."

나는 조용히 계속 말하게 두었다.

"너만 혼자, 이런 진학교 약소 팀으로도 코시엔에 갈 수 있다고, 진심으로 믿고 있었어."

"……그랬구나."

"멋있었다고."

그 이상 아무런 말도 하지 않고, 하루의 이야기는 끝났다.

주위가 어두워져서 한심한 표정이 흐릿해질 때까지, 이대로 나란히 누워서 조용히 하늘을 바라보고 싶다는 생각이 들었다.

저녁놀과 밤 사이에, 얇은 얼음을 도려낸 듯한 달이 떠 있다.

나도 모르게 뻗으려 한 손을 꽉 쥐고, 하루의 어깨에 툭, 부딪혔다.

2장 삐진 직녀와 울먹이는 견우

　──긴 꿈을 꾸고 있었다.

　처음에는 초등학교 시절.

　학교 친구들을 따라 놀이의 연장 같은 마음으로 별생각 없이 참가한 소년 야구 연습.

　체육 수업 때는 별로 눈에 띄지 않았던 그 녀석이 작은 연식 공을 믿기지 않을 정도로 멀리 던지거나 치고 있었다.

　그냥 분했던 것 같다.

　그쪽은 날마다 전문적인 지도를 받으면서 경험을 쌓았으니 당연한 거였겠지만, 누군가에게 스포츠로 완패했던 건 그게 처음이었다.

　일단 임시 입부라고 했던 한 달 동안은 날마다 연습에 참가했고, 끝난 뒤에도 밤에 학교 건물에서 공을 벽에 맞추거나 휘두르기를 하는 등, 아무튼 열심히 파고들었다.

　그러던 어느 날 스르륵 빠져나간 타구가 노바운드로 학교 건물에 맞았을 때, 나는 정식 입부 신청서를 제출했다.

　졸업 문집에 큼직하게 쓴 꿈──, 프로 야구 선수.

　다음은 중학교 시절.

야구에 진심으로 참여하지 않는 3학년들이 있었다.

빈말로도 강호라고는 할 수 없는 팀이었기에 연습을 대충하는 모습이 눈에 띈 건 어쩔 수 없는 면이었을 것이다.

납득하지 못했던 것은, 그런 상황을 받아들이고 바꾸려 하지도 않으면서 1학년 때 입부하자마자 곧바로 중심 선수가 된 나를 눈엣가시로 여긴 것이다.

한동안 3학년과 그들을 따르는 2학년들에게 무시당하는 상태가 이어졌다.

하지만 감독은 감독으로서 올바르고 공평한 사람이었다.

연습 태도나 학년과는 상관없이 실력이 좋으면 시합에 내보내고, 서투르면 내보내지 않았다.

운동부에서 가장 단순한 규칙.

다행인 건 1학년이 모두 내 편을 들어준 것이다.

각자 초등학교 때 진지하게 야구를 하던 녀석들이었고, 중학교에서도 진심으로 높은 목표를 잡자는 공통적인 마음을 가슴에 품고 있었다.

우리는 하찮은 부조리를 견뎌내며 묵묵하게 연습에 매진했다.

이윽고 3학년이 은퇴할 무렵, 선발 멤버가 1학년 이름으로 가득 찬 것도 당연한 일이었다.

그렇게 한데 뭉친 팀은 강했다.

겨우 2회전에서 그치던 우리 중학교가 베스트4, 준우승,

시 대회 우승이라는 전적을 올렸고, 마지막 여름 때는 드디어 현 대회에서 우승을 해냈다.

그 무렵에는 이미 어떻게 해볼 수도 없을 정도로 야구라는 스포츠의 포로가 되어 있었다.

어느새 타자로서도 나름대로 이름이 알려진 존재가 되었던 모양이다.

현내 코시엔 단골 고등학교나 이웃 현 강호교에서도 제안이 들어오곤 했다.

하지만 중학교 때 그런 경험을 했던 내게는 아무런 매력도 느끼지 못했다.

이기는 게 당연한 팀에 들어가는 게 무슨 재미가 있지?

처음부터 기어 올라가서 사람들을 놀라게 해준다.

나라면 만화 같은 현실도 뒤엎을 수 있다는 걸 알고 있으니까.

그렇게 생각했다.

──사실은 환경 덕을 보고 있었을 뿐이라는 것도 모르는 채.

마지막으로 고등학교.

입학했을 때, 야구부 3학년이 10명, 2학년이 0명이라는 이야기를 들었을 때는 나도 초조해졌다.

선배들이 은퇴하면 시합을 못 합니다, 라는 건 웃어넘길 수도 없는 이야기다.

나는 반 친구들의 정보를 통해 같은 학년의 경험자들에게 말을 걸고 다녔다.

그때 만난 게 에자키 유스케다.

공교롭게도 얼굴까지는 몰랐지만, 이야기를 해보니 중학교 때 몇 번 대전한 적이 있던 버거운 팀 4번 타자였고 당연히 야구부에 들어갈 생각이라고 했다.

그밖에도 들어본 적이 있는 팀의 중심 선수를 몇 명 찾아냈다.

마지막으로 모인 신입생 10명 중에 투수와 포수 같은 특수한 포지션까지 갖춰져 있었던 것은 운명이라고 할 수밖에 없었다.

코시엔까지, 아니, 그 너머에 있는 프로 메이저까지 내달릴 준비가 갖춰졌다.

지금부터는 뜨겁게, 정신없이, 일직선으로, 정점을 목표로 삼기만 하면 된다.

쓰러질 때까지 연습하는 것도, 자신의 한계를 알아버리는 것도, 터무니없는 상대에게 패배하는 것도, 전혀 두렵지 않았다.

그런 건 하나씩 넘어서면 될 뿐이다.

정말 좋아한다, 야구를.

그저, 그저, 온 힘을 다해, 인생 전부, 모든 것을 바쳐주마.

내 청춘을 통째로 가지고 가라고.

──치지직, 치직, 치이이이이이이이이이이이이이이익.

갑자기 눈앞에 노이즈가 끼었다.

유스케도, 다른 친구들도 모래폭풍에 휘말려서 사라져
간다.

시야가 탁 트였을 때, 나는 넓은 운동장에 홀로 남아 있
었다.

배트도, 글러브도, 공도, 유니폼도, 등 번호도 없다.

나는 그냥 흔해 빠진 외톨이였다.

*

띠리리리리링, 띠리리리리링.

벌떡, 담요를 쳐내며 몸을 일으켰다.
지금이 꿈인지 현실인지도 모르고, 눈을 몇 번 깜빡
였다.
애매하게 흐릿한 기억을 더듬으며, 시야에 들어오는 것

들을 하나씩 확인해 나갔다.

벽을 가득 메우고 있는 잡다한 책장, 티볼리 오디오, 다이닝 세트, 오일을 바른 비터 오렌지 글러브, 손잡이가 얼룩진 까만 목제 배트, 낯익은 내 방.

거기에 펼쳐져 있던 것은 **꿈에서 이어지는 현실이었다.**

"——하아."

가슴속에서 소용돌이치는 응어리를 토해내며 숨을 크게 쉬었다.

이제 그 운동장에 서 있는 게 아니라는 안심감과, 두 번 다시 서지 않을 거라는 상실감이 동시에 밀어닥쳤다.

실내복 대신 입은 탱크톱은 땀으로 축축해졌다.

로우 테이블 위에 던져두었던 스마트폰을 확인해보니 오늘은 토요일.

보아하니 도구 손질을 마친 다음, 소파에서 졸다가 그대로 아침까지 자버린 모양이었다.

나는 비틀비틀 일어나 탱크톱을 탈의실 빨래 바구니에 던져넣었다.

곧바로 세면장에서 참방참방 세수를 하고, 시원한 보리차를 벌컥벌컥 여러 잔 마시고 나서야 겨우 의식이 또렷해지기 시작했다.

또냐.

야구를 그만둔 뒤로 가끔 꾸게 된 꿈이다.

요즘은 한동안 꾸지 않았는데, 어제 유스케와 한판 붙어서 그런 걸까.

떠올리기만 해도 또 가슴이 약간 답답해지는데, 하루의 활기찬 미소가 덮어 씌워졌다는 사실을 깨닫고 왠지 구원받은 것 같은 마음이 들었다.

티볼리 오디오 전원을 켜자 FM 라디오가 휴일의 시작에 어울리는 경쾌한 곡을 내보내고 있었다.

활짝 열어둔 창문으로는 꿈의 자취를 없애버리려는 듯이 화악, 뜨거운 공기가 흘러들어왔다.

그것을 폐에 한가득 들이마신 다음, 커피를 끓이고 달걀 프라이라도 만들까 하면서 부엌으로 간 순간.

띠리리리리링, 띠리리리리링.

스마트폰이 울렸다.

그러고 보니 착신음 때문에 일어났다는 게 생각났다.

유우코의 이름이 떠 있다는 것을 확인하고 나서 전화를 받았다.

"여보세요~."

『정말, 이제야 받았네에. 늦었잖아, 사쿠, 지금 어디쯤 왔어?』

"어디냐니, 이제 막 일어나서 집인데."

『……이, 멍충이! 오늘은 역 앞에서 데이트하기로 약속했잖아.』

"……으아아아아아아아아아아아아아악."

이런, 어제 이런저런 일이 있어서 완전히 깜빡하고 있었다.

약속한 시간은 11시.

역 로터리 공룡 조형물 앞에서 만나기로 했다.

시간을 확인해보니 12시가 지났다.

변명할 여지 없이 완전무결하게 지각이다.

아니, 얼마나 자버린 거야?

"미안미안미안미안! 30분……, 아니, 20분 안으로 갈 테니까 어디 시원한 데 가서 기다려!!"

『헤에~, 호오~, 하아~, 흐음~. 나는 아침 7시에 일어나서 두근거리면서 준비했는데, 사쿠는 약속 같은 걸 까맣게 잊어버리고 쿨쿨 잤구나~.』

"사, 사정이 있어서. 점심밥은 내가 살 테니까 용서해 줘어."

『흥. 어차피 우아하게 라디오라도 들으며 커피를 마시고 달걀프라이를 만들어 먹으면서 나쁘지 않은 휴일이군, 이라며 눈을 가늘게 뜨고 폼 잡고 있었으면서.』

"저기, 어디서 보고 있어?!"

＊

매우 급하게 준비를 마친 다음 역 앞으로 향했다.

시원한 곳에서 기다리라고 했는데도 유우코는 처음에 약속했던 대로 공룡 조형물 앞에 앉아서 기다리고 있었다.

가슴이 눈에 띄는 흰색 탱크톱에 기장이 긴 피스타치오 그린 셔츠를 걸치고, 아래쪽에는 연한색 베이지 큐롯을 입었다. 머리카락은 눈이 번쩍 뜨일 만한 코발트 블루 원단 스카프로 반묶음 머리 모양을 냈다.

여름의 뜨거운 햇살에도 불구하고 아낌없이 드러낸 다리가 매끈매끈해서 신선했다.

후쿠이 역 앞에 있다는 게 믿기지 않을 정도인 미소녀였지만, 정작 본인은 예쁜 다리와 비슷할 정도로 강하게 삐진 상태였다.

후쿠이티탄의 긴 목과 우어엉, 하는 울음소리가 마치 오랫동안 기다렸던 유우코의 심정을 대변해주고 있는 것 같았다. 후쿠이랩터도 위협하듯 크르릉, 짖어댔다.

아니, 미안하다니까.

이런저런 방법을 동원해서 달래며 이 근처에서 내가 유일하게 알고 있는 세련된 카페에서 에그 베네딕트를 사주자 그제야 기분이 풀렸다.

……풀렸지만, 말실수를 해서 나나세와 온 곳이라는 게 들켰기에 30분 추가로 삐져버렸다.

그런 다음 우리는 역 앞(서쪽 입구)에 있는 세이부 백화점과 역 뒤쪽(동쪽 입구)에 있는 복합 시설 'AOSSA(아옷사)'를 돌아다녔다.

참고로 AOSSA란 후쿠이 사투리인 '아옷사(※만나자)'라는 의미로 지은 이름인 모양이었다.

처음에 알았을 때는 '촌스러워!'라고 생각했지만, 지금도 'AOSSA에서 만나자'라는 썰렁한 개그를 하는 녀석이 있을 정도로 정착되었기 때문에 이름을 잘 지은 건지도 모르겠다.

유우코가 여름옷을 몇 벌 사고 만족하자 우리는 상업 시설 하피린 앞에 늘어서 있는 테이블과 의자 중에서 비어 있는 곳을 골라 앉았다.

내가 지각한 벌로 들고 다니던 짐을 옆자리 의자에 내려놓았다.

"사쿠, 무슨 일 있었어?"

옷을 입어보던 도중에 잔뜩 칭찬한 성과인지 기분이 완전히 풀린 유우코가 말했다.

"왜 그래? 갑자기."

"아니, 항상 만나기로 한 시간 전에 오잖아. 오늘 같은 경우는 드물다고 해야 하나, 처음이다 싶어서."

역시 나를 잘 알고 있는 것 같다는 생각이 든다.

적당히 둘러대는 선택지도 머릿속을 스쳐 갔지만, 저번 달 8번에서 주고받았던 이야기가 떠올라서 솔직하게 말하기로 결심했다.

"야구부 쪽하고 이런저런 일이 있었거든. 그래서 지쳤던 것 같아."

"……야구부 쪽?"

유우코는 고개를 숙이면서 왠지 조심스러운 눈치로 되물었다.

그만두었을 때 내가 고집스러운 태도를 보였기 때문에 이 화제에 얼마나 파고들어도 되는 건지 감을 못 잡고 있는 모양이었다.

"돌아오지 않겠냐고 하더라고."

그 말을 듣고 유우코가 고개를 번쩍 들었다.

"물론 거절했지만."

"……그렇구나."

추욱, 그런 소리가 들릴 것 같은 목소리였기에 나도 모르게 쓴웃음이 나왔다.

"왜 유우코가 풀 죽는 건데."

"아니, 사쿠에게 야구는 특별한 거였잖아? 인생에 이것 말고는 없다고 할 정도로."

"뭐, 그렇지."

"누구나 그렇게 특별한 게 없어진다면 두렵고 슬플 거야."

꾸욱, 테이블 아래에서 큐롯을 꽉 쥐고 있는 모습이 보였다.

왠지 그녀답지 않다.

평소라면 이럴 때 화악, 밝은 분위기로 덧칠해버리는 타입일 텐데.

모처럼 데이트를 하는데 시답지 않은 화제를 질질 끌고 싶지 않았기에 최대한 가볍게 들리게끔 입을 열었다.

"유우코도 있어? 그런 거."

"그런 거?"

"특별한 거."

내가 묻자 그녀는 이 녀석이 무슨 소릴 하는 거지, 싶은 멍한 표정으로 곧바로 대답했다.

"사쿠인데?"

"돌직구네. 적어도 포장 정도는 해야지."

그제야 유우코가 활짝 웃었다.

"저기, 사쿠──."

곧바로 뭔가 말하려던 참에.

"어라~? 치토세 군이랑 히이라기잖아~."

뒤에서 귀에 익은 목소리가 우리 이름을 불렀다.

"……으엑."

나는 돌아보고 무심코 그렇게 중얼거렸다.

"잠깐, 너무하네! 그건 누구보고 한 말이야?!"

거기에 서 있던 사람은 나즈나와 아토무.

우리와 마찬가지로 쇼핑이라도 하던 모양인지, 아토무가 종이봉투를 두 개 정도 어깨에 들쳐메고 있었다.

"칫."

보란 듯한 태도에 나는 나즈나에게 대답했다.

"물론 방금 혀를 찬 쪽."

"그치~. 잠깐 앉아도 돼? 모처럼 만났으니까 같이 차나 한잔하자~."

""되긴 무슨.""

두 남자의 목소리가 짜증이 날 정도로 깔끔하게 겹쳤지만, 처음부터 우리 의견을 들어줄 생각 같은 건 없었던 모양이다.

딱히 아토무를 매우 싫어하는 건 아니다. 그러나 일부러 휴일에 보고 싶은 얼굴도 아니란 말이지. 시비라도 걸면 귀찮으니까.

유우코는 처음에는 나와 이야기를 계속 나누고 싶었던 것 같았지만, 나중에는 왠지 안심한 것 같은 표정을 지으며 '아야세, 그러자, 그러자~'라며 환영해 주었다. 교실에서 이야기하는 모습은 별로 못 봤는데 딱히 관계가 나쁘지는 않은 것 같았다.

동그란 플라스틱 테이블 주위에 의자 네 개가 놓였고, 애초에 유우코는 내 왼쪽 옆에 앉아 있었다.

나즈나는 망설이지 않고 오른쪽 옆에 앉았다.

이봐, 그러면 내가 아토무하고 마주 보고 앉게 되잖아.

그렇다고 해서 옆자리가 좋냐 하면 그런 것도 아니지만.

완전히 똑같은 생각을 한 모양이었다.

아토무는 최대한 테이블에서 멀리 떨어지게끔 의자를

뒤로 뺀 다음에 시선을 돌리고 투덜거리며 비스듬히 앉았다.

"정말~, 둘 다 왜 툴툴대는 거야."

나즈나가 어이없다는 듯이 말했다.

남자 녀석을 봐도 딱히 좋을 게 없으니 나는 그쪽으로 고개를 돌렸다.

검은색 로고 티셔츠에 흰색 숏팬츠라는 비교적 심플한 조합이었지만, 약간 헐렁한 티셔츠의 기장이 꽤 짧아서 약간 움직이기만 해도 허리 라인과 예쁜 배꼽이 슬쩍슬쩍 보였기에 어딜 봐야 할지 곤란했다.

"잠깐, 사쿠? 어딜 보는 거야?"

싸늘한 유우코의 목소리가 뒤통수에 꽂혔다.

"이, 이 의자는 허리 쪽 커브가 예술적이다 싶어서."

"어디에나 있는 플라스틱 의자인데?"

이야기를 들은 나즈나가 아무렇지도 않다는 듯이 말했다.

"어~? 딱히 상관없어, 내가 보여주는 거니까."

"봐, 본인도 이렇게 말하니까 사양하지 않고."

"사, 쿠?"

"네, 죄송합니다, 제가 너무 주제넘게 굴었네요."

여자애들 두 명이 즐겁다는 듯이 깔깔 웃었고, 약간 떨어진 곳에서 다시 혀를 차는 소리가 울렸다.

"그런데 말이야."

나즈나가 유우코에게 말했다.

"예전에 나나세하고 치토세 군이 사귄다는 느낌이 된 적이 있었는데, 히이라기야말로 치토세 군이랑 사귀는 거 아냐?"

"안 사귀어~. 내가 일방적으로 사쿠를 좋아하는 것뿐이지."

내게는 익숙한 대답이었지만, 들은 쪽은 약간 놀라운 모양이었다.

"뭐? 그럼 좀 힘들지 않아? 이렇게 휴일에 데이트 같은 것도 하는데. 뭐, 대놓고 그런 말을 듣는 쪽도 좀 그런 것 같지만."

힐끔 내 쪽으로 시선이 향했다.

유우코는 약간 껄끄럽다는 듯이 볼을 긁었다.

"힘들진 않아. 내가 부탁한 거야. 제대로 고백할 때까지는 대답하지 말아달라고, 친구로 대해달라고. 사쿠를 곤란하게 만들고 있다는 건 사실인 것 같지만."

좀 거들어볼까 생각해봤지만 그것도 나름대로 이야기가 복잡해질 것 같아서 그만두었다.

1학년 때, 유우코가 그런 말을 했었다.

물론 처음에는 당황했지만, 그렇다고 해서 정식으로 고백받은 것도 아닌데 거절할 수는 없다. 그런 걸 떠나서 그때 솔직한 마음을 전하려고 하니 가로막아 버렸던 것이다.

만약에 내가 진심으로 이 애매한 관계를 골치 아프다고

느꼈다면 예전부터 그래왔던 것처럼 은근히 거리를 두는 선택지도 있었을 것이다.

그러나 유우코는 그렇게 다른 여자애들과 마찬가지로 내치기에는 너무 소중한 상대가 되어 있었다.

"그래도 그런 게 계속 이어지지는 못할 텐데."

나즈나가 날카롭게 간 식칼처럼 딱 잘라 말했다.

"너희 그룹은 나나세하고 아오미, 우치다처럼 괜찮게 생긴 애들밖에 없고, 저번에 예쁜 선배도 교실에 왔었지? 나라도 기회가 생기면 치토세 군하고 사귀고 싶어. 그밖에도 그런 애들이 잔뜩 있고."

"……그건, 나도 잘 알아."

"그런 것 같지 않은데~. 알고 있다는 건 내일 치토세 군이 네가 알고 있는 누군가하고 사귀게 되더라도 후회하지 않는 거잖아? 그런 다음에 손을 잡고, 키스하고, 몸을 서로 만지고, 야한 짓을 하더라도."

"──윽."

"히이라기가 특별 취급을 받고 있다는 건 옆에서 봐도 알아. 하지만 특별 취급은 지치는 일이고, 결국 평범하게 같이 있을 수 있는 상대가 아니라는 뜻 같은데."

"──그건 아니야!"

유우코는 지금까지와는 달리 강한 말투로 말했다.

"사쿠는 **누구보다 나를 막 대해줬어**. 특별 취급하지 않았어. 그래서 이 사람에게 특별해지고 싶다고 생각한 거야."

"아, 진짜. 귀찮아!! 짜증 나!!"

콰당, 나즈나가 세차게 일어섰다.

싸구려 플라스틱 의자가 뒤쪽으로 덜컹 넘어졌다.

"잠깐 히이라기하고 마실 거 사 올게."

그녀는 그렇게 말한 다음 유우코의 손을 잡고 하피린 안으로 들어갔다.

나는 손을 뻗어서 쓰러진 의자를 세워두었다.

거기에 남겨진 것은 남자 녀석 두 명.

"……."

"……."

"……야."

어디선가 목소리가 들린다.

"……."

"……야, 부르잖아."

환청인가?

"야!!"

나는 어쩔 수 없이 입을 열었다.

"야 씨, 부르시네요~! 어디 계신가요~?"

칫, 아토무는 조잡하게 혀를 찬 다음 계속 말했다.

"아까 그건 뭐야."

"아까 그거가 뭔데. 유우코가 나를 좋아한다고 했던 거? 아니면 나즈나가 나하고 사귀고 싶다고 했던 거?"

"그런 시시한 이야기는 상관없고. 야구부가 어쩌고저쩌

고 했잖아."

"……들렸냐."

"여기는 사람이 너무 없잖아. 휴일인데도."

나는 포기하고 정면에 앉아 있는 사람을 보았다.

"아토무는 왜 우리 학교 야구부에 안 들어갔지?"

그는 화제를 돌린 게 마음에 들지 않았는지 발끈하며 입을 다물었다. 그 모습을 보며 계속 말했다.

"나 얼굴이나 이름을 잘 못 외우거든. 현 대회 결승 때 붙었던 상대라고 해서 생각났지. 중학생 주제에 괴물 같은 직구를 던지는 투수였잖아."

"──하. 그런 괴물 상대로 3타수 3안타 1포볼. 2홈런 5타점. 천재가 비꼬는 걸로만 들리는데."

"그렇지 않아. 그때만큼 위험하다고 생각하면서 등골이 오싹해졌던 적은 없었다고. 지금도 잊을 수가 없어. 첫 번째 공, 내각 쪽 낮은 직구. 칠 생각으로 기다리다가 공에 손을 대지 못했던 건 그때가 처음이었다고."

"농담하지 마라. 별것 아니라는 표정으로 타석에서 싱글거리던 주제에."

"그래, 일단 말해두겠는데, 그건 아니야. 안 좋은 버릇이거든. **나는 뛰어넘을 수 없을 것 같은 벽에 부딪혔을 때, 즐거워져서 나도 모르게 웃어버린단 말이야.**"

"──윽."

"그런 적, 있지?"

아토무는 크게 한숨을 쉬었다.

"야구를 그만둔 건 네놈 때문이고, 나 때문이야. 그 선택이 잘못되지 않았다고 방금 확신했다. 그런데……."

그런 다음 조용히 중얼거렸다.

"치토세는 그대로 바보처럼 한없이 치고 올라갈 줄 알았단 말이지."

이놈이고 저놈이고, 나는 그렇게 생각하며 입술을 살짝 깨물었다.

내가 정한 거다, 이미 끝난 일이다.

──그러니까 그런 식으로, 사실 그 운동장에 뭔가 잊고 온 게 있는 것 아니냐면서 거울처럼 들이대지 말아달란 말이야.

남자 녀석 둘이서 캐치볼을 하는 건 거기서 끝났다.

이윽고 유우코와 나즈나가 돌아왔고, 한동안 별것 아닌 이야기를 나눈 다음 해산했다.

후쿠이타탄의 우어엉, 울부짖는 소리가 왠지 슬프게 울려 퍼지고 있었다.

*

"──아시고 토도 마이가 왔어."

하루가 그렇게 말하며 교실을 뛰쳐나간 것은 그다음 주월요일 방과 후였다.

아시고는 인터하이를 대비해서 현내 예선 상위에 든 학교와 연습 시합을 하러 다니는 모양이었고, 준결승에서 맞붙었던 후지고에도 찾아온 것이다.

그쪽 고문 선생님과 미사키 선생님은 오랫동안 알고 지낸 사이였는지, 오늘은 일정을 조정할 겸 들른 것 같다.

에이스인 토도 마이까지 함께 온 이유는 모르겠지만 그냥 소개해주려는 것뿐일지도 모르고, 온 김에 처리할 용건이 있는지도 모른다.

그건 그렇고 패배를 안겨준 상대인데도 용케 저렇게 들뜨는구나.

나는 눈을 반짝이던 하루를 떠올리며 쓴웃음을 지었다.

뭐, 원래 그런 법인가?

져서 분하다는 마음도 물론 있겠지만, 그 이상으로 자신보다 뛰어난 녀석은 솔직하게 존경하게 되고, 라이벌임과 동시에 팬 같은 심정도 생겨버리는 게 이해가 된다.

오늘은 끝난 뒤에 함께 캐치볼을 할 만한 느낌이 아니니 곧바로 집에 갈까 하던 참에 문득 하루의 사물함이 눈에 들어왔다.

항상 가지고 다니는 에나멜백과는 달리 따로 챙겨온 것 같은 천 토트백이 남겨져 있다. 대충 넣어둔 것은 아마 체육복일 것이다.

보아하니 깜빡하고 두고 가겠네.

달리 예정도 없으니 가져다줄까, 나는 그렇게 생각하고

그것을 들었다.

　제1체육관으로 들어가자 마침 미사키 선생님과 하루, 아시고의 고문, 토도 마이가 넷이서 이야기하는 모습을 보게 되었다.

　나나세를 비롯한 다른 멤버들은 이미 스트레칭을 시작하고 있었지만, 본격적인 연습은 아직 시작되지 않아 이야기하는 내용이 들릴 정도로 조용했다.

　"모처럼 여기까지 왔으니까 전초전 하자, 토도."

　공을 옆구리에 끼고 있던 하루가 시원스럽게 말했다.

　"네? 괜찮죠? 미사키 선생님, 토미나가 선생님."

　토미나가 선생님이라는 사람이 아시고의 고문인 모양이다.

　미사키 선생님은 누가 보더라도 쿨 뷰티인 것과 달리, 토미나가 선생님은 이국적인 생김새라고 해야 할까. 카이토와 나란히 서 있어도 꿀리지 않을 정도로 날씬하고 키가 커서 파리 패션 위크 무대에 선 모델 같은 분위기가 느껴졌다.

　왠지 겁이 나서 다가가기 힘들다는 점은 둘 다 마찬가지였다.

　그건 그렇고 이렇게 나란히 서 있는 모습을 보니 토미나가 선생님이 180센티미터 정도, 토도 마이가 175센티미터 정도, 그리고 미사키 선생님은 170센티미터 정도일까.

152센티미터밖에 안 되는 하루가 평소보다 더 작아 보인다.

물론 다른 세 사람이 여자치고는 드물게 키가 크다는 점도 있지만, 방금 한 이야기까지 겹치니 마치 어른들 사이에 껴서 떼를 쓰고 있는 어린애 같았다.

토미나가 선생님이 쓴웃음을 지으며 대답했다.

"미안하지만 인터하이를 앞두고 있어. 에이스의 컨디션을 무너뜨리는 짓은 시키고 싶지 않은데."

하루도 그 정도로 물러날 생각은 없었던 모양이다.

"가볍게 1 on 1만 할 거니까요."

"이봐, 다른 학교 학생이라서 이런 말을 하긴 껄끄럽지만……."

그때 미사키 선생님이 끼어들었다.

"그러니까 말이다, 우미."

그렇게 말하며 어깨에 손을 올렸다.

"이제 곧 전국의 에이스들과 싸워나가야만 하는데 너 같은 꼬맹이와 놀다가 이상한 이미지나 버릇을 남기고 싶지 않다는 뜻이다."

"──윽."

옆에서 봐도 하루가 동요하는 것을 알 수 있었다.

"이봐, 나는 그렇게까지 세게 말할 생각이 없었는데."

토미나가 선생님이 날카로운 눈초리로 미사키 선생님을 보았다.

"그야 당신 팀이 아니니까. 나는 이 녀석의 지도자로서 확실하게 사실을 전해주는 게 낫다고 생각했을 뿐이야."

"……뭐, 그렇다면 동감이고."

잘 아는 사이라 그런지 거리낌이 없는 고문 두 사람. 이야기를 들은 하루가 이를 악물고 주먹을 꽉 쥐고 있는 모습이 보였다.

아마 선생님들이 한 말은 옳을 것이다.

애초에 같은 반 여자애들과 비교해도 작은 하루가 농구부 에이스로서 일선에서 활약하는 것 자체가 기적적인 일이다.

하지만, 그것은 어디까지나 예외적인 경우.

인터하이쯤 되면 170센티미터가 넘는 선수가 잔뜩 있을 것이다.

그런 대회에서 이기기 위해서 굳이 지금 하루와 연습할 필요할 필요가 있냐 하면……, 안타깝게도 그렇진 않다.

"착각하지 말아줬으면 하는데."

토미나가 선생님은 마치 위로해주는 것 같은 말투로 말했다.

"후지고는 강한 팀이다. 딱 맞아 들었을 때의 폭발력은 대단하고, 그렇기 때문에 이렇게 연습 시합을 부탁하러 왔다. 그 중심에 있는 선수는 분명히 너겠지. 포인트 가드와의 콤비네이션은 우리에게도 위협적이었어."

"그 말씀은."

하루가 연약한 목소리를 냈다.

"유즈키가……, 포인트 가드가 있는 후지고와는 지금 같은 시기에 연습할 의미가 있지만, 저 개인에게는 그럴 만한 가치가 없다는 뜻이죠?"

토미나가 선생님은 미사키 선생님을 힐끔 보았지만, 미사키 선생님은 계속 말하라는 듯이 입을 다물었다.

스트레칭을 하고 있던 팀메이트들도 어느새 침을 삼키며 그 모습을 지켜보고 있었다.

어쩔 수 없다는 듯이 살짝 숨을 내쉰 토미나가 선생님이 계속 말했다.

"딱히 너보다 포인트 가드가 더 뛰어나다는 말은 아니다만, 둘이 모여야만 위협적으로 느껴진다는 뜻이다. 솔직히 너 개인과 승부해봤자 우리 마이가 얻을 게 있을 것 같지는 않은데."

하루가 고개를 숙인 채 뭔가 말하려고 한 순간.

"——좋아. 할까? 1 on 1."

토도 마이가 말했다.

하루가 곧바로 고개를 번쩍 들었다.

"정말로?"

"응, 갈아입을 테니까 부실 빌려도 돼?"

토미나가 선생님이 날카로운 목소리를 냈다.

"마이!"

하지만 정작 본인은 아랑곳하지 않았다.

"이 정도로 컨디션이 무너질 정도로 허약하진 않아요. 몸집이 작은 선수랑 맞붙을 기회가 절대로 없다는 보장도 없고."

"……정말, 이미 말을 꺼냈으니 어차피 듣지도 않겠지. 마음대로 해라."

그 대답을 들은 하루가 활짝 밝은 표정을 지었다.

마치 예전부터 친하게 지내던 친구를 대하는 듯한 태도였다.

"그럼 가자, 토도! 부실까지 안내해줄게."

"고마워. 음……."

토도 마이가 대답했다.

"미안, 네 이름을 가르쳐줄 수 있을까?"

그 순간, 나는 마치 분위기가 얼어붙은 것처럼 느꼈다.

하지만 하루는 살짝 움찔거리며 멈춘 다음 곧바로 씨익 웃었다.

"후지고 스몰 포워드 아오미 하루. 앞으로 잘 부탁해!!"

그런 모습을, 나나세가 왠지 걱정스럽게 보고 있었다.

＊

아무래도 체육복만 놓고 돌아갈 수는 없을 것 같았기에

미사키 선생님에게 부탁해서 나도 견학하기로 했다.

준비를 마친 토도 마이가 체육관으로 돌아와서 가볍게 몸을 풀기 시작했다.

검은 티셔츠에 숏 팬츠, 마찬가지로 검은색 리스트 밴드, 농구화.

온몸을 검은색으로 통일시킨 그 스타일에서는 왠지 기분이 나쁜 박력이 풍기고 있었다.

티셔츠는 아마 같은 팀끼리 맞춘 것 같았다. 등에는 '질풍신뢰'라는 흰 글자가 힘차게 흔들렸다.

검은색 메쉬 숏 머리카락에 가늘고 긴 눈, 군더더기 없이 단련된 긴 팔다리. 다시 본 토도 마이가 인상적인 미인이라는 건 분명했지만, 무심코 눈길을 끄는 것은 서 있는 모습이었다.

——아, 역시 저 선수는 **가지고 있다**.

어떤 스포츠에도 '분위기가 있는 녀석'이 있는 법이다.

가벼운 런닝, 스트레칭, 드리블조차 되지 않는 가벼운 공 다루기.

그녀의 그런 일거수일투족에서 뛰어난 녀석 특유의 오라라고밖에 표현할 말이 없는 게 새어 나오고 있었다.

다른 팀메이트들도 연습을 할 상황이 아닌지, 코트 양쪽에서 이번 승부를 지켜보려는 것 같았다.

나나세는 어느새 내 곁에 서 있었다.

"자, 해볼까."

원정 나와서 갑자기 대전을 벌이게 되었는데도 토도 마이는 마치 근처 공원에서 아이들과 노는 것처럼 편한 모습이었다.

준비를 마치고 기다리고 있던 하루가 말했다.

"규칙은?"

"슛은 어디에서 쏘더라도 1점이고 10점 선취제. 공격 쪽이 공을 빼앗기면 수비로 체인지. 선공은 그쪽."

"호오? 그거참, 정말 **너그러우시네**."

하루가 한 말을 듣고 나는 무심코 나나세를 보았다.

"무슨 뜻이야?"

나나세는 복잡한 표정으로 입을 열었다.

"우미는 골 근처에서 승부하는 타입이지만, 토도는 바깥에서도 쏠 수 있어. 어디에서나 1점이라면 실질적으로 3점슛의 우위성을 없애는 규칙이지. 참고로 나하고 우미가 붙을 때는 일반적인 슛을 2점, 3점슛은 3점으로 나눠서 하고, 승률은 5대5야."

"하루가 가지지 못한 무기는 자기도 쓰지 않겠다는 건가?"

"그리고 공격 쪽이 공을 빼앗기기 전까지 교대하지 않는다는 건, 극단적으로 말하자면 10점 연속으로 득점하면 수비를 한 번도 하지 않고 이길 수 있다는 뜻이야."

"그런데 선공을 하루에게 양보했다니……."

"뭐, 신장 차이를 고려한 핸디캡이겠지. 얕보고 있는 거야."

그렇게 말하는 표정에는 분한 감정이 새어 나오고 있었다.

　그렇게까지 큰 차이가 있는 걸까, 나는 그렇게 생각했다.

　토도 마이의 플레이는 압도적이다. 일류 선수라는 건 보면 알 수 있었다.

　하지만 하루나 나나세가 핸디캡을 받아야만 승부를 벌일 수 있을 정도로 뒤처지는 것 같지는 않았다.

　투웅, 투웅, 투웅.

　수비 쪽 시작 지점에 선 토도 마이가 가볍게 공을 튕기며 입을 열었다.

　"불만이라는 표정이네?"

　하루는 천천히 고개를 저었다.

　"아니, 승부를 받아들여 준 것만으로도 고마워. 그 대신……."

　토도 마이가 공을 한번 바닥에 튀기며 하루에게 보냈다.

　그것을 받아든 하루는 씨익 웃었다.

　"내가 이기면 공평한 규칙으로 한 번 더."

　쿡쿡, 토도 마이가 입가를 치켜올렸다.

　"좋은데, 그런 거."

──타앙!!

그 말을 신호로 하루가 날카롭게 한 발짝 내디뎠다.

"빨라!"

구경하던 사람들 중 누군가가 그렇게 외쳤다.

곧바로 두 발짝, 세 발짝만에 완전히 상대방을 제쳤다.

토도 마이는 완전히 제쳐져서 돌아보지도 못했다.

슈욱.

부드러운 소리와 함께 레이업이 들어갔다.

팀메이트들이 와아, 소리쳤다.

하루가 돌려준 공을 받아든 토도 마이가 뜻밖이라는 듯이 말했다.

"호오?"

"의욕이 좀 생겼어?"

"지금까지 일대일로 붙을 기회가 거의 없긴 했는데, 예상했던 것보다 세 배는 빠르게 느껴지네."

옆에서 나나세가 약간 의기양양해하며 후후, 웃었다.

"우미가 꼬맹이이긴 하지만, 꼬맹이이기 때문에 드리블이 엄청나게 낮아. 함부로 손을 댔다가는 바로 파울. 게다가 저렇게 작은 체격에 맛이 간 엔진(신체능력)을 탑재해서 발을 내딛는 속도나 파고드는 속도도 엄청나게 빠르니까,

간단히 뺏을 수는 없을 거야."

다시 말해 하루가 드리블하는 도중에 수비 쪽에서 공을
뺏는 건 매우 힘들다는 뜻인가.

토도 마이가 하루에게 공을 건넸고, 시원스럽게 말을 건
넸다.

"자, 한 번 더."

"눈 깜빡할 사이에 제칠 거야."

——콰앙!!

좀 전과 마찬가지로 발을 내딛고, 하루는 자기 기준으로
오른쪽을 공략했다.

하지만 이번에는 토도 마이도 딱 달라붙어 똑같은 속도
로 따라잡았다.

두 발짝, 세 발짝, 안 된다. 떨쳐내지 못했다.

공을 노리고 긴 팔이 뻗어왔다.

——투웅.

하루는 가랑이 사이로 공을 통과시켜서 반대쪽 손으로
잡았다.

곧바로 왼쪽으로 크게 내디딘 다음——, 손에 공을 빨아

들인 채로 빙글 돌아서 다시 오른쪽을 노렸다.

공을 노리던 토도 마이의 손이 허공을 갈랐다.

슈욱.

들어갔다.

구경하던 사람들이 다시 환호성을 질렀다.

"아오미……, 라고 했던가?"

토도 마이가 말했다.

저 녀석은 씨익 웃으며 대답했다.

"그래, 하루라고 불러도 돼."

비슷할 정도로 기분 좋은 미소를 지으며 토도 마이가 계속 말했다.

"꽤 하네, 하루. 나도 마이라고 불러도 돼."

"오케이, 마이. 끝까지 해보자."

"──아니."

투욱, 하루에게 패스가 넘어갔다.

"인정했으니까, 여기까지."

"그게 무슨, 뜻인데!!"

──질풍신뢰.

마치 상대방의 문구를 빼앗아온 것 같은 속도로 하루가 달려갔다……지만, 토도 마이는 넘어오지 않았다.

대충 팔 하나 정도 거리쯤 될까.

그녀는 일정한 간격을 유지하면서 딱 달라붙었다.

공을 빼앗으려 한다기보다는 제치지 못하게 하는 것에 전념하는 것 같았다.

"──윽."

옆에서 나나세가 숨을 삼켰다.

완전히 제칠 수 없다는 것을 깨달은 건지, 하루는 페인트 몇 번으로 상대방을 휘두른 다음 기세를 살리며 높이 뛰어올랐다.

토도 마이가 두 손을 뻗으며 블로킹에 나섰다.

하지만 하루는 공중에서 몸을 비틀어 상대방에게 등을 돌리고는 곧바로 뒤쪽으로 공을 던졌다.

저건 홍백전에서 키가 큰 센터를 피할 때 보여주었던 숏이다.

들어간다. 나는 그렇게 생각했지만.

"잔재주야."

──타악!!

공이 손에서 떨어진 순간, 막혀서 떨어져 버렸다.

퉁퉁, 튀는 공을 하루가 멍하니 바라보고 있었다.

토도 마이가 공을 회수하며 말했다.

"나처럼 **날 수 있는** 상대에게는 통하지 않을 거야, 그거."

"……이 자식."

하루가 소매로 땀을 스윽 닦았다.

타임을 외치고 기합을 넣는 듯, 또는 자신의 마음을 가라앉히려는 듯 신발 끈을 다시 묶기 시작했다.

"역시, 그렇게 되는구나."

나나세가 조용히 중얼거렸다.

"꽤 쉽사리 막혀버린 것처럼 보이던데."

내가 그렇게 말하자 그녀는 휴우, 하고 살짝 한숨을 쉬었다.

"움직이는 우미에게서 공을 빼앗는 건 힘들긴 해. 하지만 숏 코스나 패스 코스를 방해하면서 따라가기만 하는 거라면 나도 아슬아슬하게 가능하거든. 그리고 농구에서의 수비는 그쪽이 일반적이야."

"처음 두 번은 토도 마이가 직접 공을 노리고 나선 것 같던데."

"실력이 떨어진다고 생각했으니까 간단히 뺏을 수 있을 줄 알았겠지. 그리고 한 가지 더, 우미에게는 치명적인 핸디캡이 있어."

"……뭐, 키겠지."

나나세가 고개를 끄덕였다.

"예를 들어서 토도의 베스트 숏이라면 나는 내 최고 도달점까지 뛰어도 블로킹을 할 수 있을지 불확실해. 하지만 하루 상대로는 타이밍만 맞춘다면 가벼운 점프로도 나름대로 막아낼 수 있지. 그게 무슨 뜻인지 알겠어?"

"약간 늦더라도 제때 막을 수 있다는 건가?"

말 없는 긍정이 돌아왔다.

다시 말해 드리블로 제쳐서 슛을 쏜다 하더라도 뒤늦게 따라온 상대방의 불완전한 점프로 블로킹해버릴 가능성이 있다는 뜻이다.

반대로 수비 쪽에서 보면, 슛 모션에 들어간 다음 뛰어도 늦지 않는다면 억지로 공을 빼앗거나 지나치게 압박을 가하다가 허를 찔리는 것보다는 제치지 못할 거리를 유지하면서 슛을 날리는 순간을 막는 쪽이 더 편하게 된다.

나나세가 계속 말했다.

"물론 실전에서는 동료들하고 연계할 수 있으니까 그렇게 간단하진 않아. 하지만 1 on 1이라면 약점이 전부 드러나게 되지. 좀 전에 토미나가 선생님이 했던 말은 그런 뜻일 거야."

너 개인과 승부해봤자 얻을 게 있을 것 같지는 않다고.

"마지막에 한 말은 무슨 뜻이야? 자기처럼 날 수 있는 상대에게는, 이라고 한 거."

"우미의 점프는 체공 시간이 이상하게 길어. 실제로는 소수점 몇 초 차이겠지만, 동시에 뛰면 자기가 먼저 떨어지는 느낌이 들지. 그걸 살려서 공중에서 뒤로 돈 다음에 수비 선수가 손을 뻗기 힘든 위치에서 날리는 슛. 저 키로도 싸워나갈 수 있게끔 생각해낸 거래."

"그렇다면."

"토도도 같은 세계에 있다는 거야. 체공 시간으로 우위를 점하지 못한다면 필연적으로 키가 큰 쪽이 이기겠지."

정말 잔혹한 스포츠구나, 나는 그렇게 생각했다.

야구는 키로 인한 핸디캡이 비교적 눈에 띄지 않는 경기다.

물론 키가 큰 투수가 던지는 공은 치기 껄끄럽고, 덩치가 클수록 친 공을 멀리 날리기 쉬울 것이다. 팔다리가 길면 수비 범위도 넓어진다.

하지만 상대방과 직접 높이를 경쟁하는 경우는 없다.

방금 말한 핸디캡은 변화구의 종류를 늘린다든가, 배트 컨트롤 능력을 키운다든가, 타구에 대한 초기 반응을 빠르게 만든다든가, 키 말고 다른 능력으로 보충할 수가 있다.

농구는 자기가 어떻게 해볼 수 없는 요인 때문에 이렇게까지 차이가 나버리는구나.

내 심정을 눈치챘는지 나나세가 옆구리를 툭, 때렸다.

"절대 동정 같은 건 하면 안 돼, 치토세."

그녀는 곧바로 조금 짜증 난다는 듯한 말투로 말을 이었다.

"우미는 강해. 말은 간단한 것처럼 했지만 나를 포함해서 저 애 속도를 여유롭게 따라잡을 수 있는 선수는 본 적도 없고, 그래서 우리 팀 에이스인 거야. 저런 무게추(키)를 떠안고 우메와 비슷하게 움직일 수 있는 토도가 이상한 거라고."

"그럼에도 불구하고 물러서지 않는다는 건가."

"그럼에도 불구하고 물러서지 못하는 거지. 저 애는 뒷모습으로 보여주려 하는 거야."

무슨 말인지 의미를 추측해보기도 전에 상황이 움직였다.

투웅, 투웅투웅.

시간을 들여서 신발 끈을 묶은 하루가 수비 쪽에 서서 공을 튕겼다.

"기다렸지."

투웅, 한 번 튕겨서 상대방에게 건넸다.

"좋아, 해볼까."

그 순간, 하루가 회오리바람처럼 거리를 좁혔다.

"그렇게 나오겠지, 당연히."

토도 마이가 씨익, 입가를 치켜올렸다.

이번에는 나나세에게 물어보지 않아도 이해할 수 있었다.

좀 전에 했던 이야기를 반대로 뒤집으면, 하루의 키로는 일정 거리를 유지하며 수비를 해봤자 아무런 위협도 안 된다는 것이다.

자신보다 큰 상대를 막으려면 드리블할 때 노릴 수밖에 없다.

적어도 그 순간에는 하루의 손이 닿는 곳에 공이 있으니까.

토도 마이는 그걸.

——스르륵.

한없이 부드러운 공놀림으로 피했다.

"아쉽네."

그대로 힘차게 발을 내디더서 **한 발짝만에 하루를 제쳤다.**

스윽.

아무런 장애물도 없는 레이업은 쉽사리 들어갔다.

"만약 하루가."

토도 마이는 말했다.

"20센티미터만 더 컸다면 결과는 알 수 없었을 거야."

손으로 공을 가지고 놀면서 계속한다.

"체격 차이를 빼고 보면 나와 비슷할 정도로 빠르고, 비슷할 정도로 높게 뛰고, 비슷할 정도로 강해."

하루는 주먹을 꽉 쥐고 있었다.

"하지만, 농구는 그 **컸으면 좋았을 20센티미터**가 전부야."

구경하던 사람들이 조용해진 가운데, 아직 열기가 사라

지지 않은 목소리가 울렸다.

"끝난 것처럼 말하지 말아줄래?"

"아직 더 하게?"

"당연하지, 박살 낸다!!"

토도 마이는 왠지 기쁜 듯이 하루와 공을 주고받았다.

"아아, 170센티미터인 하루랑 싸워보고 싶네."

그리고 다시 한번, 뛰기 시작했다.

＊

토도 마이와 토미나가 선생님이 체육관을 떠나자 평소의 연습 풍경이 돌아왔다.

하지만 그 중심에 무드 메이커인 주장은 없었다.

잠깐 머리를 식히고 오겠다고 나간 것이다.

결국 그 이후로 하루가 공격을 맡게 되는 일은 없었다. 아니, 한 번도 공을 만져보지도 못하고 승부가 끝났다.

압도적인 플레이의 여운에서 아직 벗어나지 못한 건지, 부원들은 왠지 마음이 다른 곳에 가 있는 것 같았다.

"토도 마이, 장난 아니야."

"반칙이잖아. 그렇게 크면 누구든 이기겠지."

"그치~."

"그런데 설마 우미가 완패할 줄은 몰랐어."

"20센티미터 차이잖아? 도전하려고 하는 게 이상하다고."

"골을 넣은 것만으로도 완전 잘한 거 아니야?"

"그래도 처음엔 진심으로 수비한 게 아니었잖아."

"아니, 인터하이를 목표로 삼으려면 그런 녀석을 쓰러뜨려야 하는 거야?!"

"빵터지네!"

"아니, 못 해, 못 해. 눈앞에 서 있기만 해도 싸울 의욕이 사라질 자신 있어."

"타고난 게 너무 다르다고."

"아~, 나도 175센티미터 정도만 되었으면~."

"너는 167센티미터니까 충분하잖아. 우미 선배를 보라고."

"키도 재능이란 말이지~."

"잠깐, 그건 하면 안 되는 말이라고."

"그래도 좀 실망 아냐? 항상 잘난 척하면서 지시해놓고."

"만약에 나나 선배가 주장이었다면."

"——자자~, 집중!!"

짝짝, 나나세가 손뼉을 쳤다.

그러자 부원들도 잡담을 멈추고 다시 연습하기 시작했다.

"치토세, 언제까지 그러고 있을 셈이지?"

멍하니 그 모습을 바라보고 있자니 미사키 선생님이 말

을 걸었다.

"아, 그렇죠. 애초에 이걸 가져다주러 왔을 뿐이니까, 나중에 전해주실 수 있을까요?"

하루의 토트백을 벽 쪽에 두고 나가려 하자.

"그게 아니라."

데이백을 꽉 잡혔다.

"이제 슬슬 그 바보를 데리고 와라."

그 바보란, 생각해볼 필요도 없이 하루일 것이다.

"혼자 있게 해주는 게 낫지 않을까요?"

팀메이트들이 지켜보는 가운데 완패.

그것도 자신만만하게 도전장을 던졌는데도 불구하고.

풀 죽지 않는 쪽이 이상하다.

"우미를 너무 얕보는군, **그 녀석은 더 먼 곳을 보고 있어.**"

미사키 선생님은 어이가 없다는 듯이 한숨을 쉬었다.

"그렇다 치고, 제가 왜요?"

"이럴 때는 왕자님이 데리러 가줘야 분위기가 살 것 아냐."

"왠지 요즘, 참견해대는 친척 아주머니처럼 되신 것 아니에요?"

……우드득.

"갈 테니까 목을 뽑아내려 하지 마세요."

*

체육관 밖으로 나오자 하루를 금방 찾을 수 있었다.

하루는 등나무 지붕 아래에 있는 벤치에 앉아서 멍하니 운동장을 바라보고 있었다.

시선 끝에는 야구부, 소프트볼부, 축구부, 육상부, 테니스부와 핸드볼부.

그리 넓지도 않은 공간에 여러 가지 클럽활동이 빽빽하게 들어차 있었다.

이런 게 공립 고등학교의 안 좋은 점이지.

"여, 꼬맹이."

나는 벤치의 등받이에 손을 얹으며 일부러 그렇게 말을 걸었다.

반대쪽 입장이었다면 쓸데없이 신경 써주는 게 더 싫을 것 같았기 때문이었다.

하루는 앉은 채로 고개를 뒤로 젖히고 이쪽을 올려다보았다.

그 얼굴에는 눈물 자국이 보이지 않았다.

"위로하러 오는 게 늦은 거 아냐? 형씨."

"이대로 이마에 뽀뽀해줄까?"

"성추행을 하라고 한 적은 없거든요?"

나는 곧바로 돌아가서 옆에 앉았다.

"네 라이벌은 꽤 버거운 것 같던데."

하루는 분하다는 듯이 헤헤, 웃었다.

"라이벌이라. 이름도 기억하지 못하고 있었던 건 역시

좀 괴롭더라. 그렇게까지 안중에도——, 아얏."

따악, 말하던 도중에 그녀의 머리를 향해 촙을 날렸다.

"멍청아. 나도 대전 상대의 이름이나 얼굴 같은 건 일일이 기억하지 않았거든."

"네 기억력이 꽝이었을 뿐——, 아얏."

"그래도 플레이는 머릿속에 새겨지는 법이야. 토도 마이는 '**지금까지** 일대일로 붙을 기회가 거의 없긴 했는데, **예상했던 것보다** 세 배는 빠르게 느껴진다'라고 했다고. 준결승에서가 아니라 지금까지야. 기억하지 못한 상대에게 그런 말을 할 수는 없잖아."

아마 초등학교와 중학교 때 경기를 했던 것도 잊지 않았을 것이다.

하루는 정신이 번쩍 든 표정을 지었다.

"……그렇구나."

마침 눈앞에서 연습하고 있던 테니스부 쪽에서 공이 데굴데굴 굴러왔다.

공은 우리가 있는 학교 건물, 체육관 쪽과 운동장 쪽을 나누며 부지 안을 가로지르는 통로에서 딱 멈췄다. 일어서서 그 공을 주운 다음 달려오려 하던 여자애에게 슬쩍 포물선을 그리며 던져주었다.

라켓으로 재주 좋게 그 공을 받은 사람이 '감사합니다~'라고 하면서 고개를 숙였다.

마침 안쪽에서 연습하던 유우코가 우리를 본 모양이

었다.

"사쿠~! 하루~!"

느긋하게 붕붕, 라켓을 휘두르고 있다.

나는 손을 살짝 들어서 그녀에게 대답했다.

"저런 식으로."

벤치에 다시 앉으며 말했다.

"즐겁기만 한 스포츠를 할 수 있다면 좋을 텐데 말이지."

그건 그냥 진심이었다.

언젠가 유우코가 승패에 연연하지 않고 느긋하게 가는 클럽활동을 한다고 이야기했던 걸 떠올렸다. 이런 말을 하면 깔보는 것처럼 보일지도 모르겠지만, 나는 맹세코 그런 식으로 스포츠를 하는 것을 바보 취급한 적이 없다.

그보다 처음에는 누구나 마찬가지일 것이다.

어제보다 멀리 공을 던졌다, 안타를 쳤다. 뜬공을 잘 잡아냈다……, 그것만으로도 충분히 즐거웠는데.

"못하지, 우리들은."

하루가 조용히 말했다.

"영혼까지 사로잡혔으니까."

다른 사람이 들으면 호들갑을 떤다고 생각할지도 모르겠다.

하지만 나는 금방 공감할 수 있었다.

어렸을 때부터 주위 친구들이 노는 시간을 희생해서 날마다 몸을 한계까지 괴롭히고, 연습이나 시합 때 몇 번이나 좌절을 맛보고, 분한 마음에 잠들지 못하는 밤을 넘어서서——, 그럼에도 불구하고 더 강해지고 싶었다, 이기고 싶었다, 1등이 되고 싶었다.

그렇게 포기한 이후조차 아직 혼을 놓아주지 않고 있으니 사로잡혔다고밖에 할 수가 없을 것이다.

"마이가 한 말, 어떻게 생각해?"

"20센티미터?"

내가 되묻자 하루는 고개를 끄덕였다.

"받아칠 수가 없는 정론이지."

"그치, 나도 그렇게 생각해."

"나는 센스나 운동신경 같은 것에 꽤 회의적인 편이지만, 체격이라는 것만은 분명히 부모님에게 물려받은 재능일 거야. 근육이 잘 붙고 덜 붙는 정도는 어느 정도 노력으로 커버할 수 있지만, 키는 어떻게 해볼 수가 없으니까."

"우유, 엄청나게 마셨는데 말이지."

하루가 농담처럼 말하며 웃었다.

"그래도 나는 말이야, **다른 사람이 가지고 있는 것만 보고 질투하는 짓은 하고 싶지 않아.** 예를 들어서 마이도 그 키로 나와 비슷한 속도로 달리고 뛰다 보면 부상을 달고 살지도 몰라. 큰 만큼 상대방이 세게 몰아붙일지도 몰라, 마크를 심하게 당할지도 모르고. 농구에서는 톱클래스 선수지만, 여자애로서는 심한 말을 듣는 경우가 있을지도 몰라."

살짝 반해버릴 것 같은 말이었다.

그런 식으로 생각할 수 있는 사람은, 그것도 남이 가지고 있는 행운 때문에 패배한 뒤에 그렇게 말할 수 있는 사람은, 매우 강하고 아름답다.

"한 가지만."

하루가 말했다.

"한 가지만, 물어봐도 돼?"

"내가 대답할 수 있는 거라면."

"노력은 반드시 보답받을 거라 생각해? 필사적으로 계속 달리면, 계속 뛰면, 내가 언젠가 마이를, 좀 더 대단한 녀석들을 이길 수 있을 거라 생각해?"

그것은 한없이 절실하고, 진지한 질문이었다.

그래서 나는 한없이 성실하게, 진심으로 대답했다.

"흔한 말이지만, 노력이 반드시 보답받는다는 건 그냥 환상이야. 아니, 정확히 말하자면 보답받는다는 것의 정의에 따라 다르겠지. 그게 지금의 자신보다 성장한 자신이라면 노력은 반드시 보답받을 거야. 하지만 일본 제일의 여자 농구선수라면, 보답받는다는 보장은 없겠지."

당연한 사실이다.

100명이 그 꿈을 품고 노력한다면, 최소한 99명은 보답받지 못하게 된다.

"게다가 하루는 키라는 핸디캡이 있어. 농구를 잠깐이라도 한 사람에게 물어본다면 꿈같은 이야기라면서 웃겠지."

그렇게 말하면서 아스 누나와 니시노 씨(아버지)와 한 이야기를 떠올렸다.

그 사람이 내놓은 답은 이룰 때까지 꿈을 계속 추구하겠다는 것이었다.

만약에 그게 '인터하이에 출장한다'거나, '실업팀에서 경기를 한다'처럼 구체적인 결승점이 있는 이야기였다면 같은 답에 도달했을 것이다.

하지만 지금 하루가 떠안고 있는 것은 아마 좀 더 추상적이고 순수한 소원 같은 것.

내가 살아가는 방식은 잘못되지 않았나?

그렇게 물어보는 것 같은 느낌이 들었다.

"하지만, 노력하면 보답받는다는 것을 누구도 증명할 수 없는 것처럼, 노력해도 보답받지 못한다는 것 역시 증명할 수 없지."

훌쩍 일어서서 야구부 쪽을 멍하니 바라보며 계속 말했다.

"날마다 슛을 100번 쏘면, 달리기를 하면, 더 강해질 수 있지 않을까, 이길 수 있지 않을까, 1등도 될 수 있지 않을까. 만약에 200번이라면? 300번이라면? ——**정말로 나는 노력해도 보답받지 못하는 쪽이었을까.**"

돌아서서 하루를 똑바로 바라보았다.

"그런 결말을 보러 갈 수 있는 건 자신뿐이야. 지금까지 모두가 못했다고 해도, 그 사람들은 하루가 아니지. 정말로 답을 알고 싶으면 직접 확인하러 가보라고."

나는 그렇게 말하고 입가를 치켜올렸다.

하루는 살짝 멍한 표정을 보인 다음.

"네게 물어보길 잘했어."

도전적인 미소를 지으며 마주 보았다.

"최고로 내 취향이야, 사랑해."

"연애에 한눈을 파는 건 토도 마이를 제치고 난 다음에 하시지."

"그럼 금방이겠네."

곧바로 영차, 일어서서 주먹으로 내 어깨를 툭, 때렸다.

"나도 싸울 거야. 치토세도 도망치지 마."

의미심장한 말을 남기고 체육관 쪽으로 돌아갔다.

——까앙.

가슴이 후련해지는 것 같은 경쾌한 소리와 함께 야구부 쪽 높은 공받이 그물을 넘어가는 특대 파울볼이 날아왔다.

타석에 서 있던 사람은 에이스이자 타선의 주축을 맡고 있는 남자.

나는 그 공을 원바운드로 잡은 다음, 운동장을 향해 있는 힘껏 던져주었다.

*

다음 날 점심시간, 나는 카즈키, 카이토, 켄타, 그리고 하루와 함께 학교를 빠져나와 근처에 있는 식당, '타코큐'에 와 있었다.

이름으로 상상할 수 있듯이 타코야키나 오코노미야키 같은 음식이 주메뉴인 가게지만, 우리가 노리는 것은 학생 점보라는 이름의 초 곱빼기 야키소바.

원래는 다 먹지 못하면 벌금을 내야 하는 이른바 챌린지 메뉴다.

하지만 식욕이 왕성한 남자 고등학생, 특히 운동부 녀석들은 아무렇지도 않게 먹어치워 버리기 때문에 그냥 저렴하게 잔뜩 먹을 수 있는 인기 메뉴가 되어버렸다. 도전자가 고등학생과 대학생으로 한정되어 있는 걸 보니 가게 쪽에서도 처음부터 그럴 생각이었을지도 모르겠다.

참고로 점심시간에 학교 바깥으로 나오는 건 일단은 금지되어 있다.

일단은이라고 한 이유는, 정말로 학생 수첩에 적혀 있기만 한 규칙이라 엄밀하게 지키는 학생이 거의 없기 때문이다.

매점이나 학교 식당은 붐비기 때문에 근처에 있는 편의점으로 점심밥을 사러 가는 녀석들도 많고, 거기에서 선생님을 만나더라도 혼나지는 않는다.

그래도 나와서 먹는 건 아슬아슬한 것 같지만, 문제를

일으키지 않는 이상은 괜찮겠지. 정 뭐하면 쿠라쌤과 함께 나온 적도 있으니 혼날 때는 쿠라쌤 이름을 댈 생각이다.

일단 지금은 카운터석 몇 군데와 우리가 앉아 있는 작은 테이블 말고는 좁은 가게 안에 다른 손님은 없다.

참고로 오늘 나와서 먹자고 말을 꺼낸 사람은 카이토다.

나와 카즈키가 곧바로 맞장구를 쳤고, 켄타는 억지로 따라오게 된 형태다.

하루는 오늘도 점심 연습을 할 예정이었지만 다른 부원들의 의견에 따라 오늘은 중지하기로 한 모양이다. 나도 학생 점보를 먹고 싶다며 손을 들었고, 정색하는 유아와 나나세가 배웅해 주었다.

"할머니, 점보 국물로 네 개요."

카이토가 카운터 안에 서 있는 명물 가게 주인을 향해 말을 걸었다.

"또? 가끔은 다른 것도 주문하라고. 너희가 점보만 주문하니까 장사가 안 되잖아."

또렷한 목소리가 돌아왔다.

할머니는 70대 중반쯤 되는 나이인 것 같은데, 쭉 편 등과 깔끔하게 다듬은 짧은 은색 단발, 그리고 시원스러운 성격 덕분에 꽤 젊게 보였다.

"다섯 명이잖아. 아가씨는 뭐 먹게?"

"나는 점보 먹을 거야~."

"그럼 거기 있는 홀쭉한 안경이야?"

켄타 이야기인 것 같다.

다이어트는 제대로 성공해서 등교 거부를 하기 전과 마찬가지로 홀쭉한 몸으로 돌아왔다.

"음, 나는 그냥 소스 야키소바."

"뭐야, 젊은 남자가 비실대기는. 점보 먹으라고, 점보."

대체 뭘 먹으라는 거야, 나도 모르게 마음속으로 태클을 걸었다.

이렇게 작고 낡은 가게가 망하지 않고 계속 유지되는 것은 할머니의 이런 성격의 영향도 크겠지.

장사가 안된다고 투덜대면서도 나나 카이토, 카즈키처럼 단골에게는 조용히 보통 학생 점보보다 훨씬 많이 주곤 한다.

한동안 잡담을 하다 보니 야키소바 5인분이 차례대로 나왔다.

참고로 이 야키소바에는 일반적인 소스 야키소바와 오리지널인 국물 야키소바로 두 종류 맛이 있고, 내 주위에서는 후자가 인기 있다. 알싸하고 딱 좋은 매운맛과 단맛의 절묘한 균형 때문에 계속 먹게 되는 맛이다.

"그런데 사쿠, 유우코는 안 불렀어?"

카이토가 곧바로 야키소바를 후루룩 먹으며 말했다.

유우코는 유아나 나나세처럼 칼로리를 신경 쓰지 않으니까 말을 걸어보긴 했는데, 매우 단순한 이유로 거절했다.

"이빨에 김이 묻으니까 싫대."

내가 그렇게 대답하자 남자 네 명의 시선이 일제히 같은 곳으로 쏠렸다.

"뭔데에."

젓가락으로 면을 잔뜩 뜨면서 하루가 그렇게 말했다.

"그런 건 수돗물로 적당히 이를 닦으면 되잖아."

후루룩, 후루루룩.

응, 왠지 안심이 되네.

"그러고 보니까."

눈 깜짝할 새에 점보를 절반 정도 먹어치운 카이토가 계속 말했다.

"켄타는 좋아하는 애 생긴 건가?"

푸우우웁.

너무 갑작스러운 말에 켄타가 야키소바를 뿜어냈다.

"뭐 하는 거야, 안경."

카운터 안에서 키친타올 두루마리가 날아왔다.

나는 그것을 대신 받아서 아직 콜록대고 있던 켄타에게 넘겼다.

켄타는 테이블 위를 닦고, 컵으로 물을 몇 잔 먹고 나서야 겨우 입을 열었다.

"갑자기 뭐야, 아사노."

"그렇게 허둥댈 필요는 없잖아. 학교로 복귀한 지 꽤 지났고, 무엇보다 역시 여름은 사랑의 계절이잖아, 사랑!!"

"그, 그래?"

"당연하지! 켄타가 좋아하는 애니메이션 같은 것에서도 그렇잖아. 여름 축제, 불꽃놀이, 수영장하고 바다. 이렇게 짭짤한 이벤트가 잔뜩 몰려있다고. 작년에도 여름방학 전에 갑자기 커플이 늘어나서 말이야……."

뭔가 생각나서 괴로워졌는지 카이토는 눈가를 누르며 콧속이 찡해졌다는 듯 위쪽을 보았다.

그러자 카즈키가 끼어들었다.

"뭐, 여름이 끝남과 동시에 사랑이 끝난 녀석들도 많았지만 말이지."

켄타가 메마른 목소리로 대답했다.

"그건 솔직하게 꼴 좋네."

"하지만 그 전에 졸업만큼은 제대로 했고."

"멸망해라."

너희들, 요즘 사이좋구나.

"그래서, 어때, 켄타."

카이토가 다시 이야기를 꺼냈다.

"아니, 나는 이런 이야기를 하는 게 익숙하지 않아서."

"뭐야, 남자들끼리만 있으니까 상관없잖아."

곧바로 하루가 추임새를 넣었다.

"레이디도 있거든요?"

"응? 할머니 말이야?"

"너 말이야, 그렇게 남자 초등학생처럼 시비만 걸다가는 평생 여자애들에게 인기 없을 거야."

"진짜로 마음에 박히는 태클은 하지 말아줄래?!"

카이토와 하루가 장난치는 동안 생각을 정리한 모양이었다.

켄타가 조심조심 입을 열었다.

"이런 걸 물어봐도 되는 건지 모르겠는데. 저기, 만약에, 만약이거든? 자기가 좋아하는 사람이 친구를 좋아하거나, 친구하고 좋아하는 사람이 겹치면 다들 어떻게 할 거야?"

멈칫, 주위가 정지된 것처럼 느껴졌다.

지금 켄타 자신이 하고 있는 고민인지, 아니면 미키와의 관계를 떠올린 건지는 모르겠다.

아무런 의도나 악의가 없는 소박한 의문.

그렇기 때문에 농담으로 얼버무리기는 조금 부담되고, 진심을 터놓고 이야기하기는 껄끄럽다.

카즈키가 눈만 움직여서 이쪽을 힐끔 보았다. 마침 눈이 마주치자 신기하게도 아차 싶은 표정을 지었다.

하루는 눈을 내리깔면서 마치 눈 아래로 무언가를 억누르려는 것처럼 테이블을 내려다보고 있었다.

그런 미묘한 분위기를 민감하게 눈치챈 켄타가 허둥대려 하기 직전에 침묵을 깬 사람은 카이토였다.

"뭐야, 켄타. 혹시 우리하고 연적이야?! 연적이라고 쓰고 '라이벌'이라고 읽는 거야? 아니면 '전우'라고 읽게 만드는 뜨거운 패턴이야?"

"아, 아니."

"머릿속에 떠올린 게 누군데, 말해봐. 웃찌야? 유즈키 야? 이봐, 설마 하루는 아니겠지?!"

"뭐♡가♡ 설마인데? 흐음~. 야마자키. 하루를 그런 눈 으로 보고 있었구나?"

고개를 든 하루가 그 흐름에 재주 좋게 올라탔다.

"아니아니아니아니, 그건 진짜로 절대 있을 수 없는 일 이니까 걱정하지 마, 아오미 양."

"……미안, 야마자키, 진심으로 그렇게 대답하면 은근히 괴로운데."

모두가 웃음을 터뜨렸다.

카이토가 먼저 말을 꺼내서 다행이라고 생각했다.

카이토에게 그런 역할을 맡기고 싶진 않았다고도 생각 했다.

아마 **무의식적으로 생략했을 이름**이 저녁놀을 받으며 홀 로 서 있는 시소처럼 갈 곳을 잃고 멍하니 서 있었다.

"이봐, 켄타. 나는 단순하거든."

한참 웃고 난 카이토가 말했다.

"그야 좋아하는 사람이 돌아봐 줬으면 하지. 사귀거나 하면 최고일 것 같아. 하지만 제일 큰 행복을 줄 수 있는 게 내가 아니라 다른 사람이라면, 게다가 그게 소중한 친 구라면 억지로 끼어들고 싶지 않을 것 같거든. 내가 좋아 하게 된 건 그 녀석들이 둘이 있을 때 보여주는 미소니까."

말이 끝나고 '좀 그런가?'라며 코를 문지르는 카이토.

"아니, 그렇지는…….."

예상하지 못한 말이었는지 켄타는 약간 대답하기 곤란해하는 모양이었다.

카이토는 쑥스러움을 감추려는 듯 다시 입을 열었다.

"그러니까 말이지, 그래도 관계를 바꾸고 싶다는 생각이 들 때는 내가 더 많은 미소를 줄 수 있다는 생각이 들 때 아닐까. 그럴 때는 두들겨 패서라도 빼앗아야지."

하루가 놀리며 말했다.

"있잖아, 완력이 아니라 매력으로 빼앗겠다는 말 정도는 하라고."

"여자애는 강한 남자에게 끌리는 거 아니었어?!"

"아~, 네, 네. 사냥 같은 걸 하던 시대였다면 인기 있었을지도 모르지."

"석기 시대야?!"

모두 함께 깔깔대며 웃고 난 다음, 문득 생각났다는 듯이 하루가 조용히 중얼거렸다.

"나는 잘 모르겠네, 그거."

젓가락 끄트머리는 왠지 헤매는 것처럼 그릇 구석에 남아 있던 붉은 생강과 자잘한 건더기를 모으고 있었다.

"좋아하는 사람은 내가 미소 짓게 해주고 싶고, 괴로운 것으로부터 지켜주고 싶고, 울고 싶어 할 때 곁에 있어 주고 싶어지는 거야. 그게 다른 누군가인 건 싫어. 그게 내 역할이 아니라면서 시원스러운 표정으로 우아하게 물러나고 싶진 않아."

그녀는 그렇게 말하면서 씨익 웃었다.

"뭐, 아무튼 그래."

"강하구나, 하루는."

카이토가 자상한 듯한 눈초리로 바라보며 말했다.

왠지 이 이야기는 여기까지, 라는 분위기였다.

뭔가 질문을 잘못한 건가라고 생각하며 움찔거리던 켄타가 이때다 싶어서 화제를 바꾸었다.

"아사노 같은 소리이긴 한데, 여름이 되면 아무 이유 없이 두근거리긴 하지. 뭔가 대단한 일이 일어날 것 같은 예감이 든다고 해야 하나. 뭐, 실제로는 늘어진 채로 에어컨을 켜놓은 방에서 지내면서 끝나곤 하지만."

그 말에 대답한 사람은 카즈키였다.

"뭐, 여름은 한 발짝 앞으로 나아가고 싶어지는 계절이잖아."

딸랑, 얼음이 든 컵을 살짝 흔들었다.

"딱히 연애가 아니라도 클럽활동이나 공부, 인생처럼 큼직한 것도 좋고 말이야. 그런 거 있지 않아?"

"그래, 조금 이해되는 것 같아."

그렇게 대답한 사람은 하루였다.

"여름 한때라는 말도 있잖아. 나는 봄이나 가을, 겨울은 시작과 끝을 의식해본 적이 별로 없거든. 왠지 많이 추워졌네~, 따뜻해졌네~, 벚꽃이 피었네~ 같은 생각만 했지."

그녀는 물로 목을 축이면서 계속 말했다.

"그런데 왠지 여름만큼은 확실하게 시작되고, 확실하게 끝나. 그러니까 여름을 넘어서면 나도 뭔가 바뀌어야만 한다는 생각이 들어."

신기하다고 생각하면 실례겠지만, 매우 시적인 말이었다.

——여름은 확실하게 시작되고, 확실하게 끝난다.

나는 작년부터 계속 끝나지 않은 여름을 헤매다가 전혀 앞으로 나가지 못하고 있는 건지도 모르겠다.

문득 그런 생각을 했다.

카즈키가 창밖을 보며 중얼거렸다.

"그럼, 올해는 뭐가 바뀔까."

풍령에 매달린 종이가 살랑살랑 바람을 맞으며 띠리링, 투명한 음색을 연주했다.

카운터 안에서 할머니의 따분한 듯한 하품 소리가 울렸다.

글자가 노랗게 뜬 벽시계 바늘을 보고 슬슬 시간이 되었다 싶어서 일어서려던 참에.

——드르르륵.

빽빽한 문이 열렸다.

"이런."

입구가 보이는 위치에 앉아있던 하루의 표정이 굳었다.

돌아보니 그곳에 서 있던 사람은 하필이면 와타야였다.

체육관에서 마주쳤을 때만큼 동요하지는 않았지만, 이거 모두 함께 잔소리 코스려나, 하는 생각이 들었다.

와타야는 클럽활동 중이든, 학교 안에서든, 규칙을 까다롭게 따진다.

제대로 된 신념인지 그냥 혼낼 구실인지는 모르겠지만 규칙을 어긴 사람에게는 확실하게 벌을 주는 것이다.

이런 곳에서 혼나면 할머니에게 미안한데. 그렇게 왠지 냉정해진 머리로 생각했다.

"치토세, 냐."

하지만 와타야의 입에서 나온 것은 뜻밖에도 가늘고 힘없는 목소리였다.

"안녕하세요."

일단 나는 고개를 살짝 끄덕였다.

"꼴 좋다고 생각하겠지."

"……무슨, 말씀이세요?"

그렇게 되묻자 그는 정신이 번쩍 들었는지 고개를 살짝 저었다.

"아직 못 들었다면 됐다. 할머니, 또 올게요."

그 말을 남긴 다음, 조용히 문을 닫았다.

감독의 그런 모습은 처음 보았다.

항상 미간에 불쾌하다는 듯이 주름을 잡고 인상을 쓰는

사람인데.

문득 사라지지 않고 남아 있던 선수 등록이 머릿속을 스쳐갔다.

"사쿠 꼬맹이."

할머니가 내 이름을 불렀다.

"아직 응어리가 풀리지 않은 거야?"

"그런 날은 안 와, 영원히."

애매하게 웃으며 그렇게 대답했다.

"저 사람 말이지, 네가 그만둔 다음에."

딸랑, 식기가 쓸쓸한 듯한 소리를 냈다.

"여기에 올 때마다 계속 풀 죽어있더라. 큰 재능을 망쳤다면서."

나도 모르게 발끈할 뻔한 마음을 억누르면서 대답했다.

"그 사람이 망친 건 아니야. 이유가 어찌 됐든 그만두기로 결심한 건 나니까. 멋대로 자기연민에 빠지지 말아줬으면 하는데."

할머니는 고개를 살짝 저었다.

"어른이라고 해도 언제나 올바른 어른일 수는 없지. 이 말을 하고 싶었던 것뿐이란다."

이제 와서 그런 이야기를 해봤자, 그 여름의 출구는 찾을 수 없어.

걱정스럽게 지켜보는 지금의 동료들에게 나는 괜찮다고 말하며 웃어 보였다.

※

"치토세, 부르는데."

왠지 답답한 마음을 떠안고 맞이한 방과 후, 클럽활동을 하러 가기 위해 교실을 나섰던 하루가 금방 돌아와서 말했다.

"뭐야, 귀여운 여자애가 고백하러 왔나?"

내가 농담을 하자 그녀는 엄지손가락으로 입구 쪽을 가리켰다.

"험상궂은 빡빡이 집단 좋아해?"

하루가 가리킨 곳에서 이쪽을 들여다보고 있던 것은——, 예전 팀메이트들이었다.

반사적으로 유스케를 찾아보았지만 보이지 않았다.

나는 데이 백을 어깨에 메면서 말했다.

"정말 인기 있는 남자는 괴롭구나."

교실을 나서자 그곳에는 여덟 명, 1학년과 유스케를 제외한 야구부 모두가 모여 있었다.

범상치 않은 분위기에 복도를 지나가던 학생들이 힐끔거리며 돌아보았다.

"할 이야기가 있어."

모두의 대표로 이야기를 꺼낸 사람은 에이스 투수인 히라노 요헤이였다.

"아, 히라노. 어제 프리 배팅 봤어. 여전히 왼쪽 방향으로 끌어치는 버릇을 못 버렸던데."

"사쿠……."

"정겨운 얼굴들이 다 모이고, 무슨 일이야? 야구로 가득 찬 땀내 나는 동창회는 사절인데."

내가 그렇게 말하자 히라노는 입가를 살짝 일그러뜨렸다.

"여전하구나, 그런 구석."

"그래서, 무슨 일인데? 설마 너희까지 유스케 같은 소리를 하려고?"

히라노는 눈을 내리깔고 입술을 꽉 깨물었다.

"……그 유스케 이야기야."

꼴 좋다고 생각하겠지.

아직 못 들었다면 됐다.

감독이 한 말이 머릿속을 스쳤다.

기분 나쁜 예감이 들었다.

"여기는 좀 그러니까 다른 곳으로 가자."

나는 그렇게 말하며 걷기 시작했다.

하루가 망설이지 않고 옆에서 나란히 걸어와 주자 왠지 안심이 되는 것 같았다.

＊

"전치……, 2주."

나는 무심코 그렇게 중얼거렸다.

기분 좋은 푸른 하늘이 펼쳐져 있는 옥상에서 히라노에게 들은 이야기는 주말 연습 시합 때 유스케가 부상을 입었다는 사실이었다.

"포수하고 크로스 플레이를 하다가 발목을 다쳐버렸어."

다시 말해, 주자가 되어 홈을 향해 슬라이딩을 하다가 다쳤다는 것이다.

야구를 하다 보면 부상은 일상다반사고, 2주일이라면 그렇게까지 심각한 상태는 아닐 것이다. 한동안 연습을 견학하면서 상반신 트레이닝만 하다 보면 금방 낫는다.

하지만, 지금은.

내가 무슨 생각을 하고 있는지 알았다. 아니, 예측하고 있었던 것 같다.

히라노가 분하다는 듯이 말했다.

"올해 1회전은 다음 주말, 그 전까지는 나을 수가 없어."

"뭐 하는 건데, 그 멍청이."

대회를 앞둔 시기, 제일 부상에 신경 써야만 하는 시기다.

게다가 홈에서 크로스 플레이라면 그럴 위험이 매우 높은 상황 중 하나인데. 본 시합을 앞두고 벌인 연습 시합이니 무리할 필요는 없다.

아니지. 스스로 그런 생각을 부정했다.

적어도 야구에 대해서는 한없이 진지하고 뜨거운 녀석이다.

나중 일을 생각해서 눈앞에 있는 한순간을 대충 보낼 타입이 아니다. 아마 내가 주자였다고 하더라도 망설이지 않고 돌진했을 것이다.

여름 코시엔을 목표로 도전할 수 있는 기회는 고등학교 생활을 통틀어 단 세 번.

작년에 시합에 나가지 못했던 유스케에게 겨우 찾아온 실력을 발휘할 기회인데.

"첫 시합 상대는?"

그것만 넘기면 2회전은 1주일 뒤.

완치된 다음 조정 기간까지 고려해도 어떻게든 나갈 수 있을 것이다.

히라노는 입술을 일그러뜨렸다.

"에츠고야."

"……빌어먹을, 그 녀석은 제비 운까지 안 좋나?"

1회전부터 나오는 제3시드나 제4시드 고등학교가 아니라는 건 불행 중 다행이지만, 에츠고, 즉 에치젠 고등학교는 코시엔 출장 경험도 있는 공립 고참이다. 때로는 베스트 4에 드는 경우도 있다.

최근에는 타선이 약해서 고생한다는 인상이나 투수의 실력이 뛰어나다.

거기까지 생각한 다음, 나는 고개를 저었다.

신경 써봤자 어떻게 될 일이 아니다.

"그래서, 꽃다발을 들고 병문안이라도 가면 되나?"

내가 그렇게 말하자 히라노는 숨을 크게 들이마신 다음 입을 열었다.

"――창피한 줄 알면서도 부탁한다. 사쿠, 팀으로 돌아와 줄 수 없을까?"

히라노가 고개를 크게 숙였다.

상황을 지켜보고 있던 다른 녀석들도 뒤를 따랐다.

"너희가 무슨 말을 하는지 알고는 있어?"

히라노가 고개를 숙인 채 말했다.

"알고 있지. 에츠고와 붙게 되면 분명히 투수전이 될 거야. 물론 나는 한 점도 주지 않을 생각으로 던지겠지만, 4번인 유스케 없이는 우리도 점수를 낼 수가 없어. 사쿠의 힘을 빌려줬으면 해."

그야말로 내가 방금 걱정하던 말이었다.

히라노는 중학교 2학년 때 호쿠신에츠 대회에도 출장한 팀에서 에이스 넘버를 짊어지고 있던 남자다. 처음 그 이야기를 들었을 때는 '어째서 이런 학교에 온 거야?'라고 물었고, '그건 내가 할 말이지'라고 하면서 웃었던 게 기억난다.

180센티미터나 되는 키로 던지는 날카롭고 빠른 공과 세로로 길게 휘는 커브, 예리한 슬라이더가 **건재하다면** 에츠고의 투수 상대로도 대등하게 맞붙을 수 있을 것이다.

문제는 타선이다.

작년 여름은 4번, 지금은 유스케에게 그 자리를 양보하고 5번을 맡고 있는 히라노도 확실히 말해 타자로서의 실력은 겨우 중상 정도다.

일반적으로 팀에서 제일 뛰어난 타자가 맡는 경우가 많은 4번을 그가 맡았던 것은 내 억지가 통했기 때문이다. 쓰리 아웃에 공수가 교대되는 야구에서 가장 실력이 좋은 타자는 1회에 반드시 타순이 돌아오고, 1번이나 2번과 비교하면 주자가 나가 있을 가능성이 높은 3번으로 나가야 한다는 게 예전부터 내 신조였기 때문이다.

물론 히라노나 다른 팀원들도 1년 동안 성장했겠지만, 유스케 없이 에츠고를 무너뜨릴 수 있는가 하면 솔직히 꽤 힘들 것 같았다.

"그건 알겠는데, 실전에서 1년이나 멀어져 있던 내가 돌아가서 이길 수 있을 정도로 어설프진 않을 텐데. 야구를 얕보지 말라고."

밀어내는 듯한 말투로 말했다.

휘두르기 이야기는 어차피 유스케에게 들었겠지.

그러나 생생한 투수의 공, 게다가 뛰어난 투수가 있는 팀을 상대하는 것과는 전혀 다르다고 할 수 있다.

그럼에도 불구하고 히라노는 물고 늘어졌다.

"누구보다 야구를 얕보지 않았던 너니까 부탁하는 거지."

"1학년이 들어왔잖아? 주전 선수가 부상당했으면 열심히 연습한 그 녀석들에게 기회가 돌아가는 게 도리지. 외부인이 나설 상황이 아니야."

"……이제 겨우 경구에 익숙해졌을 뿐이야. 물론 앞으로 성장하는 게 기대되긴 하지만, 지금 당장 시합에 내보낼 수준은 아니라고."

끝이 없네.

이야기의 각도를 바꿔볼까 해서 별생각 없이 입을 열었다.

"내게 온 건 유스케가 지시했기 때문이야?"

"아니."

히라노가 그제야 고개를 들었다.

"사쿠에게만은 절대로 말하지 말라고 하더라. 말했다간 넌 다시 한번 야구를 하고 싶은지 아닌지를 떠나 다른 이유로 고민할 거라면서."

"──윽."

예상하지 못했던 대답에 나도 모르게 말문이 막혀버렸다.

"그런데도 이렇게 부탁하러 온 건 완전히 내 독단이야."

히라노는 다시 고개를 크게 숙였다.

"그때 있었던 일, 사과라면 얼마든지 할게. 아니, 너무 늦었다는 건 알아. 뭔가 조건이 있다면 전부 받아들일 거고, 이번 1회전만이라도 상관없어. 1년 동안 함께 열심히 해온 유스케에게 싸울 기회를 주고 싶어. 부탁한다, 우리에게 힘을 빌려줘."

······나는, 내 대답은······.

우득우득, 있는 힘껏 주먹을 꽉 쥐었다.

"말도."

"어?"

"──말도 안 되는 소리 하지 마아아아아!!"

억누르지 못한 분노의 포효가 **내 뒤에서 울려 퍼졌다.**

턱, 지금까지 입을 다물고 있던 하루가 내 앞에 섰다.

자기보다 30센티미터 정도는 큰 히라노의 멱살을 억지로 잡고는.

"어째서 치토세가 그만두었을 때 그러지 않은 건데!!"

목청이 찢어질 것 같은 목소리로 소리쳤다.

"나는 자세한 사정 같은 건 몰라. 그래도, **너희가 그렇게 동료로 있어 줬다면,** 치토세는 지금도 같이 공을 쫓아다니고 있지 않았을까?"

"그건······."

"감싸줄 생각도 말릴 생각도 전혀 들지 않을 정도로 이 녀석이 싫었다면 이해할 수 있지. **만약에 그런 거면 앞으로 절대로 치토세에게 다가오지 마.**"

타악, 히라노가 하루의 손을 쳐냈다.

"누군지는 모르겠는데, 야구도 모르고 치토세하고 경기

를 뛰어본 적도 없는 네가 뭘 아는데!"

"아~, 알고 싶지도 않은데. 패배자 근성이 뼛속까지 스며든 줏대도 없는 녀석 마음 같은 건."

"뭐?"

"작년 여름 대회, 너, 중간에 의욕을 잃어버렸지? 다른 애들도 마찬가지야. 이런 팀으로 강호에게 맞서서 우리도 참 열심히 했다면서, 변명거리 준비나 하는 플레이였어. 마지막 순간까지 진심으로 이기려고 불타올랐던 건 치토세뿐이었고."

"……윽, 나도 나름대로 필사적이었어. 그때 분하게 느꼈던 걸 교훈 삼아서 1년 동안 연습했다고."

"흥, 그럼 왜 지금 이런 곳에 있는데? 다친 게 유스케라고 했던가? 너희가 노력해온 1년이 거짓말이 아니라면 그 녀석이 빠진 구멍 같은 건 내가 메꾸겠다는 말 정도는 해 보라고. 게다가 그런 유스케가 보여준 마지막 오기까지 짓밟고——."

찌릿찌릿, 하루는 마치 소리가 날 정도로 히라노를 세차게 노려보았다.

"자기보다 더 많이 가지고 있는 녀석이 추락하는 꼴이, 싸구려 자존심을 만족시켜 줬어?"

나는 하루의 어깨에 살짝 손을 얹었다.

있는 힘껏 고맙다는 마음을 담아서 그렇게 했다.

"미안해, 내 마음은 바뀌지 않아."

"……윽, 괜히 시간만 뺏었구나."

고개를 숙이며 돌아서는 뒷모습을 향해 '히라노'라고 불렀다.

"타자가 두 바퀴 돌 때까지는 슬라이더를 보여주지 마. 타선이 불안한 지금 에츠고라면 적당한 직구하고 온 힘을 다한 직구, 그리고 커브를 조합하면 충분히 통할 거야. 세 바퀴째에 들어가면 아끼지 말고 슬라이더를 던져. 어떻게든 선취점만 따내면 상대가 익숙해질 때쯤에 결판이 날 거야. **1년 전보다 확실하게 성장했다면 말이야.**"

"……꼬맹이 말이 맞네. 나는 역시 네가 그렇게 마음에 들진 않는 것 같다."

"나도 말아. 손수건을 입에 물고 분해할 테니까 가라고, 코시엔."

옥상을 나가는 동료들의 뒷모습을 있는 힘껏 여유를 부리면서 바라보다가, 나는 어느새 하루의 어깨를 꽉 잡고 있었다.

가슴속에는 유스케가 한 말이 가시처럼 박혀서 욱신거렸다.

사쿠에게만은 절대로 말하지 말라, 구나.

하루가 살며시 내 손에 자신의 손을 겹쳤다.

"치토세, 오늘은 혼자 집에 가면 안 돼."

무슨 말인지 의도를 알 수가 없어서 조용히 계속 말하게
했다.

"클럽활동이 끝날 때까지 기다려. 데려다주고 싶은 곳이
있으니까."

그렇게 말하고 손을 놓은 다음, 그녀는 곧장 팔꿈치로
내 배를 때리고는 떠나갔다.

"아프다고, 바보야."

드러누워서 올려다본 하늘은 도망치고 싶어질 정도로
여름빛이었다.

＊

클럽활동을 마친 하루와 합류하고 나서 약 30분 뒤.

우리는 왠지 모르겠지만 아스와산 위에 있었다.

뭐, 산이라고 해도 마음만 먹으면 고등학생이 집에 가는
길에 올라갈 수 있는 높이고, 고도도 100미터 정도밖에 안
되었던 것 같다.

중간까지는 하루의 크로스 바이크를 둘이서 탔고, 페달
을 밟는 게 힘든 언덕길에 접어든 뒤에는 내려서 나란히
걸어왔다.

그렇게 도착한 곳은 주차장과 찻집, 쓰긴 하는 건지 잘
알 수가 없는 임시 지구대 같은 곳이 있는 전망대였다. 등
받이 없는 직사각형 벤치가 두 개 야경을 볼 수 있는 쪽으

로 나란히 놓여 있었다. 여러 명이 둘러앉을 수 있고, 마음만 먹으면 드러누울 만큼 크다.

이 산에는 자연사 박물관이나 동물원 같은 곳도 있기 때문에 어렸을 때 가족들하고 온 적이 있었던 것을 정겹게 떠올렸다.

이러쿵저러쿵하다 보니 시간은 벌써 밤 8시가 지났다.

평일에 이렇게 늦은 시간까지 사람들이 많이 올 만한 곳은 아니다.

찻집은 이미 문을 닫은 것 같았고, 우리 말고 다른 사람은 한 명도 없었다.

체면치레처럼 설치해둔 가로등은 지직, 지직, 불규칙하게 흔들리는 중이었다.

벤치에 앉은 하루에게 자판기에서 사 온 캔커피를 건넨 다음 옆에 앉았다.

"여기, 좋지?"

푸슉, 뚜껑을 따고 난 다음 그 말에 대답했다.

"몇 년 만에 온 걸까. 야경이 보이는 시간에 온 건 처음일지도 모르겠네."

"나는 말이야, 자주 오거든."

하루는 그렇게 말하며 일어서서 그렇게 높지 않은 난간에 몸을 기대고 거리를 내려다보았다.

"클럽활동하다가 풀 죽었을 때, 분한 일이 생겼을 때, 자신에게 질 뻔했을 때……, 그리고 내일이 보이지 않는 것 같을 때."

"하루도 그럴 때가 있구나."

"이 키로 농구를 하고 있잖아? 어렸을 때부터 그럴 때가 정말 많았어. 그러니까."

두 손을 메가폰처럼 모으고 입을 가져다 댔다.

"여기 와서 소리치는 거야. 저기 흘러가는 아스완강에 쏟아내겠다는 마음으로 있는 힘껏. 우미 이 바보 녀석~, 이라고."

"강에 화풀이하지 마, 바다(우미)에 하라고."

성과 코트 네임을 이용한 말장난이었지만, 상상해보니 왠지 훈훈해져서 농담이 새어 나왔다.

"높은 곳을 목표로 삼는 건 힘들단 말이지."

그러나 그녀는 그렇게 말하며 돌아섰다.

"다행히도 동료 복은 쭉 있었어. 지금도 나나, 센, 요우, 다들 불평하면서도 나를 따라와 주고 있어. 마이가 말했던 것처럼 나는 선수로서 불완전해. 혼자서 할 수 있는 일에는 한계가 있지. 하지만 그 애들하고 함께라면 다음에는 절대로 지지 않을 거야."

하루는 강한 말투로 끝까지 이야기한 다음 다시 옆에 앉아서 벤치 위에 손을 살짝 겹쳤다.

"치토세, **내기**한 거 기억해? 그, 저녁에 그네에서."

"진 쪽이 언젠가 이긴 쪽에게 진심으로 약한 소리를 하는 거였나."

하루는 겹친 손을 그대로 자신의 허벅지 위에 얹고, 그만큼 둘 사이에 생겨난 틈새를 메꾸려는 듯이 다가왔다. 가로등의 깜빡임에 맞춰 진해지거나 연해지는 두 사람의 그림자가 달라붙으며 하나가 되었다.

그리고 그녀가 이쪽을 보고는.

"——그날 승자로서 하루가 명령합니다. 지금 여기에서 토해내."

씨익 웃었다.

딸랑, 마음속에서 유리구슬이 굴러갔다.
그것은 유리병에 계속 갇혀 있었던, 매우 힘없는 소리였다.
"괜찮아."
하루가 잡은 손에 힘을 주고 한없이 따스하게, 그리고 자상하게 계속 말했다.

"만약에 치토세가 괴로워하더라도 반드시 미소를 짓게 해줄게.
울고 싶어지면 곁에 있어줄 거고, 열받으면 같이 화를 내줄게.

한심할 때는 혼내주고, 일어서지 못할 때는 용기를 줄게."

──그러니까, 말해봐.

아, 역시 눈부시다.

계속 혼자 짊어지고 온 짐을, 이 아이에게라면 맡길 수 있을지도 모른다.

계속 마음에 달라붙어서 떨어지지 않았던 어둠을, 이 아이라면 날려버릴지도 모른다.

태양처럼 밝고 강한, 이 미소라면.

*

──작년 4월.

후지고 야구부에는 1학년 10명이 가입했다.

모두 중학교 연식 야구에서 올라왔지만, 나, 유스케, 히라노를 비롯해서 모두 주전으로 시합에 출전했던 선수들이다.

첫 연습 때 자기소개를 마치고.

"꿈만 같네. 이 멤버라면 진짜로 높은 곳을 노릴 수 있어."

유스케가 그렇게 말하며 눈을 반짝이던 걸 기억하고 있다.

"해보자고, 파트너."

아마 나는 그런 식으로 대답했을 것이다.

실제로 야구로 유명하지도 않은 진학교에 모인 게 신기할 정도인 멤버들이었다.

물론 현 안팎에서 유력 선수들을 모으고 있는 강호 사립고와 비교하면 훨씬 뒤처지고, 3학년이 빠진 다음에는 후보 선수가 별로 없는 등 불안 요소는 산더미처럼 쌓여있다. 하지만 내년, 그다음 해, 신입생을 맞이해서 강화해나가면 하극상을 노릴만한 잠재력은 충분히 있다는 느낌이 들었다.

우리와 마찬가지로 10명으로 아슬아슬하게 싸우던 당시 3학년들은 이렇게 말하면 좀 그렇지만 그리 강한 팀은 아니었다.

에이스 넘버를 짊어지고 있는 선배가 고등학교 때까지 투수 경험이 없었다고 하니 얼마나 괴로운 싸움을 벌여야 했는지는 상상하기 어렵지 않았다.

2학년이 한 명도 없다는 건 놀라웠고, 애초에 8명이나 있었는데 모두가 일제히 그만두었다는 이야기를 들었을 때는 더 놀랐다.

하지만 본격적으로 연습이 시작되자 금방 그 이유를 알 수가 있었다.

감독을 맡은 와타야 선생님은 요즘에는 드문 옛날 타입의 지도자였다.

연습 중에 물을 마시지 말라는 말까지는 하지 않지만, 자신의 선수를 보는 눈이나 방법론이 절대적으로 옳다고 믿으면서 포지션이나 플레이 스타일을 바꾸는 것을 강요하는 경우도 많았다.

조금이라도 따지면 불호령을 내리면서 벌칙으로 한동안 시합에 내보내지 않는 경우도 일상다반사였다.

요즘 같은 시대에 실수를 하면 아무렇지도 않게 걷어찼고, 시합 중이라고 해도 다른 사람들이 보는 곳에서 본보기로 삼으려는 듯 달리기나 토끼뜀을 시켰다.

어떤 방식이라고 해도 높은 곳을 목표로 삼는 데 필요하다고 느껴진다면 괜찮다.

이 길이 코시엔으로 이어져 있다고 믿을 수 있다면 괜찮다.

하지만 대부분은, 납득이 안 되는 억지 논리와 감정에 휘둘리는 부조리였다.

우리는 연습을 한 다음에 자주 공원과 강가, 8번, 타코큐 같은 곳에 가서 감독에 대한 불평을 토해내면서도 꿈에 대해 이야기했다.

"——야, 사쿠, 같이 연습해보고 알았어. 너는 정말로 진짜배기야."

"뭐야, 유스케. 갑자기 기분 나쁘게."

"됐으니까 들어봐. 사쿠가 3번 타자로 들어가면 상대가 코시엔급 에이스라고 하더라도 완전히 막을 수는 없어. 나는 아직 후쿠이 안에서나 그나마 나은 정도인 타자지만, 적어도 사쿠가 출루했을 때 제대로 칠 수 있는 4번이 되면 둘이서 점수를 딸 수 있지. 그다음은 히라노, 네 역할이야."

"그래. 나는 타자로서는 2류지만, 투수로서는 그럭저럭 괜찮게 하는 편 같아. 만약에 톱클래스와 맞붙을 수 있을 정도로 성장한다면……, 너희가 점수를 따고, 내가 막는 거지. 어때? 사쿠."

"최고로 머리가 안 좋은 작전이네, 그걸로 가자."

그리고 5월이 지나가고 6월로 접어들 무렵, 먼저 나와 유스케, 히라노까지 세 명이 주전 선수로 클린업. 다시 말해 타선의 주축으로 자리 잡았다.

3번 우익수 치토세.

4번 1루수 에자키(유스케).

5번 투수 히라노.

처음에 감독은 나를 4번으로 넣을 생각이었다.

그때 앞서 말했던 3번 타자 최강설을 주장했더니, 당연하게도 마구 화를 내면서 한동안 시합에 내보내 주지 않았다. 하지만 마지막에는 납득한 건지 아니면 벌을 주고 성이 풀린 건지 결국 그 타순으로 하게 되었다.

유스케는 내가 봐도 믿음직한 타자였고, 히라노의 투수 실력도 충분히 상위 학교들과 맞붙을 수 있는 수준이었다.

셋이서 팀을 이끌어가면 코시엔을 노릴 수 있다, 진심으로 그렇게 생각했다.

——톱니바퀴가 조금씩 어긋나기 시작한 것은 6월 중순.

어느날, 감독이 히라노에게 새로운 변화구를 익히게 하겠다는 말을 꺼냈다.

"이대로 가다간 정말로 위에 있는 상대와는 싸울 수 없다. 자신의 힘으로 꺾지 못한다면 잔재주 같은 기술을 익힐 수밖에 없겠지. 공 조합도 변화구를 주체로 바꿔나간다."

그때까지 쌓여있던 울분도 있었기에 나와 유스케가 폭발했다.

감독을 다그친 일은 지금도 확실하게 기억하고 있다.

"아무리 생각해도 히라노의 무기는 큰 키로 내리꽂는 직구인데요. 날카로운 커브와 슬라이더도 있고요. 우선 그쪽부터 갈고 닦아나가는 게 낫지 않을까요."

유스케도 뒤를 이었다.

"변화구 주체로 던지게 되면 어깨나 팔꿈치에 부담이 커요. 만약에 익히게 하더라도 시즌 오프 때 시간을 들여서 천천히 익혀나가는 게 낫지 않을까요? 적어도 다음 달에 여름 예선을 앞두고 있는 지금 할 일은 아닌 것 같은데요."

"이 팀의 감독은 나다!! 따르지 않을 거면 당장 그만둬도 상관없어!!"

""——윽.""

"너희들, 이런 팀이라 자신들을 쓸 수밖에 없다고 우쭐대는 거 아니냐? 만약 야구를 못 하게 된다 하더라도 팀을 어지럽히는 선수는 필요 없다. 에자키는 당분간 시합에 안 내보낸다."

나는 무심코 거친 목소리로 말했다.

"잠깐만요, 어째서 유스케만 출장 금지인 건데요? 말대답한 벌을 주려면 저도 마찬가지잖아요."

"치토세는 어느 정도 눈감아준다고 해도 **지금까지는** 팀에 이익이 더 크다. 에자키에게는 그럴 만한 가치가 없다는 판단이지."

"말도 안 돼……."

멍해진 유스케에게 뭐라고 말을 걸어야 할지 알 수가 없었다.

그런 이야기를 주고받던 와중에 화제의 당사자였던 히라노는 한 번도 입을 열지 않았다.

──그렇게 맞이한 여름 예선.

유스케는 선발 멤버에서 제외되었다.

게다가 그 사건 이후로는 대타로만 경기에 나오고 있었다.

그게 벌의 연장이라는 것은 분명했다.

1회전 상대는 제4시드인 호쿠리쿠 상고. 현내에서는 이름난 사립 강호 고등학교다. 다른 현에서 스카웃해 온 선수도 많고, 주전 중 대부분은 중학교 때부터 보이즈나 시니어 같은 경식 리그에서 경기를 뛰었다고 한다.

1회말, 내 솔로 홈런으로 후지고가 앞서나갔다.

5회까지는 0 대 1로 리드하며 시합을 이끌어 나갔다.

나는 2타석째에 1루타, 3타석째에 3루타를 쳤지만, 상대쪽 수준이 높아서 후속 타자가 아웃되었기에 추가 점수를 내지는 못했다.

시합이 크게 움직인 것은 6회 때.

상대 타선이 히라노의 공을 포착한 뒤로는 눈 깜짝할 새였다.

단번에 12실점.

히라노는 중간에 강판되었지만, 교대한 전 에이스 3학년은 상대방의 기세를 전혀 막아내지 못하고 계속 일방적으로 얻어맞았다.

6회말, 마지막 오기로 두 번째 솔로 홈런을 친 내 다음 타석에서 히라노가 삼진으로 잡히며 게임 셋.

12대 2, 6회 콜드패.

끝나고 난 뒤에 보니 변명할 여지도 없는 완패였다.

우리는 여기저기 굴러다닐 정도로 넘쳐나는 약소 팀 중 하나였고, 결과적으로 그곳이 내 꿈의 종착점이 되었다.

"──적당히 좀 하시라고요!!"

시합이 끝난 다음, 나는 감독에게 다그쳤다.

"언제까지 시시한 벌을 주실 건데요. 유스케가 4번으로 들어왔다면 전반에 점수를 더 딸 수 있었을 텐데. 그러면 시합의 흐름도 바뀌었을 거고!"

감독은 싸늘한 눈초리로 이쪽을 보고 있었다.

"나는 내년, 그다음 해까지 내다보고 있다. 결국에는 연기하게 되었지만, 히라노에게 새로운 변화구를 익히게 하는 것도 마찬가지야. 큰 키로 내리꽂는 직구와 날카로운 커브, 슬라이더로 싸울 수 있는지 어떤지는 방금 몸소 알게 되었지?"

"그거하고 유스케 이야기는 별개죠!"

나도 모르게 강한 말투로 말하자.

"응석 부리지 마!"

그보다 더 큰 목소리가 돌아왔다.

"만약에 그때 너희가 말대답하지 않고 변화구 연습을 했다면, 만약에 그게 잘 먹혔다면, 오늘 결과는 달라졌을지도 모른다. 내년 이후에 대비해서 팀을 어지럽히는 것이 어떤 사태를 불러오는지 확실하게 머릿속에 때려 넣을 필요가 있었다."

"──까불지 마! 우리는 육성 게임의 말이 아니라고!! 애초에 감독이 선수의 개성이나 사고방식을 존중하면서 서로 이야기를 나눌 수 있는 환경을 만들어줬다면 말대답을 할 일도 없었을 거야. 제일 팀을 어지럽히는 사람은 당신이잖아!"

내가 빠르게 다그치자 감독은 뭔가 깨달은 듯이 심술궂

은 미소를 지었다.

"호쿠리쿠 상고 에이스 상대로 4타수 4안타 2홈런이라. 흥, 콧대가 높아질 만도 하지."

"헛소리하지 마! 그냥 마음먹은 대로 야구를 하게 해달라고 하는 것뿐이야. 진심으로 높은 곳을 목표로 삼고 있다고. 당신에게는 긴 감독 생활의 서막일지도 모르겠지만, 우리에게 여름 코시엔을 노릴 수 있는 기회는 겨우 세 번밖에 없는데, 그런 걸 이런 형태로——."

멱살을 잡을 듯한 기세로 소리쳤다.

"유스케가 그렇게 잘못했냐고! 그 녀석이 온 힘을 다해서 야구를 할 수 있게 해달란 말이야!!"

감독은 포기한 듯이 살짝 내뱉었다.

"——알았다, 에자키는 복귀시키지."

단, 하고 이야기가 이어졌다.

"우물 안 개구리는 필요 없다. 너는 이제 안 내보낸다."

"——윽."

——그 이후로 여름방학이 끝날 때까지 한 달 반 정도는 마치 출구를 만들어두지 않은 미로를 헤매는 것 같았다.

벌칙을 받은 기간 동안에도 연습에 참가하고, 대타라고는 해도 시합에 나갔던 유스케와는 달리, 감독은 내게 운동장에서 공도, 배트도 절대 만지게 해주지 않았다.

날마다 런닝과 롱 대시, 트레이닝만 하는 나날.

그것도 구체적으로 지시된 메뉴가 아니었다.

감독이 내게 내뱉은 말은 단 한마디.

"팀의 연습에 참가하지 마라."

할 수 있는 것은 기초 트레이닝 정도밖에 없었다.

여름방학 중, 팀메이트들은 점점 바뀌어 갔다.

감독의 지시에 따라 스윙을 짧게 끊어치게 된 유스케는 안타가 늘어난 대신 특기였던 장타력이 자취를 감추었고, 본격적으로 새로운 변화구 연습을 시작한 히라노는 폼에서 호쾌한 느낌이 사라졌다.

처음에는 팀메이트, 특히 내게 대신 벌을 받게 만들어버린 형태인 유스케가 연습이 끝난 뒤에 나를 격려하려 해주었다.

"나도 힘들긴 했는데, 조만간 감독도 마음이 풀릴 거야."

"사쿠처럼 뛰어난 선수를 그대로 내버려 둘 리가 없어."

"사고방식에 따라서는 기초를 다시 다질 좋은 기회지."

"다시 함께 경기장에 서자, 파트너."

하지만 아무도 내가 그랬던 것처럼 감독에게 직접 따지지는 않았다.

이 꼴을 보면 당연하겠지.

일부러 다음 표적이 되고 싶어 하는 녀석은 없다.

이윽고 조금씩, 조심스러워 하며 다들 다가오지 않게 되었다.

──무엇 하나 상황이 바뀌지 않은 채 맞이한 8월 마지막 날.

야구를 시작하고 나서 이렇게 길고 괴로운 여름방학을 지낸 적은 처음이었다.

있는 힘껏 공을 치고 싶었다. 외야에서 포수가 있는 곳까지 있는 힘껏 송구하고 싶었다. 흙먼지를 일으키며 베이스 사이를 뛰어가고 싶었다.

솔직히 마음은 이미 꺾이려 하고 있었다.

그럼에도 불구하고 이런 곳에서 멈춰 설 수는 없었다.

동료들이 기다리고 있다. 함께 높은 곳을 목표로 삼자고 맹세했던 그 녀석들이 있다.

다시 한번 모두와 함께 경기장에 서고 싶다. 이번에는 유스케까지 포함해서 베스트 멤버로.

그러니까 지금은 부조리를 견뎌내라. 이를 악물어라. 그날이 올 때까지는.

──그렇게 클럽활동을 마치고, 한발 먼저 학교를 나선 나는 글러브를 놓고 왔다는 것을 깨닫고 부실로 돌아갔다. 적어도 이 시간 말고는 도구를 써서 연습하고 싶다.

문앞에 섰을 때, 문득 히라노의 목소리가 새어 나왔기에 나는 손을 멈췄다.

"……사쿠를 본보기로 쓰는 거, 언제까지 계속하려나."

걱정을 끼쳐버렸구나. 그런 생각에 마음이 조금 답답해

졌다.

유스케 때 내가 그렇게 느꼈듯이, 보는 쪽에서도 기분이 좋지는 않을 것이다.

저 녀석들도 마찬가지로 견디고 있구나 싶었다.

하지만 그다음에 히라노의 입에서 나온 것은 상상조차 하지 못한 말이었다.

"어쩌면 이대로 하는 게 더 강할지도 모르지."

갑자기 부실 안에서 웃음소리가 울렸다.

"그렇지! 오히려 팀이 한데 뭉칠지도 몰라."

"그 녀석만 수준이 너무 다르다고. 호쿠리쿠 상고 상대로 홈런을 두 방이나 날리다니."

"코시엔을 목표로 한다는 거, 치토세만 진심으로 말하는 거니까."

"우리도 일단 노력하자는 목표로 말하기는 했지만 말이야~, 그건 고등학교 야구부의 약속 같은 거지."

"목표라고 해야 하나, 꿈이지, 꿈같은 이야기라는 의미로."

"처음에는 감독도 편애했잖아. 유스케는 제외시키고 사쿠는 계속 내보내다니."

"역시 우쭐해서 그런 면도 있을 거야. 아무리 그래도 감독에게 그런 말은 좀."

"4번보다 3번이 더 낫다고 하는 것도 말이야."

"괜찮은 녀석이라는 건 알고 있긴 한데. 그래도 그렇게 뜨겁게 밀어붙여봤자 우리는 평범한 진학교니까."

"사립 강호 학교로 갔으면 좋았을 것을."

"실제로 이야기는 몇 군데 들어왔는데 거절했대."

"일부러 약소 팀으로 코시엔을 노리겠다고? 만화냐?"

"자기가 할 수 있는 건 다들 할 수 있을 거라고 생각하는 거 아니야?"

"천재들은 흔히 그러지. 우리는 아무리 노력해봤자 따라잡을 수가 없는데."

깔깔깔깔깔깔깔깔, 웃음소리가 멈추지 않았다.

그때까지 입을 다물고 있던 유스케가 마지막으로 입을 열었다.

"뭐, 가지고 있는 사람은 가지지 못한 사람의 고민을 이해하지 못하지."

그렇구나, 나는 그렇게 생각했다.

나도 모르게 놓친 배트 케이스가 문에 부딪혀서 큰 소리를 냈다.

"사쿠?!"

유스케가 문을 덜컥 열었고, 껄끄러워하는 아홉 명의 눈이 이쪽을 보고 있었다.

우두둑, 마음이 꺾이는 소리가 들렸다.

정말 싸구려 같고, 가벼운 소리다.

"──처음부터, 여기에 내가 있을 곳은 없었구나."

다음 날, 나는 퇴부 신청서를 제출했다.
감독은 아무런 말도 하지 않고 그것을 받아들었다.

＊

내 이야기는 끝났다.
크게 숨을 내쉬고 눈앞에 펼쳐져 있는 자그마한 야경을
바라보았다.
중간에 하루는 한마디도 끼어들지 않고 조용히 손을 잡
아주고 있었다.
계속 혼자 몰래 품어온 비밀인데도 막상 이야기하고 나
니 별것 아니었다.
편해진다는 걸 기대한 건 아니었지만, 역시 마음이 조금
도 시원해지지 않았다.
그저 꼴사나운 마음만이 되살아나고 있었다.
하루는 어떻게 느꼈을까.
살짝 옆을 보았다.
뭔가 말해줬으면 하는 마음도 들었고, 아무런 말도 하지
않았으면 하는 마음도 있었다.

그러자.

"……지마."

콰악, 내 손에 손톱이 파고들었다.

"까불지 말라고, 치토세에에에에에에에에에!!"

한순간, 하루가 왜 화를 내는 건지 이해할 수가 없었다.
그녀가 있는 힘껏 내 멱살을 잡고 나서야 내게 화를 내는 거라는 사실을 깨달았다.

"감독이 너무하긴 하네, 저버린 팀메이트도 마찬가지야. ──하지만, **나는 누구보다 네가 제일 열받아!!**"

멍하게 서 있는 나를 향해 하루가 계속 말했다.

"인생을 전부 건 거 아니었어? 그게 제일이었던 거 아니었어? 다른 녀석들이 무책임한 말을 하더라도 거기에 네가 뭘 바쳤는지는 네가 제일 잘 알 거 아냐! 그렇게 소중한 걸 어째서 간단히 버려버린 거냐고오!!"

"간단히……, 버린 건 아니야."

"작년 여름. 나는 인터하이 예선에서 마이네 아시고에게 무참히 패배해서 완전히 풀 죽었어. 역시 큰 애에게는 이길 수 없다 싶어서. 어렸을 때부터 차이가 계속 벌어지기만 하니까, 아무리 발버둥 치더라도 이 키로는 평생 힘들지 않을까 싶어서, 전부 내팽개치고 싶어졌어. 여기가 내 종착점인가 싶어서."

하루의 손에 담긴 힘이 조금 누그러졌다.

"그러던 와중에 네 시합을 봤어. 처음에는 강호 상대로 홈런이랑 안타를 펑펑 때리는 대단한 녀석이라는 인상이었지. **하지만 그 6회.** 아무리 생각해도 절망적인 점수 차이가 나서 가망이 없을 때, 아무것도 모르는 내가 봐도 승산 같은 건 어디에도 없었던 그런 상황에서."

찌릿, 다시 한번 시선이 나를 향했다.

"——치토세는 계속 즐겁게 웃고 있었어."

"그건 결코 포기해서 실실대는 웃음 같은 게 아니었고, 마치 야구는 지금부터라고, 역전해서 관객들을 깜짝 놀라게 해주자고, 우리라면 할 수 있다고 진심으로 믿는 듯한 표정이었어. 그렇게 혼을 모조리 담아서 소리치는 것처럼 동료를 격려하고 있었어. 이미 포기해버린 녀석들에게 '괜찮아', '네 공은 간단히 칠 수 없어', '자신을 가지고 던져',

'다들 기합 넣고 수비하자', '저 녀석을 도와주자'."

뚝, 뚝, 하루의 볼에 흐른 물방울이 떨어졌다.

"그 6회말, 너는 홈런을 쳤어. 마치 달까지 날아가는 게 아닐까 하는 생각이 들 정도로 높고, 투명해 보일 만큼 깔끔한 홈런이었어."

훌쩍, 훌쩍, 코를 훌쩍이는 소리가 울렸다.

"포기하지 않아도 된다, 그런 말을 들은 것 같았어. 뜨거워도 된다, 정신없이 달려도 된다, 진흙투성이가 되어도 된다, 무작정 뛰어도 된다. 겁내지 마, 자기가 가지고 있는 걸로 승부해, 그게 네 총알이다, 잡아내고 싶은 게 있다면 손을 뻗어, 라고. ──그래서 나는 다시 일어설 수 있었어, 달려올 수 있었어, 올해도 마이에게 져버렸지만 풀 죽지 않았어."

타악, 하루의 주먹이 내 가슴을 때렸다.

"그런 네가, 처음으로 찾아낸 진짜배기 히어로가."

마치 혼까지 얻어맞는 것처럼──.

"촌스럽게 퇴장하지 말라고!!"

화악, 가슴의 심지가 뜨거워졌다.

"감독에게 잘렸어? 땅바닥에 엎드려 절하면서 백 번 사과해! 태도가 안 바뀌면 학교든 교육위원회든 찔러! 그래도 안 되면 전학 가! 최악의 경우에 몰래 해치우더라도 내가 허락할게! 팀메이트가 진심으로 뛰지 않았다고? 네 열기로, 플레이로 진심을 내게 만들어보라고! 이 녀석과 함께라면 꿈이 아니라는 걸 머릿속에 직접 때려 넣어! 거기에, 거기에──."

"네가 야구를 그만둬야만 하는 이유는 하나도 없잖아아아아아아아아아아!!"

아, 그렇구나.
위로해줬으면 했던 게 아니다, 동정해줬으면 했던 게 아니다, 또 푹 빠질 수 있는 걸 찾을 거라면서 격려를 해줬으면 했던 게 아니다.
감독 탓으로 돌리고 싶었던 것은 아니다, 팀메이트들을 욕하고 싶었던 것도 아니다.
나는 그저, 그저.

──그날 도망친 약한 자신을 누군가가 혼내줬으면 했던 거다.

"아앗."

알아들을 수 없이 오열하는 목소리가 새어 나왔다.
그 순간, 하루가 내 머리를 자신의 가슴에 꼬옥 끌어안았다.
새콤달콤한 땀과 바다 같은 지한제 냄새에 코 안쪽이 찡하게 아팠다.

"괜찮아, 치토세. 내가 같이 있어줄게."

그리고, 계속, 계속, 계속──.

"으으윽아아."

이런 식으로 울고 싶었던 것이다.

＊

그런 다음 둘이서 평생 흘릴 만큼 눈물을 흘렸던 것 같다.

정신을 차리고 보니 하루의 셔츠가 축축하게 젖어 있었고, 나는 이왕 이렇게 된 김에 흥, 코를 풀었다.

"더럽잖아?!"

"멍청아, 당연히 그냥 푸는 척만 한 거지."

"그런데 너, 진짜로 콧물 흘리고 있는데."

"나 같은 미남이?!"

"뻥이거든~."

하루는 그렇게 말하며 깔깔 웃었다.

이제 어떻게 해볼 수도 없을 정도로 지친 나는 벤치에 드러누웠다.

옆에서 하루도 따라 누웠다.

누가 먼저라고 할 것 없이, 자연스럽게 손을 잡았다.

이렇게 조촐한 시골의 조촐한 전망대지만, 하늘에는 누군가가 양동이를 통째로 뒤집어엎은 것처럼 별들이 잔뜩 떠 있었다.

"어떻게 할 거야, 야구부."

조용히 묻는 소리가 울렸다.

"하루는 어떻게 했으면 좋겠어?"

"그렇게 말하는 너는 싫어."

"솔직히 아직 흔들리고 있어. 작년에 부조리한 대우를 받으면서 나설 차례를 얻지 못했던 건 유스케도 마찬가지야. 히라노하고 다른 팀원들도 내게 고개를 숙이러 오기까지는 상당한 각오를 할 필요가 있었을 테고. 그러니까 도와주고 싶다는 마음이 없다고 하면 거짓말이겠지."

"그렇게 말하는 너는 좋아."

"이제 와서 돌아가서 힘이 될 수 있을지는 의문으로 여기지 않는구나."

"또 내가 싫어하는 너네."

"내가 힘을 빌려주면 1회전에서 이길 확률은 많이 올라갈 거야. 그 녀석들에게는 실전 이야기를 하면서 둘러대긴 했지만, 휘두르기를 하면서 이미지로 보충해왔고, 몸은 언제든 싸울 수 있는 상태를 갖춰왔어. 1주일 정도 죽을 만큼 연습하면 손끝 감각도 되찾을 수 있겠지."

"정말 좋아하는 너."

"그런데 딱 잘라서 생각할 수가 없어, 하루. 지금 유스케나 히라노 같은 녀석들만을 위해서 온 힘을 다해 배트를 휘두를 수 있냐고 물어본다면, 휘두를 수가 없지. 그 정도 마음으로 들어갔다 나왔다 한다면 **야구에게 면목이 없거든.**"

"정말 좋아해."

"조금만, 하루나 이틀 정도만 생각하게 해줘. 작년 여름을 확실하게 끝내기 위해서."

꽈악, 힘을 주며 하루의 따스한 손을 잡았다.

감청색 하늘에 데네브, 알타이르, 베가가 반짝반짝 빛나고 있다. 그것들을 이은 선은 옛날에 근처에 살던 친구들과 했던 2루가 없는 삼각 야구처럼 순수하게 예쁜 모습이었다.

플라스틱 컬러 배트와 컬러 볼, 그것만으로도 충분했는데.

"뭔가 소원이라도 빌까?"

하루가 마침 생각났다는 듯이 말했다.

"뭐야, 갑자기."

"오늘은 칠석이거든?"

그렇구나.

초등학생 때, 소원 종이에 적었던 것은 역시 '프로 야구 선수가 되고 싶다'였지.

"그럼 하루가 하루답게 걸어갈 수 있게 되기를."

내가 그렇게 말하자 쿡쿡, 억누른 듯한 웃음소리가 울렸다.

"엉엉 운 주제에 너무 폼을 잡네. 그럼 나는 치토세가 다시 한번 홈런을 칠 수 있기를, 이걸로 할까."

그런 다음, 하루는 쑥스러운 마음을 감추려는 듯이 말을 이었다.

"우리는 직녀랑 견우 같은 관계는 못 되겠네."

"내가 있더라도 하루는 베 짜기(농구)를 그만두지 않을 것 같으니까."

"정 뭐하면 패스 연습을 돕게 시킬 건데."

"1년에 1번밖에 못 만난다고 해도?"

"그러면 1 on 1을 하지 뭐."

"스파르타 방식을 견디지 못한 견우가 도망치지 않을까."

"은하수를 헤엄쳐서라도 잡으러 갈 거야, 나라면."

너무나도 그녀다운 말에 쓴웃음을 지으면서 직녀와 견우가 어디선가 이런 식으로 손을 잡고 포근한 밤을 보내고 있으면 좋겠다는 생각을 했다.

찌르르르, 후루루루루, 찌찌찌.

이곳저곳에서 이름도 모르는 벌레들이 기분 좋게 울어대고 있었다.

때때로 바람이 살짝 불었고, 나무들이 간지럽다는 듯이 잎을 흔들었다.

시골의 밤 소리가 들린다.

시골의 밤 냄새가 난다.

바다까지 넘어갈 거라 생각했던 내 꿈은 어느새 이런 곳에 굴러다니고 있었다.

"있지, 치토세."

하루가 말했다.

"키스할까?"

나는 슬쩍 입가를 치켜올리고는 누군가가 한 말을 따라

했다.

"그렇게 말하는 너는 싫어."

마치 대답을 알고 있었던 것처럼, 하루는 살짝 쿡쿡대며
웃었다.

"……그렇게 말하는 너를, 사랑해."

고맙다는 말을 하지 않았구나.

하지만 얄팍한 말을 하고 싶지는 않은데.

언젠가 확실하게 대답할 테니.

지금은 그저, 하루에게 받은 따스한 빛을 품고 있자.

이제 두 번 다시 가슴속이 텅 비게 되지 않게끔.

3장 하트에 불을 붙여줘

아스와산에 올라간 다음 날, 언덕길에서 평소와는 다른 부분을 써서 그런지 나는 약간의 근육통을 느끼며 학교로 향했다.

몸은 언제든 싸울 수 있는 상태를 갖춰왔다고?

음~, 대체 누굴까요, 그렇게 거만한 말을 한 사람이.

어젯밤은 여러 가지 감정이 한데 뒤섞여서 잠을 거의 못 잤다.

힘없이 말하던 감독, 부상을 입은 유스케, 고개를 크게 숙이던 히라노와 다른 팀원들, 그리고 하루.

차례차례 이런저런 얼굴과 말이 떠올랐다가 사라져갔다.

결국, 아직 답은 찾아내지 못했다.

그 덕분에 오전 수업 시간은 멍한 상태로 보내버렸다.

그렇게 맞이한 점심시간.

나는 매점의 빵을 가져다준다는 명분으로 다시 여자 농구부 점심 연습을 견학하고 있었다.

하루의 플레이를 보다 보면 뭔가가 바뀔 거라 생각했을지도 모르고, 왠지 스포츠의 열기를 접하고 싶었던 건지도 모르겠다.

여자 농구부는 여전히 점심 식사도 하지 않고 뛰어다니

고 있었다. 식사 직후에 하드한 트레이닝을 할 수는 없으니 미루고 연습하는 건 이해가 되긴 하지만, 꽤 힘들 것 같다고 생각했다.

오늘은 실전 형식으로 연습을 하는 모양이었다.

"센, 너무 빨리 포기하잖아. 제쳐질 것 같더라도 필사적으로 달라붙어!"

팀 중 누구보다 큰 소리를 내며 코트 위를 뛰어다니고 있는 사람은 하루였다.

아마 저번에 토도 마이와 대결한 이후로 불타오르고 있는지, 평소보다 지시가 날카로웠다.

"요우는 플레이가 너무 조잡해. 그냥 블로킹이나 리바운드를 하러 들어가지 말고 포지션을 제대로 생각해."

공이 3점 슛 라인 근처에서 나나세에게 넘어갔다.

오늘도 두 사람은 다른 팀으로 나뉜 모양이었다.

나나세는 슛 모션에 들어갔고, 거기에 낚인 수비 선수가 뛴 모습을 본 다음 달려가던 같은 팀원에게 패스했다.

그것을 받은 팀원이 드리블로 파고들어 슛을 노렸지만, 링에 튕겨 나와버렸다.

"나나!!"

그 플레이를 본 하루가 소리쳤다.

"왜 방금 슛을 쏘지 않았어? 페이크로 낚는 것까지는 좋아. 하지만 그런 다음에 직접 3점 슛을 노릴 수도 있었잖아!"

하루와는 대조적으로 쿨한 목소리가 대답했다.

"노릴 수 있는 거랑 들어갈지 여부는 별개야. 나는 확률이 높은 쪽을 선택한 것뿐이고."

"언제까지 계속 그렇게 할 생각인데?! 약한 상대라면 모를까, 아슬아슬한 시합에서 네가 3점 슛을 넣어주지 않으면 아무것도 안 돼."

"너무 뜨거워졌어, 우미."

"아직 시간이 있는 지금 뜨거워지지 않으면 어쩔 건데!"

"——칫."

신기하게도 나나세가 짜증을 내며 혀를 찬 것처럼 보였다.

약간 분위기가 안 좋아졌구나.

하루는 아직 납득이 안 된다는 표정으로 같은 팀에게서 공을 받고는.

——털썩.

마치 실이 끊어진 것처럼 무너져내렸다.

"우미?!"
"하루!!"

나나세와 거의 동시에 소리쳤다.

나는 들고 있던 빵을 내팽개치고 무대 위에서 뛰어내렸다.

멍하게 서 있던 다른 팀메이트 사이를 파고들며 달려갔다.

"하루, 하루!"

별다른 지식 같은 건 없지만, 급하게 몸 상태를 확인했다.

"으으……."

약간 끙끙대면서도 숨은 쉬고 있다. 딱히 상처도 없다.

연습 중에 이렇게 쓰러지는 녀석은 예전에도 몇 번 본 적이 있었다.

"누가 보건 선생님 좀 불러와!"

나나세가 옆에서 소리쳤다.

"아마 빈혈이나 탈수 증상일 거야. 내가 보건실로 데리고 갈게."

곧바로 하루의 무릎과 옆구리 아래로 손을 넣어 들어 올렸다.

축 늘어져서 힘이 빠진 몸이 상상했던 것보다 무겁게 느껴졌지만, 이 정도라면 문제는 없다.

나나세가 걱정스러운 듯한 표정으로 따라오려 했다.

나는 멈춰 서서 조용히 귓속말로 말했다.

"하루는 어떻게든 할 테니까 너는 여기를 맡아."

나나세는 정신이 번쩍 든 표정을 지은 뒤, 고개를 끄덕였다.

안고 있는 몸이 흔들리지 않게끔 조심하면서 최대한 급하게 보건실로 향했다. 의식만 있다면 허벅지가 부드럽다고 놀리면서 긴장을 풀어줄 수 있었겠지만, 하루는 잠꼬대처럼 같은 말을 연달아 반복하고 있었다.

미안해, 다들, 미안해라고.

보건 선생님이 살펴보니, 딱 잘라 말할 수는 없지만 역시 가벼운 빈혈이거나 탈수 증상일 가능성이 높다고 했다.

한동안 침대에서 재우고 상황을 살펴보다가 병원에 데리고 갈지 여부를 결정한다는 것 같았다.

뭔가 먹을 수 있을 만한 것을 사 온다며 선생님이 보건실을 나갔다.

나는 의자를 가져다 놓고 옆에 앉았다.

"뭐 하는 거야, 멍청아."

에어컨을 틀어놓은 방이라서 그런지, 하루는 차분하게 새근새근 자고 있는 것 같았다.

아마 내가 알지 못하는 곳에서도 매우 열심히 연습했던 거겠지.

피로가 단숨에 드러난 건지도 모르겠다.

어제 있었던 일을 생각하니 나름대로 책임이 느껴졌다.

묶어둔 포니테일이 걸리적거릴 것 같아서 나는 최대한 살며시 풀어주었다.

"응……."

약간 몸을 뒤척인 하루가 눈을 살짝 떴다.

"어라……, 치토세?"

"미안, 깨워버렸구나."

"어째서, 나, 어?!"

정신이 번쩍 들었는지, 그녀는 벌떡 일어나서 왠지 모르겠지만 티셔츠 안을 들여다보았다.

"취해서 하룻밤 불장난이라도 한 것 같은 반응 보이지 말라고."

그건 그렇고, 갑자기 일어나지 마. 나는 그렇게 말하고 하루의 몸을 받쳐주면서 다시 눕혔다.

"그렇구나, 연습 중에……."

"갑자기 쓰러졌어. 아마 빈혈이거나 탈수 증상일 거래. 아침밥은 먹었어?"

"왠지 어제 이런저런 일이 있어서 그런지 잠이 안 와서. 새벽에야 겨우 잠이 좀 왔는데 깨어나 보니까 아침 연습에 늦을 것 같아서……, 안 먹었어. 말하고 보니 멍하게 있느라 물도 거의 안 마셨네."

"아침 연습이라고 해도 자율 연습의 연장일 거 아냐. 밥 정도는 먹고 와야지."

"안 돼, 내가 말을 꺼낸 거니까. 늦는 건 있을 수 없는 일이지."

나는 보란 듯이 한숨을 쉬고는 자판기에서 사 온 포카리스웨트를 내밀었다.

"그러다가 쓰러지면 무슨 소용인데. 마실 수 있겠어?"

그녀가 고개를 끄덕이고 받아들려고 하던 페트병은 곧바로 털썩, 침대에 떨어졌다.

"이런, 힘이 잘 안 들어가는 것 같은데…….."

"진짜, 손이 많이 가네."

나는 포카리 뚜껑을 열고 하루의 등에 손을 받쳐주며 살짝 안아서 일으켰다.

병 입구를 하루의 입에 대고.

"간다?"

천천히 기울였다.

꿀꺽, 꿀꺽, 꿀꺽, 꿀꺽.

목이 꽤 많이 말랐던 모양인지 그녀는 입가로 흐르는 것도 신경 쓰지 않고 3분의 1 정도를 단숨에 마셨다.

살짝 달아오른 볼과 촉촉한 눈으로 바라보는 게 쑥스러워서 손가락으로 입가를 거칠게 닦아주었다.

"여기까지는 어떻게 왔어?"

다시 베개에 머리를 가져다 댄 하루가 말했다.

"기억 못 하는 거면 아쉽네. 이런 훈남 왕자님이 공주님처럼 안아줄 기회는 별로 없다고. 지나가던 여자애들이 다들 꺅꺅거리면서 떠들더라."

"──크으. 누가 날 좀 죽여줘."

화악, 하루가 담요를 끌어 올려 얼굴을 가렸다.

5초 정도 뜸을 들인 다음.

"땀…….."

살짝 눈만 드러내며 말했다.

"나, 땀 냄새 안 났어?"

"안심해라. 어젯밤에 싫증이 날 정도로 맡았으니까 이제 신경 쓰이지도 않아."

"좋아, 회복된 다음에 그 코를 뭉개야지."

"콧대가 높은 건 내 자랑거리니까 그러지는 말지?"

예전에 감독이 한 말을 인용한 것이고, 하루도 눈치챈 모양이었다.

둘이서 마주 보며 웃음을 터뜨렸다.

겨우 하룻밤 만에 농담으로 만들 수가 있구나. 그렇게 생각하니 마음이 조금 복잡해졌다.

그래도 뭐, 나름대로 나쁘지 않은 변화다.

"윽, 어서 돌아가야지."

"멍청아, 환자는 누워있어."

"그래도……."

"그쪽은 나나세가 잘 해내고 있을 거야."

"그렇, 구나."

아~, 그렇게 힘없는 목소리를 내면서 하루는 손등으로 자신의 눈을 가렸다.

"잘 안 풀리네, 좀처럼."

마침 그 타이밍에 선생님이 돌아왔고, 나는 보건실을 나섰다.

점심 시간이 끝나려면 아직 20분 정도가 남았다.

그대로 연습을 계속하고 있을 것 같지는 않았지만, 나나세에게 보고도 할 겸 체육관으로 돌아갔다.

열려 있던 입구에서 왠지 살벌한 목소리가 들려서 나도 모르게 멈춰 섰다.

파직파직, 플래시처럼 기분 나쁜 기억이 되살아났다.

"나나 선배, 이제 못해요."

"요즘 우미 선배, 너무 폭주하는 거 아니에요?"

나는 곧바로 문에 기댄 채 귀를 기울였다.

나나세가 부드러운 말투로 대답했다.

"다시 한번 확인해두고 싶은데. 다들 말이지, 솔직히 인터하이에 그렇게까지 진심은 아닌 거야? 모처럼 기회가 생겼으니까 진심을 말해줬으면 좋겠어……, 센, 어때?"

"인터하이는 어렸을 때부터 꿈이었고, **그날 한 맹세는 잊지 않았어.** 지금도 진심으로 가고 싶다고는 생각해. 하지만 연습 시간을 늘리기만 하면 무작정 좋은 것도……, 아닌 것 같아. 우미도 결국 쓰러져버렸고."

"그렇구나. 그럼 짧은 시간 동안 집중해서 하는 게 낫겠다는 뜻이야?"

"방과 후 세 시간만으로도 질이 좋은 연습을 할 수 있는 거 아닐까?"

반사적으로 발끈한 건 내가 하루 편을 들고 있기 때문일까, 아니면 내 과거를 들이민 것 같은 기분이 들었기 때문일까.

"요우는?"

나나세가 계속 말했다.

"물론 나도 인터하이……, 아니, 인터하이 우승을 목표로 삼고 있어. 나나하고 우미가 있는 지금 팀이라면 불가능하지는 않을 거라 생각해. 하지만 마음만 앞서서 초조해해봤자 소용이 없잖아. 지적당한 단점을 곧바로 수정할 수 있는 사람들만 있는 것도 아니고."

아니야, 그렇게 소리치고 싶어졌다.

잠깐 견학한 것뿐이었지만, 그 녀석은 한 번도 지금 당장 고치라는 말을 하지 않았다.

그저 의식해서 연습하자고 되풀이해서 말했을 뿐이다.

"알겠어, 다른 애들은?"

그다음에는 계속 일방통행 같은 의견이 이어졌다.

내가 받아들이는 방식이 얼마나 비뚤어졌는지는 판단하기가 힘들지만, 대부분 '인터하이에는 가고 싶다. 하지만 그렇게까지 노력하고 싶지는 않다'라는 말로만 들렸다.

……그런, 건가.

모든 의견이 나온 다음, 나나세가 상황을 잘 정리해서 여자 농구부를 해산시켰다.

하루의 몸 상태가 신경 쓰였던 모양이다.

모두가 향한 부실과는 반대쪽, 내가 서 있던 입구에서
나나세가 나왔다.

"언제부터야?"

"윽……, 치토세."

"언제부터 하루가 고립된 거야?"

그 질문에 울음을 터뜨릴 듯한 미소가 돌아왔다.

"주장이 된 이후로, 계속."

방과 후, 연습이 끝나면 치토세의 집에서.

그 말만 남긴 채 나나세는 보건실로 향했다.

*

"여어."

밤 7시 반이 조금 지났을 무렵, 약속한 대로 나나세가 왔다.

"먼저 샤워부터 해도 될까?"

"남자 집에 오자마자 무슨 소릴 하는 거야?"

"조금 더 그럴싸한 분위기를 잡은 뒤가 좋으려나?"

"이미 무드고 뭐고 없는데."

평소처럼 이야기를 주고받았지만, 그녀의 표정은 왠지
신통치 않았다.

뭐, 지금부터 할 이야기를 생각하면 당연할지도 모르겠

지만.

나는 최대한 밝은 목소리로 말했다.

"나 참, 배고프지? 카레라면 있긴 한데, 먹을래?"

"먹을래~!"

"그럼 얼른 땀을 씻고 와. 냄비 데워둘 테니까."

옷장에서 최대한 깨끗한 목욕 타월을 꺼내서 나나세에게 건네려 하자.

"아, 괜찮아. 새로 두 개 사 왔으니까."

그녀는 가게 봉투를 들어 올리며 방긋 미소지었다.

"매번 빌리는 것도 미안하니까, 마이 타월."

"우리 집은 단골 목욕탕이 아니거든."

"그리고 갈아입을 속옷하고……."

"부탁이니까 그건 넣어둬!!"

샤워하는 소리를 조금이라도 멀리 보내기 위해 나는 티볼리 오디오 전원을 켰다.

블루투스로 연결한 스마트폰 음악을 재생하자 사이다걸의 '군청'이 흐르기 시작했다.

나나세가 오기 전에 만들어두었던 카레 냄비를 데웠다.

딱히 먹고 싶었던 건 아니었지만, 혼자서 기다리고 있자니 쓸데없는 생각을 해버릴 것 같았기에 양파 3개를 잘게 썰어서 정신없이 갈색이 될 때까지 볶으며 시간을 때우고 있었던 것이다.

이윽고 드라이어 소리가 들리기 시작하자 철 프라이팬을 데우고, 기름을 두른 다음 달걀을 두 개 넣었다. 한동안 그대로 방치한 다음, 달걀 가장자리가 딱딱하게, 노른자 가장자리가 볼록 부풀어 오르기 시작했을 때 불을 껐다.

마침 나나세가 나왔기에 카레 위에 각각 달걀 프라이를 하나씩 얹어서 보리차와 함께 테이블 위에 늘어놓았다. 수프를 만들 시간은 없었기 때문에 인스턴트 콘수프를 머그컵에 따라서 내놓았다.

"자~, 치토세 식당, 오늘 메뉴는?"

샤워를 해서 시원해졌는지, 약간 원래 모습을 되찾은 나나세가 말했다.

"다진 고기, 가지, 피망, 토마토, 오크라를 적당히 넣고 셰프 마음대로 만든 여름 채소 카레입니다."

아니, 솔직히 유아가 밥을 해줬을 때 남았던 식재료뿐이긴 하지만, 그렇게 말하면 삐질 것 같으니까 조용히 있자.

""잘 먹겠습니다~.""

나나세는 곧바로 스푼 끄트머리로 달걀 프라이를 갈랐다.

딱 좋게 반숙으로 익은 노른자가 주르륵, 흘러나왔다.

"맛있어~! 집에서 만든 카레라는 느낌이네."

"맵진 않아?"

"응, 딱 좋은 느낌이야."

"그거 다행이네."

"거기 자네, 셰프를 불러주게."

"나거든?"

태클을 걸면서 달걀 프라이에 마요네즈를 뿌렸다. 작은 구멍 세 개가 주르륵, 하얀 선을 그렸다.

"으엑, 카레 위에 있는 달걀 프라이에 마요네즈를 뿌려?"

"뭐야, 의외로 잘 어울리거든?"

이번에는 시치미 병을 들었다.

"시치미?!"

"평소에는 매운맛 루를 쓰는데, 오늘은 나나세가 먹을 수도 있을 것 같아서 중간 정도 매운맛으로 했거든. 아니, 애초에 뿌려 먹어도 될 것 같은 음식에는 거의 뿌려 먹는 편이지. 된장국이라든가, 절임이라든가, 찜이라든가, 달걀밥이라든가."

"으엑……."

나는 병을 든 오른쪽 손등을 살짝 주먹을 쥔 왼손으로 통, 통, 두드려서 시치미를 뿌리기 시작했다.

"왜 그런 식으로 뿌려?! 통통이라니, 귀엽잖아!"

"아~, 시끄러워! 밥 정도는 마음대로 좀 먹자."

언젠가 똑같은 이유 때문에 웃었다는 것을 떠올렸다.

여전히 쿡쿡대며 웃고 있던 나나세가 말했다.

"그러고 보니, 우리 아버지도 카레에 우스터 소스를 뿌리다가 혼나곤 했지."

"제대로 간을 맞췄으니까 일단 한입 먹어보고 뿌리

라고?"

"치토세도 여자애가 밥을 해줬을 때는 조심해야겠어."

괜찮아, 이미 유아에게 혼나면서 배웠으니까.

"뭐, 이런 케이스도 있는 거지. 어렸을 때 친구네 집에 갔을 때라든지."

"특이한 음료수를 먹는다, 같은 거?"

"맞아, 맞아. 내가 깜짝 놀랐던 건 하루네 집. 현관에 박스 같은 게 놓여있고, 거기에 병 우유가 들어있거든. 그 자리에서 바로 허리에 손을 대고 꿀꺽꿀꺽 마시더라."

"목욕하고 나온 아저씨냐, 그 녀석."

둘이서 마주 보며 동시에 깔깔 웃었다.

그런 다음 나나세는 왠지 쓸쓸한 듯한 표정을 지었다.

"——자, 무슨 이야기부터 할까."

＊

카레를 다 먹고, 나나세가 설거지를 하는 동안 두 사람이 마실 커피를 끓였다.

나란히 소파에 앉은 다음, 나나세가 결심했다는 듯이 입을 열었다.

"치토세는 어디까지 눈치챘어?"

"자잘한 부분은 아무것도 모르지만, 지금 무슨 일이 일어나고 있는지는 대충 상상이 돼. 그러니까, 팀메이트들이 하루를 따라오지 못하고 있는 거잖아?"

고개를 끄덕이는 기척이 느껴졌다.

"저번 달 인터하이 준결승. 토도의 아시바 고등학교에게 지고 나서 선배들의 은퇴가 결정되었어. 2학년 중에 선발 멤버였던 사람은 나하고 우미뿐이었지만, 센하고 요우도 후반에는 교대로 시합에 나갔고……, 모두 함께 엉엉 울었지."

그렇구나. 그때 예비 멤버가 센하고 요우구나.

──아시고가 주력 선수를 번갈아 가며 쉬게 해서 여유 있는 시합 운영을 한 반면 후지고는 최대한 선발 멤버만으로 싸우려 했고, 실제로 교대해서 들어간 선수의 실력은 척 보기에도 뒤처졌다.

시합을 끝까지 본 다음 내가 그런 식으로 평가했던 게 떠올랐다.

"특히 센하고 요우는 '선배들을 인터하이로 데리고 가지 못했던 건 자신들이 약했기 때문이다'라고 책임감을 느꼈거든."

그날 밤, 나나세는 그렇게 계속 이야기했다.

"대회의 반성회라고 해야 하나, 뭐, 뒤풀이지. 그때 하루가 새로운 주장으로 결정되었어. 미사키 선생님, 선배, 후배, 센, 요우, 물론 나까지 만장일치였지."

"말을 끊으려는 건 아닌데, 나나세하고 표가 갈리지는 않았어?"

하루가 주장을 맡는다는 것에는 아무런 의문도 없지만, 비슷한 실력과 냉정한 성격을 고려하면 나나세를 추천하는 목소리가 있더라도 이상할 건 없을 것 같다.

하지만 나나세는 천천히 고개를 저었다.

"다들 눈치채고 있었던 것 같아. 정말로 한 단계 위를 목표로 삼으려면 그렇게 선두에서 팍팍 끌고 가는 타입이 주장을 맡아야 한다고."

지금까지 들은 이야기만 보면 팀메이트의 마음은 한데 뭉쳐있는 것 같다.

나는 조용히 계속 말하게 했다.

"그리고 다시 팀을 꾸리기 시작한 날, 연습하기 전에 부원들끼리만 회의를 했어. **새로운 팀으로 어디까지 목표를 잡을 것인지.** 이것도 만장일치였지. 센도, 요우도, '두 번 다시 그런 경험은 하고 싶지 않다. 내년에는 인터하이에서 정점에 서자'라고 하면서 신이 났고, 좋은 분위기였지."

하지만. 그녀는 눈을 내리깔면서 입을 열었다.

"하루는 그것만으로는 안 될 거라고 생각했던 거야."

이야기가 조금 길어질 거야, 라고 나나세가 말했다.

*

──새로운 팀으로 첫 연습을 한 다음, 나, 나나세 유즈키를 하루가 불러세웠다.

"나나, 이따가 잠깐 시간 괜찮겠어?"

코트 네임으로 부르는 걸 보니 분명히 클럽활동 관련 이야기일 것이다.

엄밀하게 규칙 같은 걸 정하지는 않았지만, 나도 농구 이야기를 할 때는 우미, 평소에는 하루라고 나눠서 부르는 경우가 많았다.

둘 다 출출했기에 편의점에서 음료수와 간식을 사서 근처 강가에 앉았다.

"일단."

하루는 후쿠이 특산 음료수인 로열 사와야카의 뚜껑을 푸슉, 열었다. 치토세에게 한 입 얻어먹었는데 오랜만에 먹어보니 맛있었다, 라고 말했던 게 떠올랐다.

"새 부장과 부부장에게."

그렇게 말하며 병을 쭈욱 내밀었다.

나는 내 아이스 카페라떼를 툭, 부딪혔다.

""건배~.""

꿀꺽꿀꺽, 단숨에 음료수를 마신 하루가 탄산 때문에 콜록콜록 기침을 했다.

"아~, 져버렸네."

"……그치."

생각해보니 예선에서 진 다음 이렇게 둘이서 이야기하

는 건 처음이었다.

장마를 앞두고 있는 6월 초.

저녁놀을 반사하는 강을 따라 부는 바람이 연습으로 뜨거워진 피부에 닿아서 기분이 좋았다.

하지만 그런 시원한 느낌은 계절이 아직 여름이 되기 전이라는 사실을 조용히 들이밀었다.

인터하이 예선 패배.

아직 시작되지도 않았는데, 우리의 여름이 끝나버렸다.

"나나는 말이야."

하루가 멍하니 강을 바라보면서 입을 열었다.

"우리가 지금 이대로 정말 내년에 아시고나 다른 강호들과 싸울 수 있을 것 같아?"

싸울 수 있다, 그 말은 상위까지 이기고 올라가서 대전한다는 의미가 아닐 것이다.

확인할 필요도 없이, 이길 수 있는지 아닌지라는 뜻이다.

나는 생각하던 것을 솔직하게 말했다.

"솔직히, 선배들 팀보다 잠재력은 있을 것 같아. 센의 수비 센스에 요우의 키. 그런 게 잘 들어맞으면 약점이었던 수비가 두터워질 거야. 하지만……."

"하트가 약하다는 거지?"

하루가 곤란하다는 듯이 웃었고, 나는 천천히 고개를 끄덕였다.

이건 1, 2학년 모두가 마찬가지인데, 체육 계열다운 진흙투성이 같은 느낌이나 열기가 없다. 예를 들어 연습을 보고 있어도 최대한 자신을 몰아붙이기보다는 힘이나 페이스를 능숙하게 배분하면서 주어진 메뉴를 요령 있게 해낸다.

그런 태도는 시합에서 뛸 때도 직접적으로 이어졌고, 단적으로 말하자면 자신을 포기하는 게 빠르다. 한 발짝만 더 버티면, 뛰면, 뛰어오르면, 결과가 달라질지도 모르는데 그 직전에 포기해버린다.

어떤 때라도 마음 한구석이 싸늘하게 식은 상태라고 하면 될까.

분명 나중에 사회 같은 곳에서 살아갈 때는 똑똑한 방식일 것이다.

하지만 스포츠맨으로서는 치명적이다.

이대로 가다간 항상 자신의 가능성을 계속 두드려대는 녀석들에게는 절대로 이길 수 없다.

"이유가 뭔 것 같아?"

다들 그렇게까지 농구에 많은 것을 투자하지 않는다고 하면 답이 없지만, 적어도 시합에서 진 다음 보인 눈물이나 인터하이를 목표로 삼자고 한 말은 거짓말이 아닐 것 같다.

"진심이 되는 게 두려운 것 아닐까."

깜짝 놀란 표정이 돌아왔다.

그야 날마다 쉴새 없이 온 힘을 다하는 소녀인 너는 아무리 애를 써도 이해할 수가 없는 마음이겠지.

"당연한 건데 말이야, 진심이 되면 언젠가 한계에 부딪히게 되잖아? 연습이 너무 심해서 토해버릴지도 모르고, 죽을힘을 다해서 경기를 뛰었는데도 쉽사리 져버릴지도 몰라. 더 이상은 할 수가 없다고 할 정도로 노력했는데도 불구하고 손이 닿지 않은 꿈인데, 콧노래를 흥얼거리면서 낚아채 가는 녀석이 있을지도 모르지. 그런 자신을 보고 싶지 않은 거 아닐까라는 이야기야."

"그래도 진심이 되지 않으면 자신의 한계도 알 수가 없잖아. **넘어설 수 있을지도 모르는 한계 너머도.**"

"분명, 처음부터 '이 정도겠지'라고 선을 그어두면 자신의 진심이 부정당하는 것보다는 덜 상처 입을 거야. 누구든지 가능성을 더듬거리면서 찾는 것보다는 할 수 없는 이유를 찾아내는 게 더 간단할 테니까."

"그렇구나……."

툭툭, 치마 엉덩이 쪽을 털면서 하루가 일어섰다.

"지금 동료들하고 정점의 경치를 보러 가고 싶잖아."

"물론 나도 같은 의견이지."

"하지만 분명 '진심이 되어라'라고 말해봤자 의미가 없겠지?"

"다른 사람 말로 바뀔 거였다면 이미 그렇게 했을 거야."

그렇게 말하자 하루가 빙글, 돌아보았다.

"——그럼 말이야, 내가 모두에게 뒷모습을 보여줄게."

그녀는 저녁놀을 등진 채 방긋 웃었다.

"뜨거워지는 건, 진흙투성이가 되는 건, 정신없이 달려가는 건, 포기하지 않는 건, 진심이 되는 건 꼴사나운 게 아니라고 말이야. **하트에 불을 붙여주겠어.**"

그 녀석처럼 말이지, 라는 조용한 중얼거림 뒤에 말은 이어졌다.

"연습은 지금보다 더 많이 시킬 거고, 모두가 대충하면 확실하게 혼낼 거야. 그 대신, 다른 누구보다도 내가 땅을 기어 다니면서 피를 토할 거야."

"우미……."

"그러니까 나나는 부주장으로서 뒤에서 모두를 보조해 주지 않을래? 약한 소리라든가, 나에 대한 불만이라든가, 그런 걸 들어주면서 말이야."

"그러면."

"미움받는 역할은 한 명이면 충분해. 악마 우미 선배와 부처님 나나 선배라는 식으로? 그 대신, 내년에는 마지막에 제일 높은 곳에 서서 모두 함께 웃자."

굳은 각오를 다지고 꺼낸 그 말을 나는 조용히 받아들일

수밖에 없었다.

※

"부처님 나나 선배 노릇을 잘 해내고 있었던 것 같은데 말이지, 슬슬 한계가 온 것 같아."

나나세가 분하다는 듯이 중얼거렸다.

"우미의 열기가 헛돌고 있어."

"……젠장."

나는 무심코 그런 말을 내뱉었다.

연습 중에 나나세가 혀를 찼던 것은 어떤 의미로 자기 자신을 향한 행동이었던 건가.

"쉽사리 맡긴 것도 내 잘못이었지. 그때 생각나 버렸거든. 중학교 준결승전에서 맞붙었을 때, 우미가 정말로 자신의 열기를 팀에게 전파하면서 싸웠던 게. 그런 그 애에게 내가 졌으니까."

"모두에게 진실을 알려주는 건?"

"물론 좀 전에 우미하고 이야기를 해봤어. 그런데 '그러면 또 서로 친하게만 지내는 시절로 돌아가 버려. 나는 그 애들과 진심을 서로 부딪히면서 높은 곳을 목표로 삼는 동료(팀)가 되고 싶거든'이라던데."

"윽, 그 고집쟁이 녀석."

어째서 눈치채주지 못했지? 그렇게 자신을 책망했다.

냉정하게 생각해보면 징조가 잔뜩 있었을 텐데.

'그렇지! 다음에는 반드시 짓밟아주겠어. 내년은 타도 아시고, 목표는 인터하이. 그러기 위해서는 철저하게 다시 단련하고, 주장으로서 내가 할 수 있는 일은 해야지.'

할 수 있는 일이란 게 그런 거였냐.

그때, 나나세가 떨떠름한 반응을 보였던 이유도 이해가 되었다.

'뭐, 악마 주장이 근처에 있으면 불안할 거 아냐.'

보통은 그냥 농담이라고 생각한다고.

'주장이 그런 이유로 쉴 수는.'

'주장이니까, 그렇지. 그렇게 모범을 보이는 방식도 있다는 거다.'

'우미를 너무 얕보는군, 그 녀석은 더 먼 곳을 보고 있어.'

처음부터 눈치채고 있었구나, 미사키 선생님은.

'그럼에도 불구하고 물러서지 않는다는 건가.'

'그럼에도 불구하고 물러서지 못하는 거지. 저 애는 뒷모습으로 보여주려 하는 거야.'

그야 그렇겠지.

한계에 부딪혀서 날아가 버리고, 그럼에도 불구하고 일어서는 모습을 모두에게 보여주고 있으니까.

"그리고 **내일이 보이지 않는 것 같을 때.**"

조용히 나를 보고 있던 나나세가 부드러운 표정을 지으며 말했다.

"언젠가 칭찬해줘. 우미는 치토세에게 약한 소리 안 했지?"

하지 않았던 것뿐만이 아니라──.

'만약 치토세가 괴로워하더라도 반드시 미소를 짓게 해줄게.

울고 싶어지면 곁에 있어줄 거고, 열받으면 같이 화를 내줄게.

한심할 때는 혼내주고, 일어서지 못할 때는 용기를 줄게.'

그 녀석은 자기가 그런 상황에 처해 있으면서도 내 약한 소리를 받아들여 준 건가.

아마도, 라며 나나세가 이야기를 계속했다.

"이르면 내일쯤, 팀이 갈라질 거야. 내게는 그 애가 맡긴 역할이 있어. 그러니까 그때는……."

그렇게 말한 다음 꼬옥, 기대듯이 내 손을 잡으면서.

"우미를 부탁할게?"

슬프게 말했다.

나는 그저 그 예상이 빗나가기만을 빌었다.

*

그렇게 맞이한 다음 날 방과 후.

계속 신경이 쓰여서 체육관 입구에서 연습을 들여다보고 있었는데.

"──이제 적당히 좀 해!!"

시작된 이후로는 눈 깜짝할 새였다.

"좀 더 버틸 수 있다, 달릴 수 있다, 나도 나름대로 최대한 하고 있어. 어째서 우미에게 아직 진심이 아니라는 말을 들어야만 하는데?!"

제일 먼저 인내심의 한계를 맞이한 건 센이라 불리는 단발 여자애였다. 굳이 말하자면 얌전하다는 인상이었지만, 그렇기 때문에 평소와는 다른 모습에서 감정이 끓어올랐다는 사실이 또렷하게 느껴졌다.

하루는 담담하게 대답했다.

"알아, 알 수가 있거든. 센이 아무리 자신의 말로 자신을 속이려 해도, 진심인 사람에게는 뻔히 보여."

"뭐야 그게, 자기는 우리하고 다르다는 말을 하고 싶은 거야? 토도 마이에게 덤볐다가 전혀 상대도 안 되었던 주제에!"

"그 토도 마이는 이렇게 약한 꼬맹이를 상대하면서도 웃음이 나올 정도로 진심이었는데."

"──윽."

"방금 왜 나나의 3점 슛을 블로킹하려 하지 않았어? 어차피 항상 막지 못했으니까 오늘도 못 막을 거라 생각했어? 몇 번이고 한 말인데, 지금 당장 화려하게 막으라는 게 아니라 막으려고는 해보자는 거야. 연습은 원래 그런 거 아니야?"

센은 투웅, 공을 바닥에 내동댕이쳤다.

높게 튀어 오른 공이 텅, 텅, 쓸쓸한 느낌으로 굴러갔다.

"우미는 재능이 있으니까 그렇게 망설이지 않는 거야. 노력하면 노력한 만큼 올라갈 수 있는 소질이 있으니까."

"나는……, 내가 가지고 있지 않은 센의 재능(10센티미터)이 부러운데 말이지."

그때, 토도 마이와 비슷할 정도로 키가 커 보이는 요우가 끼어들었다.

"우미는 좋겠어. 지더라도 **키가 작은 걸 변명거리로 삼을 수가 있으니까.**"

──까불지 마.

하루가 단 한 번이라도 키를 변명거리로 삼은 적이 있냐고!

나도 모르게 발끈해서 뛰쳐나가려다가.

"끄으으~."

멱살을 잡혔다.

"멍청한 녀석, 우미하고 나나가 참고 있는데 네가 화를 내면 어쩌려고."

어느새 뒤에 서 있던 미사키 선생님이 말했다.

나는 살짝 짜증을 내면서 손을 뿌리쳤다.

"하루가 맡고 있는 미움받는 역할, 원래는 고문이 할 일 아닌가요?"

"와타야 선생님처럼, 말이냐?"

예상하지 못한 방향에서 얻어맞은 것 같은 기분이었다.

내가 동요한 걸 눈치챘는지, 미사키 선생님이 계속 말했다.

"진정해라. 나는 그 사람의 지도 방법이 옳다고 생각하지 않고, 일부러 미움받는 역할을 자처한 건지 아닌지도 몰라. 하지만 그렇게 위에서 억누르고, 그렇게 억눌린 너희가 앞으로 나아갈 수 있었나?"

지나간 나날을 돌아보고, 어금니를 꽉 악물었다.

"내 농구가 아니야, 저 애들의 농구다. 스스로 깨달을 수밖에 없지. 한계를 정하는 게 누군지 말이다."

체육관 안에서 하루가 요우의 말을 받아쳤다.

"호오? 그럼 나도 말해볼까? 요우는 좋겠어, **키가 큰 것**

만으로도 시합에 나갈 수 있어서."

일부러다. 그런 생각이 들었다.

하루는 말했었다.

——다른 사람이 가지고 있는 것만 보고 질투하는 짓은
하고 싶지 않아.

분명 눈치채게 만들려 하고 있는 것이다.

하루는 센이나 요우보다 운동신경이라는 게 좋을지도
모른다.

하지만 센이나 요우는 하루가 아무리 원해도 손에 넣을
수 없는 키를 가지고 있다.

없는 것을 달라고 보채봤자 끝이 없다.

진심으로 높은 곳을 목표로 삼은 녀석들은 다들 주어진
무기를 들고 필사적으로 발버둥 치고 있다.

**자신이 노력하지 않는 이유를 다른 사람의 재능에서 찾
지 마라.**

빙 돌려서 그렇게 말하려 하는 것이다.

하지만 절실한 말은 허공을 갈랐다.

"하~, 못 해먹겠네! 이제 됐어, 어차피 가지고 있는 녀
석은 가지지 못한 녀석의 마음 같은 건 모르니까. 혼자서
인터하이를 목표로 삼지 그래."

농구라는 경기에 있어서, 이곳에 있는 그 누구보다 가지
지 못한(키가 작은) 하루에게 요우가 말했다.

투웅, 내동댕이친 공을 신호로 삼은 듯 센과 요우가 선

두에 서자 다른 부원들이 차례차례 체육관을 나갔다.

"이거 1주일 정도는 쉬겠군."

미사키 선생님이 왠지 달관한 듯한 목소리로 말하더니 툭, 내 어깨를 두드리고는 떠나갔다.

그렇구나. 오늘은 여자 농구부가 체육관 전체를 쓰는 날이었지.

체육관이 거의 텅 비게 되자 나는 이런 상황임에도 그런 생각을 했다.

마지막까지 남아있던 나나세가 걱정스러운 표정으로 이쪽과 하루를 본 다음, 부주장의 표정을 지으며 못을 박으려는 듯이 내가 있는 쪽을 보았다.

'우미를 부탁할게?'

부실 쪽으로 사라져가는 검은색 머리카락을 바라본 다음, 나는 체육관으로 발을 내디뎠다.

하루는 두 손으로 공을 든 채 꿈쩍도 하지 않고 멍하니 서 있었다.

그 등에 손을 살짝 댔다.

"하루······."

"치토세에."

돌아본 그녀의 표정은 있는 힘껏, 지지 않게끔, 꺾이지 않게끔, 울지 않게끔 입술을 깨물면서, 그럼에도 불구하고 웃으려고 입가를 움찔거리면서.

"어쩌지? 난 동료가 없으면 싸울 수가 없는데, 혼자서는 제대로 날 수가 없는데, 불완전한데——, 다들 사라져버렸어."

완전히 일그러져 있었다.

*

그럼에도 아직 눈물을 흘리지 않고 두 다리로 버티고 있던 하루를 나는 억지로 옥상으로 끌고왔다.

철책에 등을 기대고 둘이서 앉은 다음, 사이에 시원한 사이다를 하나 내려놓았다.

얼굴을 가리려는 듯 무릎을 끌어안고 있던 하루는 그 사이다에 손을 대지 않고, 밝으면서도 텅 빈 것 같은 목소리로 말했다.

"헤헤, 너무 뜨거워져 버렸나? 나중에 사과해야겠네."

그렇게 가벼운 상황이 아니라는 사실은 자신이 제일 잘 알고 있을 것이다.

동료들이 확실하게 거절하며 내친 것이다.

——너와는 함께 농구를 할 수 없다면서.

"1주일 정도 쉰대, 미사키 선생님이."

"윽……, 그렇구나, 그러는 게 나을지도 모르겠네. 내가 억지를 부리면서 다른 사람들을 끌어들여 버렸으니까."

"다음 주 주말이잖아, 아시고하고 연습 시합."

우연히도 그것은 야구부 1회전이 치러지는 토요일 다음 날.

옆에서는 대답이 들리지 않았다.

"미안해, 아무것도 눈치채주지 못해서."

"뭐야 그거, 형씨에게 도와달라고 할 생각은 없어. 이건 우리 문제니까."

"동료에게 버림받은, 아니, 동료를 저버린 내게 이야기해봤자 소용이 없나?"

"아니야!! 나는 그때 너처럼──."

하늘은 열받을 정도로 푸르고 맑은데, 잠깐 얼굴을 들었던 하루는 다시 곧바로 고개를 숙여버렸다.

갑자기 마치 축제 때 본 까만 툭눈금붕어 같다는 생각이 들었다.

신기해서 다들 가지고 싶어 하지만, 실제로는 우아하게 헤엄치는 새빨간 화금 사이에 껴서 서투르게 발버둥 치고 있다. 튀어나온 못난 눈은 약간만 실수해도 다칠 수도 있을 것이다.

사실은 함께 헤엄치게 하지 않는 게 좋다.

같은 녀석들끼리 모이면 한 마리만 노리는 일은 없다.

따돌림당하지도 않는다.

그럼에도 불구하고 우리는 그런 수조에서 살아가는 것을 선택했다.

역시 한없이 서투르고, 못났구나.

나는 사이다 뚜껑을 열고.
"진짜, 골치 아픈 여자네."
손바닥으로 입구를 막고 팍팍 흔든 다음, 손을 놓았다.

——푸슈욱.

여름의 시작 같은 거품이 터졌다.
"차갑잖아?!"
"언젠가 당했던 걸 복수한 거야. 머리가 좀 식었나?"
"음료수는 반칙이지. 나중에 끈적거릴 거라고!"
"쳇, 연습용 티셔츠는 안 비치는구나."
"너 말이야……."
그제야 이쪽을 본 하루에게 씨익 웃으면서 말했다.

"——그날의 승자로서 치토세 군이 명령합니다. 지금 여기에서 토해내."

혁, 하루가 깜짝 놀랐다.
진 쪽은 언젠가 이긴 쪽에게 진심으로 약한 소리를 한다.
그런 내기를 했던 그 저녁놀, 우리가 그네에서 뛴 거리는 1센티미터 차이도 없이 똑같았다.

'무승부는 재미없지. **그럼 양쪽 다 이겼고, 양쪽 다 진 걸로 하면 되는 거 아니야?**'

그랬지? 하루.

"그리고, 내 캐치볼 상대잖아. 파트너의 문제는 내 문제야."

"——으."

이미 한계였던 모양이다.

"내 방식이 잘못된 건가? 모두를 괴롭히기만 할 뿐인 거야? 사이좋게, 적당히 연습하는 게 낫나? 그렇게 하면 마지막에 지더라도 좋은 추억이었다면서 웃을 수 있을까?"

봇물이 터진 듯이 말이 쏟아져나왔다.

"모르겠어. 진심으로 인터하이를 목표로 삼는다는데, 그 진심은 어느 정도의 진심이야? 어느 정도 힘 조절을 하면 딱 좋은 진심이야? 목표랑 꿈만 같은 이야기의 차이는 뭔데?"

나는 그녀의 자그마한 머리를 내 가슴에 끌어안았다.

금방 셔츠가 축축해졌고, 계속 참아왔던 감정이 스며들기 시작했다.

"으흑, 흐으윽."

그럼에도 불구하고 그녀는 아직 목소리를 필사적으로 억누르고 있었다.

마치 지금 울음을 터뜨리면 모든 것이 끝나버릴 거라며 겁을 내는 것처럼.

정말로 강하구나, 넌 참.

"미안, 나는 그 답을 가지고 있지 않아. 하루보다 훨씬 일찍 도망쳐버렸으니까."

"치토세에……, 너한테 잘난 척해서 미안해."

하루에게 들은 말이 머릿속에 스쳐 갔다.

'——팀메이트가 진심으로 뛰지 않았다고? 네 열기로, 플레이로 진심을 내게 만들어보라고! 이 녀석과 함께라면 꿈이 아니라는 걸 머릿속에 직접 때려 넣어!'

"나도, 그러지 못했어어……."

"——아직이야."

나는 강한 말투로 딱 잘라 말했다.

"노력은 반드시 보답받는 건가, 그런 이야기를 했었지."

"……어?"

"마찬가지일 거야, 분명히. 진심을 담은 정열은, 플레이는, 살아가는 모습은, 진짜로 동료들에게 닿지 않은 걸까. 누구의 마음도 움직이지 못한 걸까. 그냥 헛수고나 억지로 끌고 다녔던 것뿐일까."

"치토, 세?"

나는 그렇게 말하고 일어서서.

"결말은 직접 지켜볼 수밖에 없지, 안 그래?"

소중한 파트너에게 손을 내밀었다.

"적어도 여기 한 명, 네 열기에 마음이 움직인 남자가 있어."

그러니까.

"——나도 다시 한번 배트를 휘두를게."

그러니까 둘이서, 올해 여름을 맞이하러 가자.

*

그 뒤 야구부의 연습이 끝난 운동장에서.

"1회전에 저를 내보내 주세요. 부탁드립니다!!"

예전 감독에게 고개를 크게 숙였다.

내가 모르는 1학년 두 명을 포함한 야구부 11명이 주위를 둘러싸고 서 있었다.

신중을 기하기 위해서인지 목발에 깁스를 한 유스케가

당황하며 말했다.

"야, 잠깐만 기다려 봐, 사쿠. 갑자기 무슨."

그러자 히라노가 대답했다.

"우리가 다 같이……, 부탁하러 갔었어."

"윽, 그런 짓만은 하지 말라고 했잖아!!"

유스케가 큰 목소리로 히라노에게 따지고 들었다.

"너 혼자만의 문제가 아니잖아! 그리고……, 확실하게 거절당했다고."

"그럼, 어째서."

목발과 한쪽 다리, 불규칙한 발소리가 다가와 잠시 후 내 앞에서 멈췄다.

"일단 고개를 들어줘, 사쿠. 왜 네가 고개를 숙이는데."

"야구부를 위해서 이러는 게 아니기 때문이지."

나는 확실하게 그렇게 말했다.

"딱히 다친 유스케에게 힘이 되어주고 싶다고 생각한 건 아니야. 히라노하고 다른 팀원들의 설득에 마음이 움직인 것도 아니고, 그냥, 나 자신을 위해서 작년 여름을 끝내고 싶어진 거야."

"그게 무슨……."

"나름대로 내 은퇴 시합이라는 거지."

"──무슨 이야기인지는 알겠다."

한때는 듣는 것만으로도 고통스러웠던 감독의 쉰 목소리가 쏟아져 내리자 반사적으로 몸이 움찔거렸다.

내 제안을 듣고 놀란 것 같지는 않았다.

이 녀석들도 감독에게 아무런 말도 없이 그런 이야기를 꺼내지는 않았을 것이다.

어떻게 설득한 건지는 모르겠지만, 허가는 받았다는 뜻이다.

감독이 계속 말했다.

"그러니까, 치토세가 복귀하는 건 다음 주 1회전뿐, 말 그대로 핀치 히터로 나가겠다고 받아들이면 되나?"

"……네."

"그럼 너를 야구부원으로 취급하지는 않겠다. 어디까지나 외부에서 초빙한 도우미이자 손님이지. 고개를 들어라."

나는 그 말대로 몸을 일으켰다.

정겨운 동료들이 걱정스럽게 상황을 지켜보고 있었다.

여전히 무뚝뚝한 표정이라 감정을 읽어내기가 힘든 감독이 담담하게 계속 말했다.

"솔직히 팀에서 에자키가 빠지면 타격이 크다. 이대로 가다가는 첫 시합을 이기는 것도 힘들다는 게 사실이지."

무릎에 손을 대고.

"힘을 빌려준다면 잘 부탁하마."

고개를 크게 숙였다.

뜻밖의 광경에 한순간 무슨 일이 일어난 건지 알 수가 없어서 몸이 굳어버렸다.

"히라노와 다른 녀석들이 조건은 다 받아들이겠다고 말

한 모양이던데?"

그 말을 듣고 정신이 번쩍 든 나는 천천히 숨을 쉰 다음 입을 열었다.

"감독님이야말로 고개를 들어주세요."

그렇게 상대방의 눈을 보면서 말했다.

"조건은 한 가지뿐입니다. 팀 연습에는 참가하지 않고, 당일까지 혼자서 조정하려 합니다."

"사쿠, 어째서?!"

유스케가 소리쳤다.

"이렇게 중요한 시기에 분위기를 어지럽히고 싶지 않아. 내가 있으면 다들 어느 정도 영향을 받을 거 아냐?"

"그건⋯⋯."

아직 납득하지 못한 모양이었지만, 감독은 곧바로 받아들였다.

"알았다. 뭔가 필요한 도구가 있다면 에자키에게 말하고."

나는 고개를 끄덕였다.

이야기는 그렇게 끝났다.

뒷일은 맡긴다. 감독은 유스케에게 그렇게 말한 다음 운동장을 나갔다.

그 뒷모습이 보이지 않게 되어서야 숨을 내쉬었다.

"잘 부탁하마, 라."

내가 중얼거리자 다가온 유스케가 살짝 웃었다.

"네가 그만둔 이후로 저 사람도 조금 바뀌었거든."

히라노가 이어서 말했다.

"여전히 소리를 지르고 억지를 쓸 때도 많긴 하지만. 그래도 예전하고는 조금 달라졌어."

"……그래."

당연하긴 하지만, 이 녀석들도 나름대로 내가 알지 못한 1년을 넘어왔구나.

"이봐, 사쿠, 그때는 정말로——."

그렇게 말하던 유스케에게 나는 손바닥을 내밀며 가로막았다.

"그런 건 이제 됐어."

강한 척하는 게 아니라 진심에서 나온 말이었다.

더 복잡한 감정이 북받칠 거라 생각했는데, 마음은 깜짝 놀랄 정도로 차분했다.

"감독도, 너희도, 나도, 분명히 뭔가 잘못을 했고, 뭔가 올바른 행동을 했던 거겠지."

그 녀석 덕분에 그런 식으로 생각할 수 있게 되었으니까.

"나는 나름대로 답을 찾을 거야. 그러니까 만약에 너희들도 그날 있었던 일을 질질 끌고 있다면, 너희들 나름대로 답을 찾아줘. 그렇게 각자 앞으로 나아가자."

나는 씨익 웃고는 내밀고 있던 손을 악수하는 형태로 바꾸었다.

"이기자고, 시합."

"윽…… 그래!"

유스케가 손을 꽉 잡았다.

"뭐, 너는 주전 선수들의 엉덩이가 차가워지지 않게 벤치를 잘 데워두라고."

"하하, 시끄러워, 임마!"

그러자 히라노가, 다른 동료들이 차례차례 손을 겹쳤다.

진짜, 땀내 난다고, 운동부는.

나는 그렇게 정겨운 느낌이 드는 떠들썩한 분위기에 살짝 몸을 맡겼다.

＊

"정말 괜찮겠어?"

교문에 등을 기댄 채 기다리고 있던 하루가 말했다.

"치토세는 말이야, 배팅 센터에 갔을 때조차 타석에 들어가지 않았잖아."

"잘 보고 있었네."

내가 그렇게 대답하자 하루는 크로스 바이크를 밀면서 불안한 표정으로 이쪽을 살펴보았다.

"나 때문에, 그런 거지……?"

"그렇게 착각하는 여자는 싫거든."

움찔. 옆에서 몸을 움츠리는 기척이 느껴졌다.

왜 그렇게 안절부절못하는 건데. 쓴웃음을 짓고는 말했다.

"**내 덕분**이라고 해야지."

"그렇구나."

그녀가 그렇게 말하며 자그마한 미소를 피워냈다.

"야, 하루, 배 안 고파?"

"고파."

"오늘 피곤했지?"

"피곤해~!"

"이런 날은……?"

""가츠동!!""

두 사람의 목소리가 완전히 겹쳐졌다.

웃음을 터뜨린 다음, 나는 말했다.

"**우리답게 가자고**. 결국 뼛속까지 체육 계열이니까."

"그럼, 대짜 세트네."

"그리고 새우튀김도 추가할래?"

그렇게 하루의 크로스 바이크를 타고 밤을 가로질렀다.

시골에서 이름난 선수처럼 자그마한 가로등을 휘익휘익, 스쳐 지나갔다.

동료들과 100번을 이야기해봤자 진정한 의미로는 서로 이해할 수 없을지도 모른다.

그러니까 우리는 뛴다, 뛰어오른다, 던진다, 친다.

슛 한 번이, 스윙 한 번이, 마음을 전부 전해줄 거라고 믿으면서.

*

　하루를 데려다준 다음, 나는 나나세에게 전화해서 이쪽 상황을 설명한 뒤 그쪽 상황 이야기를 들었다. 역시 미사키 선생님은 1주일 동안, 엄밀하게 따지자면 아시고와 시합하는 당일까지 연습을 쉬겠다고 한 모양이었다.

　나간 팀메이트들은 그 이후로도 성이 풀리지 않았는지 거의 하루의 험담 대회 같은 분위기였던 것 같다.

　평소에 쌓여있던 불평불만이 단숨에 폭발해버렸겠지.

　『하마터면 나까지 화를 내버릴 뻔했어.』

　전화기 너머에서 나나세가 말했다.

　『다 같이 이야기할 때, 몇 번이고 나온 말이 있거든.』

　"뭔데?"

　『──노력할 수 있는 것도 재능이잖아.』

　"……그래."

　나도 지금까지 여러 번 들은 적이 있었지.

　『그렇게 비겁한 변명이 어디 있어?』

　어지간히 화가 난 모양이다.

　나나세치고는 신기하게도 화가 났다는 게 확실하게 느껴졌다.

　『그 애, 아침 연습, 점심 연습, 방과 후 연습 때 누구보다 많이 움직인 다음에 늦게까지 동쪽 공원에서 연습한단 말이야. 내가 넘어서야만 하는 녀석들은 아직 뛰고 있을 테니까, 라면서. 그걸 재능이라는 말 한마디로 넘겨버려도 되는 거야?』

"노력의 재능이라니, 다들 어떤 걸 상상하고 있는 걸까? 노력하는 순간이 즐거워서 견딜 수가 없으니까 노력할 수밖에 없다는 건가?"

『바보 아니야아아아아아아아아?!! 누가 흐앙흐앙 기뻐하면서 반복 뛰기를 하겠냐고? 누가 앙앙 신음하면서 하루에 슛을 수백 번 쏘겠냐고?』

"나, 나나. 흐앙흐앙이니 앙앙이니 하는 건 그만하지?"

『당연히 힘들지. 당연히 괴롭지. 하지 않아도 된다면 안 할 거야. 하지만 그 너머에 목표로 삼은 자신이 있으니까, 이기고 싶은 상대가 있으니까, 이루고 싶은 꿈이 있으니까 이를 악물고 견디는 거 아니야?』

"전면적으로 동의하지만, 다른 사람에게는 그런 이야기 하지 마. 그러면 '재능이 있으니까 노력할 수 있다'라든가 '지기 싫어하는 것도 재능이지'라는 말로 바뀔 뿐이니까."

『그런 건 나도 알아. 평행선이란 말이지, 결국.』

"……그렇지."

『저기, 치토세. 전부 다 사실대로 말해도 될까? 하루가 어떤 마음으로 주장을 맡은 건지, 누구를 위해서 노력하고 있는 건지.』

"좀 진정해, 나나세. 오늘 속옷은 무슨 색이야?"

『비쳐 보이는 삭스 블루.』

"호오?"

『직접 확인하러, 올래?』

"좋았어, 원래대로 돌아왔구나?!"

쿡쿡, 건너편에서 나나세가 웃었다.

"미사키 선생님이 그러더라. 한계를 정하는 게 누군지는 스스로 깨달을 수밖에 없다고."

『그렇, 구나.』

순순히 인정하고 싶지는 않지만, 그게 답인 것 같다.

노력하면 지금의 자신보다 더 나은 자신이 될 수 있다는 건 사실 다들 알고 있다.

하지만 눈에 띄게 성공한 사람, 예를 들어 토도 마이 이야기를 하면서 '노력하면 저렇게 될 수 있나?'라고 물어본다면 그런 건 아무도 모른다. 아무리 정론을 늘어놓아봤자, '그런 걸 내세우는 건 폭력이다'라고 하면 답이 없어 보인다.

"이봐. 적어도 다음 주 아시고와 연습 시합을 할 때까지는 기다려주면 안 될까, 사실대로 말하는 거."

『그러면 뭔가 바뀌는 게 있어?』

"글쎄, 바뀔지도 모르고, 바뀌지 않을지도 몰라. 하지만 그 녀석이라면 답을 보여줄 것 같거든."

『치토세는 우미를, **하루**를 믿어주는구나.』

"눈부시거든, 태양은."

역시 버거운 상대야, 나나세는 그렇게 중얼거렸다.

『알았어, 그때까지 내가 할 수 있는 일은 해둘게.』

"믿는다."

『잘 자, 사쿠.』

"잘 자……, 나나세."

그렇게 우리는 전화를 끊었다.

자, 그렇게 말하며 배트 케이스를 어깨에 들쳐멨다.

1주일 남았나.

하루가 마음에 걸리면서도 가슴속에서 슬금슬금 솟구치는 고양감을 견디지 못하고 헤헷, 웃었다.

*

다음 날, 금요일 방과 후, 나는 하루를 데리고 배팅 센터에 와 있었다.

일반적인 배팅 센터에서 쓰는 공은 대부분 연식 공이지만, 이곳은 신기하게도 경식 타석이 있다.

"뭔가, 좀 그러네."

학교를 나선 뒤로 계속 왠지 신통치 않은 표정을 짓고 있던 하루가 말했다.

"시험 기간도 아닌데 방과 후에 이런 곳에 와 있으니까 기분이 찜찜해."

"나중에 하루도 쳐볼래? 기분이 시원해질 텐데."

"음~, 나는 됐어."

"그래?"

움직이기 편한 트레이닝 웨어로 갈아입고, 하얀 미즈노 배팅 글러브를 끼고, 배트를 케이스에서 뽑아 들자 다시 하루가 입을 열었다.

"그거……, 나무야?"

"그래, 프로나 대학교 야구에서 쓰는 거지."

그렇게 대답하자 그녀는 왠지 기쁜 듯한 표정을 지었다.

"그래, 그렇구나."

다음 주 시합 때, 나는 이 배트를 쓰기로 결심했다.

목제 배트는 금속 배트에 비해 다루기가 까다롭다.

우선 금속 배트가 더 단단한 만큼 멀리 날리기 쉽다. 배트에 맞춘 부분이 약간 어긋난 정도라면 억지로 외야까지 날릴 수 있고, 힘으로 치는 방식으로도 공이 잘 날아간다.

그에 비해 목제 배트는 정확히 심지에 공을 맞추지 않으면 비거리가 나오지 않는다.

조금이라도 포인트가 어긋나면 범타가 되기 십상이고, 최악의 경우에는 배트가 부러질 때도 있다.

일단 목제 특유의 탄력을 잘 이용하면 금속보다 멀리 날릴 수 있다고는 하지만, 고등학생이 일부러 선택할 정도의 매력은 거의 없을 것이다.

그럼에도 불구하고, 그렇게 생각했다.

나는 야구부를 그만둔 이후로 1년 동안 계속 이 녀석을 휘둘러왔다.

유스케나 히라노 같은 동료들의 여름이 걸려 있는 상황에서 무슨 짓이냐고 할지도 모른다.

하지만 내게는 나름대로 복잡한 오기나 미학 같은 것이 있다.

철책 안으로 들어가 헬멧을 쓴 다음 메달을 넣었다.

구속은 최대치인 140킬로미터.

1회전 상대, 에치젠 고등학교의 에이스는 최대 145킬로미터까지 던질 수 있을 테니 조금 부족하긴 하다. 그래도 재활훈련에는 딱 좋을 것이다.

처음 공 세 개 정도는 그냥 보내며 높이와 코스를 조정했다.

자, 문제는 지금부터다.

휘두르기는 계속해 왔지만, 타석에 선 것은 정말로 1년 만이다. 특징을 대충 알고 있긴 하지만, 목제 배트로 공을 치는 것도 이번이 처음이다.

정말로 1주일 안에 감각을 되찾을 수 있을까.

왼쪽 타석으로 들어가 마음을 편하게 먹으면서 배트를 겨누었다.

덜컹, 기계가 울렸고.

──부웅.

──부우웅.

──부우우웅.

뒤쪽에서 조심조심 하루의 목소리가 울렸다.
"저기…… 삼구 삼진?"
"그렇게도 말하죠."
타이밍은 맞추고 있다. 아직 조금 흔들리긴 하지만 배트
도 휘두르고 있다.
하지만, 상상했던 것보다 눈이 따라잡지 못하고 있다.

──부웅.

──부우웅.

──부우우웅.

배팅은 눈이 생명이라는 말을 들은 적이 있다.
백수십 킬로미터 속도로 날아오고, 휘어지거나 떨어지
기도 하는 작은 공을 이 얇은 배트 중에서도 심지라고 불
리는 스위트 스폿으로 맞춰야 하니 당연하다.
특히 나는 야구 선수로서 특별히 체격이나 힘이 좋은 쪽
이 아니다.

그럼에도 불구하고 현에서 손꼽히는 타자라 불렸던 것은 동체시력과 배트 컨트롤, 그리고 스윙 스피드 덕분이었다.

배팅에 힘, 정확히 말하자면 필요 이상의 완력은 필요가 없다는 게 예전부터 내 지론이었다. 스윙 속도를 만들어내는 것은 체중 이동과 하반신을 다루는 법.

그리고 아슬아슬할 때까지 간파한 공의 정확한 위치를 배트로 정확히 때리기만 하면 타구는 날아가게 될 수밖에 없다.

──부웅.

──부우웅.

──부우우웅.

"……저기, 치토세."

"스포츠 만화 같은 식으로 잘난 척하면서 설명해서 죄송합니다!"

"너, 무슨 소릴 하는 거야?"

결국, 공에 한 번도 스치지도 못한 채 기계가 멈췄다.

나는 철책 밖으로 나와 휴식용 벤치에 앉았다.

하루가 뭔가 복잡한 표정을 지으며 포카리 스웨트를 건

넀다.

"흠, 휘두르기는 이 정도면 되려나."

호들갑스럽게 다리를 꼬며 말하자 싸늘한 눈초리가 돌아왔다.

"'내가 힘을 빌려주면 1회전에서 이길 수 있는 확률은 많이 올라갈 거야?'"

"대체 누굴까요, 그렇게 건방진 말을 한 나쁜 아이가."

"'야구를 얕보지 말라고?'"

"그건 맞는 말이네!"

뭐, 솔직히 이렇게까지 눈이 어긋나 있을 줄은 몰랐기에 놀라웠다.

나는 포카리 스웨트를 꿀꺽꿀꺽 마셨다.

"치토세, 정말로 괜찮겠어? 1년이라니, 그리 짧은 공백기가 아니잖아."

"완전히 멀어져 있었다면 말이지. 내가 말했잖아, 몸은 갖춰져 있다고."

"그런 것 같지는 않은 것 같던데요."

"눈이 어긋나는 건 어쩔 수 없는 거야. 그러니까 어느 정도 어긋났는지 확인했던 거지. 하루도 오랜만에 슛을 쐈을 때 미묘하게 거리감이 어긋나지 않았어?"

"그야, 뭐."

"몸만 움직이면 그 이후로는 튜닝 문제지."

나는 그렇게 말하고 다시 타석으로 돌아갔다.

일단 위쪽으로 5센티미터 정도인가.

배트 궤도를 상상하며 자세를 잡았다.

──타아악.

공이 뒤쪽으로 높게 솟구쳤다.

기본적으로 파울이 뒤쪽으로 날아간다는 건 공에 타이밍이 맞았다는 증거다.

나처럼 좌타자일 경우에는 늦게 휘두르면 왼쪽으로, 너무 빠르게 휘두르면 오른쪽으로 날아간다.

"오, 맞았어, 맞았어!"

하루가 기뻐하며 소리쳤지만, 그것도 나름대로 조금 복잡한 기분이다.

아직 공 아래쪽을 때리고 있는데.

5센티미터 정도 더 올려볼까.

──타아아악.

이번에는 공 위쪽을 때려서 파울 볼이 지면을 때렸다.

5센티미터는 너무 갔구나, 3센티미터 내리자.

──타아아악!!

날카롭게 날아간 공이 기계가 서 있는 쪽 그물에 맞았다.

"오오!"

좋아, 배트 궤도는 이 정도면 되나?

물론 진짜로 센티미터 단위로 조정하고 있는지는 나도 알 수가 없다.

5센티미터면 꽤 많이 움직인다, 3센티미터면 어느 정도 움직인다, 1센티미터라면 약간만 움직인다, 그렇게 느낌으로 예를 든 것이다.

이제 약간만 왼쪽 손목을 들면.

——까앙!!

날카로운 직선타가 기계 위쪽으로 쭉 뻗어갔다.

좋아, 괜찮은 감촉이다.

다른 손님도 없었기에 그대로 3타석 정도 연달아 계속 쳐댔다.

철책을 나오자 하루가 활짝 밝은 표정을 지으며 기다리고 있었다.

"꽤 하네! 치토세! 이 녀석, 입만 산 거면 아스와산 위에서 굴려 버려야지라고 생각해서 미안해."

"야, 너무 인정사정없잖아."

"왠지 할 수 있을 것 같은 기분이 드네, 자, 포카리."

"그래, 땡큐."

병을 받아들고 꿀꺽꿀꺽 삼켰다.

"그런 것치고는 신통치 않은 표정이네?"

내 얼굴을 들여다보는 하루에게 쓴웃음을 지었다.

벤치에 앉으니 털썩, 타월을 걸쳐주었다.

"왠지 매니저 같은데, 하루."

그렇게 말하자 그녀는 즐겁게 씨익 웃었다.

어느새 마음도 조금 후련해진 모양이었다.

"선♡배♡애♡, 레몬 벌꿀절임 만들어 왔어요오♡"

"엄청 약삭빠를 것 같은 후배지만 좋네."

"팬 여자애들이 보내준 음식들은♡ 다른 녀석들에게 떠넘겼어요♡"

"어라, 내 몫은?!"

"다음 시합 때 홈런을 치면, 하루가 평생 선배의 매니저를 해드릴게요♡"

"방금 그 얘기를 듣고 나니까 마냥 기뻐할 수가 없겠는데."

능글맞게 올려다보고 있는 하루의 이마를 툭, 찔렀다.

"뭐라고 해야 하나, 배팅 센터에서 칠 수 있는 건 당연한 거란 말이지."

나는 말했다.

"익숙해지기만 하면 주말에만 야구를 하는 배 나온 아저씨도 펑펑 칠 수 있어. 똑같은 속도로, 거의 똑같은 코스로 오는 공을 치지 못하는 게 이상한 거지."

하루는 음~, 하고 잠시 고민한 다음 입을 열었다.

"농구로 따지면, 슛 연습하고 시합 중에 쏘는 슛은 전혀 다르다는 건가?"

"그래, 비슷할지도 모르겠네. 실제로는 속도나 코스도 제각각 다르고, 스트라이크하고 볼을 간파할 필요도 있으니까. 게다가 변화구까지 끼어드니 전혀 다른 거라 할 수 있겠지. 극단적으로 따지면 같은 투수가 온 힘을 다해서 직구를 던질 때도 긴장한 상황이 더 빠르다고 할 수도 있고."

감을 되찾는다고 해도, 가장 우려되는 것은 그것이었다.

보통은 시합이나 실전 형식의 연습 같은 것으로 보충하는 부분.

에이스인 히라노에게 던져달라고 하는 게 제일 좋겠지만, 나 한 사람을 위해서, 게다가 주말에 첫 시합을 앞두고 있는 이 시기에 그런 걸로 어깨를 혹사시키게 할 수는 없다.

그리고 큰 문제가 한 가지 더 있다.

"──목제 배트를 제대로 다루지 못하고 있어."

"그렇지."

단순히 맞추는 감은 돌아왔고, 실제로 날카로운 타구도 쳤다. 비거리도 나쁘지 않다.

하지만 금속 배트라면 좀 더 날카롭게, 멀리, 작은 힘으로 보다 확실하게 날릴 수 있다.

생각했던 것보다 골치 아픈데.

그렇지 않아도 조정 기간은 얼마 안 된다.

금속 배트보다 더 잘 다루는 수준까지는 아니더라도, 적어도 꿀리지 않는 타구를 치지 못한다면 정말 목제 배트를 쓰는 것 자체가 그냥 억지 같은 짓이 되어 버린다.

"치는 방식이 여전히 금속 배트 방식이거든."

"탄력이라."

기본적으로 거의 변형되지 않는 금속 배트는 말 그대로 쇠방망이로 후려치는 듯한 감각으로 친다.

하지만 배트 자체에 탄력이 있는 목제 배트는 굳이 말하자면 채찍 같은 이미지에 가깝다고 한다.

"심지로 치는 건 잘 해내고 있긴 한데, 힘이 끝까지 전달되기 전에 공이 멀어져 버려. 배팅 센터라서 잘 모르겠지만 아마 외야수 머리를 넘기지도 못했을 거다."

"역시 그렇게 생각하는군. 튕긴다기보다는 얹고 옮긴다는 느낌이 가깝겠지."

"그래도 쓸데없이 너무 의식하면 부담만 될 뿐이지. 그냥 금속 배트를 쓰는 게 낫지 않나?"

"시끄러워, 이유가 이것저것 있다고."

"2회전까지는 기간이 좀 있으니까 에츠고에서는 에이스인 이케다가 나올 텐데."

"이름은 몰라."

"네가 현 대회 준결승에서 이긴 녀석이라고!!"

"오! 그러고 보니 그 녀석도 날카롭고 빠른 공을 던졌었지."

"흥, 한 번 이긴 상대에게 지면 꼴 좋겠군."

"그런데 한 가지만 물어봐도 될까?"

"뭔데."

"아토무 군은 이런 곳에서 뭐 하는 거야?"

좀 전부터 아무렇지도 않게 전문적인 대화를 나누고 있던 상대에게 나는 그제야 말했다.

"다리를 절뚝거리는 얼간이가 일부러 가르쳐주러 왔더라."

유스케구나. 참견쟁이 같은 녀석이다.

"그래서, 주먹밥이라도 만들어주러 왔어?"

"──내일 오후 1시, 동쪽 공원 운동장."

아토무는 내 농담에 넘어오지 않고 그렇게 말한 다음 돌아섰다.

재빨리 떠나려는 그의 뒷모습을 향해 '저기'라고 말을 걸었다.

"너 역시, 츤데레야?"

"쳐죽인다아아!!"

정말, 솔직하지 못한 녀석 같으니.

그래도……, 정말 좋아하게 되어버릴 것 같은데.

하루는 처음부터 끝까지 멍한 표정으로 우리가 이야기하는 모습을 바라보고 있었다.

다음 날, 토요일 12시 반.

나와 하루가 약속한 시간보다 30분 일찍 운동장에 도착했을 때는, 스포츠웨어를 입은 아토무가 이미 준비운동을 하고 있었다.

"의욕이 넘치시네."

기다리게 하기도 미안해서 나도 준비운동을 시작했다.

하루는 어차피 농구부가 쉰다며 같이 와 주었다.

움직이기 편한 옷차림인 걸 보니 도와줄 생각인 모양이었다.

어제 나눈 이야기가 무슨 뜻인지는 그 이후에 설명을 다 들은 상태.

두 사람의 몸이 충분히 풀릴 때까지 기다린 다음, 아토무가 공과 글러브를 꺼냈기에 나도 마찬가지로 따라 했다.

"캐치볼? 나도 껴도 돼?"

"죽고 싶지 않으면 오늘은 빠져."

그 말이 끝나기도 전에 슈욱, 아토무가 던진 공이 날아왔다.

파아앙.

아직 몸풀기에 불과한데도 손이 저릴 정도로 기분이 좋은 공이다.

하루는 그걸 보고 모든 것을 깨달았는지, 살짝 물러났다.

"연식에서 올라온 주제에 꽤 익숙하시네."

아토무는 흥, 하고 살짝 코웃음 쳤다.

"적당히 운동을 하지 않으면 잠이 안 온다고."

"무슨 영감님이냐?"

그러니까, 이 녀석도 계속 던졌던 거구나.

나는 공을 돌려주며 말을 이었다.

"아니, 그런데 여기는 멋대로 써도 되는 거야?"

"아는 사람에게 쓸 수 있게끔 해달라고 했지."

"이왕 온 거 나즈나도 부르라고, 눈치 없기는."

"진짜, 남자 주제에 나불나불 시끄럽네. 저기 있는 쪼그만 걸로 참아."

"뭐라고, 이 자식이!"

심심해하던 하루가 소리쳤다.

서서히 거리를 벌리며 마지막으로 크게 던진 다음, 아토무가 마운드 위에 섰다.

그 아래에는 양동이 같은 볼 케이스에 경구가 잔뜩 들어 있었다.

"그건 어디서 난 거야?"

"에자키가 헬멧하고 같이 두고 갔지. 아마 필요할 거라고 하면서."

"그러고 보니 이제 와서 하는 말인데, 1학년 때 그 녀석이 꼬시지 않았어?"

"나한테 왔던 건 히라노였지. 조잡한 이유를 대니까 쉽사리 물러나더라."

"의외로 아토무에게 에이스 넘버를 뺏기는 게 겁났을지도 모르지."

"그렇다면 투수에 안 맞는 거고."

이야기를 나누며 나도 타석으로 들어서서 땅을 골랐다.

"자."

타악, 아토무가 공을 글러브에 던져넣었다.

"100개 있다. 일단 오늘 내일은 이걸 2박스 분량, 평일에는 학교 수업이 끝난 뒤로 공이 보이지 않게 될 때까지 하자고."

"제정신이야? 네 어깨나 팔꿈치가 박살 날 텐데."

요즘 고등학교 야구에서는 공식전에서 투수 한 명이 던져도 되는 것은 1주일에 500구까지라는 제한이 도입될 정도로 투구수에 엄격하다.

한 번 지면 끝장인 토너먼트전.

팀에 절대적인 에이스 투수가 있으면 아무래도 그 선수에게 의존하게 되어버리고, 날마다 연달아 던지다 보면 돌이킬 수 없는 부상으로 이어지는 경우도 적지 않다.

이것은 그렇게 불행한 사고를 막기 위해 정해진 새로운 규칙이다.

일반적으로는 보통 한 시합에 100개를 던지면 투수를 교대하는 시기라고 보고 있다.

아토무의 제안대로라면 오늘만으로도 200개. 절대로 던지지 못할 숫자는 아니지만, 어디까지나 다음 날 이후로는 한동안 어깨와 팔꿈치를 쉬게 한다는 전제가 있어야 한다.

아무리 생각해도 현실적이지 못하다.

하지만 아토무는 씨익 웃었다.

"그건 일반인들 이야기지. 어렸을 때부터 그 정도 던지는 건 일상다반사였다고. 그리고 망가져봤자 다른 사람에게 폐를 끼치는 것도 아니고."

"피칭 연습하고 실전 형식(타자 상대)은 피로가 전혀 다를 텐데."

"뭐야, 치토세. 겁먹었냐? 저는 그렇게 많이는 못 쳐요라고 하는 거면 절반으로 깎아줄 수도 있는데."

보아하니 양보할 생각은 없는 모양이었다.

이렇게 된 이상, 끝까지 함께 할 뿐이다.

오싹오싹 솟구치는 감정을 말에 담아서 토해냈다.

"──두 배라도 부족하거든!!"

이미 참을 수가 없게 되었기에 씨익 웃었다.

"예전에 준결승까지 했던 사람이 전속 투수로 붙어준다니, 이렇게 짭짤한 일이 어디 있겠어."

"착각하지 마라, **전** 우승 타자. 이건 내 화풀이야. 치기 쉬운 공 같은 건 한 개도 안 던질 거라고."

서걱서걱, 아토무가 스파이크로 마운드를 다지며 계속 말했다.

"야, 치토세의 여자."

"으응? 누구 말하는 거야~?"

"너 말이다, 꼬맹이."

"하루♡라고 정정하지 않으면 잔디의 비료로 만들어버린다?"

"귀찮네, 아오미, 너 농구부지? 트레이닝 겸 외야에서 공이라도 주워. 공은 최대한 내 근처로 던지고."

"알고 있으면 처음부터 이름을 부르라고."

그녀는 투덜거리며 글러브를 끼고 외야로 뛰어갔다.

뭐, 하루에게는 미안하지만 몸을 움직이는 데 딱 좋은 건 분명하다.

나도 발치를 다진 다음 방망이를 겨누었다.

"자, 놀아볼까(플레이 볼)."

"200번 죽어라."

쿠웅, 아토무의 강속구가 공중을 날았다.

*

──그리고 해가 질 무렵.

시체 세 개가 사이좋게 나란히 운동장에 굴러다니고 있었다.

"오, 오늘은 이 정도로 봐주지."

나는 숨이 넘어가는 목소리로 말했다.

"그건, 내가 할 말이야, 허접아."

아토무도 목소리에 힘이 없었다.

"아니, 혹시 내가 제일 힘든 역할 아니야?"

왼쪽, 오른쪽으로 날아가는 공을 온 힘을 다해 쫓아다니던 하루는 반쯤 울상을 짓고 있었다.

"마지막 한 방만큼은 나쁘지 않았어, 나머지는 똥이고."

아토무가 그런 말을 내뱉었다.

결국, 200개 넘게 공방을 주고받으면서도 아무도 끝내자는 말을 꺼내지 않았다.

150킬로미터 정도는 될 것 같은 직구와 변화가 큰 커브볼, 포크볼, 그것을 스트라이크 존 구석에 나눠서 던져넣는 컨트롤.

오랜만에 대전한 아토무는 진짜 괴물 같은 투수였다.

"너, 중학교 때는 포크볼 같은 걸 던지지 않았잖아."

"시간을 때울 겸 익힌 것뿐이라고."

"아니, 배팅볼 투수 주제에 공 조합이 너무 기분 나쁘다고. 철저하게 내 예상에서 빗나가고 말이야."

"누가 배팅볼 투수냐, 멍청아. 기분 좋게 치게 만들면 의미가 없잖아."

정말로 최고다, 너.

덕분에 공 하나가 날아올 때마다 정겨운 실전의 감각이 되살아나기 시작했고, 중간부터는 목제 배트를 다루는 법에만 집중할 수 있었다.

아토무가 비틀비틀 일어섰다.

"내일도 같은 시간에 보자."

"어깨하고 팔꿈치, 제대로 얼음찜질해라."

"굳이 말할 필요도 없지. 마지막 감각, 잊지 말고."

나는 그의 뒷모습이 보이지 않게 될 때까지 기다렸다가 몸을 일으켰다.

"하루, 정말 도움이 많이 되었어. 혼자 돌아가도 괜찮겠어?"

"딱히 상관은 없는데, 너는?"

"조금만 더 휘두르고 가려고. 아토무에게 들은 말 때문은 아니고, 마지막에야 겨우 괜찮은 느낌을 잡아냈거든. 몸에 배게끔 해두고 싶어."

"뭐어?! 그렇게 축 처질 때까지 했으면서??"

씨익 웃으며 대답했다.

"있는 힘껏 야구를 할 수 있으니까 즐겁네."

"──으."

하루는 벌떡 일어나서.

"누워."

있는 힘껏 나를 밀어서 넘어뜨렸다.

"하, 하루? 아무리 그래도 나는 곧바로 거친 플레이를 할 만한 기운이."

"아~, 그래, 그래, 엎드려."

그녀의 말대로 자세를 바꾸었다.

해가 저물어서 시원해진 잔디와 흙냄새가 기분 좋게 느

꺼졌다.

뭉클, 허리 근처에 부드러운 감촉이 들었다.

내 위에 올라탄 하루는 곧바로 손가락 끝으로 견갑골 근처를 꾹꾹 눌러댔다.

"아~, 기분 조아~."

"저번에 마사지를 해줬으니까 그 보답이야. 역시 남자는 근육이 다르게 붙는구나."

"그대로 내 매니저가 되어줘어."

"선♡배♡애♡ 하루가 잔뜩 기분 좋게 해드릴게요♡"

"이제 약삭빠른 걸 넘어서서 함정이라는 생각만 들지만 좋아."

"그 대시인♡ 선배의 방망이는 저를 위해서만 휘둘러 주세요♡"

"미묘하게 섹드립이라고 하기가 힘들어서 곤란한데!!"

둘이서 깔깔대며 웃었다.

마치 밤을 샌 다음처럼, 약간 들뜬 상태였다.

"있지, 치토세."

"뭔데, 하루."

"우리가 뭔가 잘못되어서 사귄다고 하면, 휴일에는 이런 느낌일까? 둘이서 몸을 움직이고, 가츠동을 와구와구 먹고, 마지막에는 서로 마사지를 해주고."

"영화 감상이나 도서관 데이트, 세련된 카페에 갈 만한 성격은 아니지."

"그런 거, 어떨 것 같아?"

"그래, 나쁘지 않네. 하지만……."

왠지 하루의 손가락에 들어간 힘이 세진 것 같았다.

"나는 그렇다 치더라도, 하루는 내년까지는 힘들겠지."

"어째서?"

"아직 돌아가야 할 곳하고 싸워야만 하는 상대가 있으니까."

"여자친구가 땀냄새나고 후덥지근하고 남자 같은 여자애라도 상관없어?"

"시합이 있을 때는 이름이 들어간 핫피를 입고 깃발을 흔들면서 응원해야지."

그 손가락 끝이 살짝 떨리더니, 짜악, 하고 힘껏 엉덩이를 때렸다.

"아얏?!"

"자, 끝!"

등에서 하루의 무게가 사라졌다.

"너를 보고 있으면 말이야, 질 수 없다는 마음이 들어. 역시 나는 음지에서 지탱해주는 매니저는 못 할 것 같아. 막아서는 적은 스스로 뚫고 나아가야지."

"가끔은 매니저 모드도 괜찮을 것 같은데?"

"바보 같기는."

그런 다음 나는 납득이 될 때까지 배트를 계속 휘둘렀다.

하루는 더 이상 아무런 말도 하지 않고 옆에 앉아서 '하나~, 둘~', 왠지 즐거운 듯이 숫자를 세고 있었다.

그 거리감이 왠지 근질거려서 좀처럼 그만둘 타이밍을 잡지 못했다.

*

다음 날, 일요일은 기온이 30도가 넘는 한여름 같은 날씨였다.

두 시간 정도는 쳤을까.

아토무도 전혀 피로를 못 느끼는 건 아닌 모양인지, 어제처럼 공이 날카롭지는 않았다.

그럼에도 불구하고 어지간한 투수는 상대도 안 될 만한 공을 던지는 모습에 자칫하다가는 나도 모르게 껴안아 버릴 것 같았다.

"치토세, 아직 10번 중 3번에 불과해. 이제 슬슬 좀 어떻게든 하라고!"

"야구는 3할만 치면 일류거든!"

"그건 타율이지. 3할 확률로만 제대로 된 스윙을 할 수 있다니, 말도 안 되잖아!"

"시끄러워, 그런 건 나도 안다고!"

서로 욕설을 내뱉으며 계속 배팅을 이어나갔다.

일단 수분을 보급하기 위해 물러서 있던 하루는 그런 모습을 어이가 없다는 듯이 바라보고 있다가, 문득 뭔가 눈치채고 멈춰 섰다.

"잠깐! 치토세! 너, 손!"

"응? ……아."

정신을 차리고 보니 내 하얀 배팅 글러브에 군데군데 붉은 얼룩이 생겨나 있었다.

"피나잖아! 이런, 가방에 구급 세트가 있던가?"

"내버려 둬, 아오미. 폼이 흐트러져서 그렇게 되는 거라고."

아토무가 비웃는 듯이 말했다.

"우에무라, 너 진짜!!"

나는 계속 따지려고 하는 하루의 말을 가로막았다.

"미안해. 열받긴 하지만 이번에는 저 녀석하고 동감이야. 익숙하지 않은 경구를 폼 잡으면서 연달아 던지니까 손가락 끝에 한심하게도 피물집이 잡히는 거겠지?"

"칫, 이런 건 나중에 바늘로 구멍 낸 다음에 접착제로 굳히면 된다고."

"피물집이라니, 너희들 좀 진정해. 그런 상태로 연습해 봤자……."

""상관없어!!""

두 남자의 목소리가 깔끔하게 겹쳤다.

"꼬맹이에게 치료해달라고 해도 되는데, 온실에서 자란

도련님."

"굳이 따지자면 네가 포장된 엘리트 도로를 지나온 거 아니냐? 엄마에게 아픈 거 다 날아가라 해달라고 할 때까지 기다려줄 수도 있는데."

"손가락이 한심해서 말이지, 머리로 날려도 불평하지 마라."

"걱정하지 마, 바다 건너편까지 날려버릴 테니까."

"이제 슬슬 좀 제대로 치라고 허접 타자야!!"

"네 공 때문에 잠이 온다고 허접 투수!!"

따악!

슈욱.

따악!

"나보다 후덥지근한 바보가 둘이나 있을 줄은 몰랐네……."

*

"──젠장, 공이 다 떨어졌네."

아토무가 무릎에 손을 대고 허억허억, 거친 숨을 몰아쉬었다.

하루는 이렇게 더운 와중에 열심히 뛰어다녀주었지만,

이리저리 날리는 공 100개를 전부 줍기에는 인원이 부족했다.

세 사람 모두 체력이 한계에 도달한 상태였다.

만약에 클럽활동이었다면, 하고 쓸데없는 상상을 해버렸다.

나와 아토무가 후지 고등학교 야구부고, 주위에는 그 녀석들이 있다.

항상 뜨거워져서 연습 중에 싸우기 시작하는 우리를 어쩔 수 없다는 듯이 지켜보며 수비를 하러 가고, 야유를 하면서도 마지막까지 같이 있어 주고.

끝나고 난 다음에는 타코큐에서 학생 점보를 먹는 게 좋을 것 같다.

거기에는 하루 같은 매니저가 있어서, '너희들 바보 아니야?'라고 혼내주면 죄고일 것이다.

어쩌면.

내가 아토무의 이름과 얼굴을 확실하게 기억했고, 작년 4월에 억지로라도 야구부에 끌어들였다면······.

이 녀석은 감독의 부조리한 지시 같은 걸 절대로 따르지 않고 함께 마구 날뛰어줬을 것이다.

그런 다음 둘이서 빠지게 되고 끝이었을지도 모르겠지만.

신기하게도 이 녀석과 함께라면 나 혼자 도망쳐버린 그날도 버틸 수 있었을 것 같은 기분이 든단 말이지.

뭐, 됐어.

그런 미래는 없었다.

나는 배트를 살며시 내려놓고 기지개를 켰다.

도구를 소중하게 다룬다는 것이 내가 동경하던 야구 선수의 미학이었다.

켄타의 방 유리창을 소중한 예전 파트너(금속 배트)로 깼던 때를 떠올렸다.

같은 아픔을 짊어질 필요가 있다, 그렇게 생각했던가.

아토무와 하루에게는 잠시 쉬라고 하고 혼자서 공을 모으려고 한 발짝 내디딘 순간──.

"헤이~, 사쿠우~!!"
"얏호~, 치토세 군~!!"

휴일의 적막한 운동장에 화려한 목소리가 울렸다.

나도 모르게 그쪽을 돌아보았다.

"……너희들, 어째서."

유우코, 나즈나, 유아, 나나세, 카즈키, 카이토, 켄타.

거기에는 **지금의 동료들**이 다 모여 있었다.

"잠깐, 나즈나, 너는 아토무 군에게 말을 걸어야지."

"뭐어?! 나는 치토세 군파거든? 유우코야말로 아토무를 받고 참아주지 그래?"

두 사람이 성큼성큼 다가왔다.

어느새 서로 이름으로 부르고 있네.

그 모습을 본 아토무가 껄끄러워하며 말했다.

"야, 다른 녀석들에게는 말하지 말라고 했잖아."

"뭐? 첫사랑에게 편지를 받은 것처럼 신나게 전화해놓고 무슨 소리야? 너를 만나러 온 게 아니라 치토세 군을 보러 온 거거든?"

그리고 뒤따라온 유아가 입을 열었다.

"사쿠 군, 하루, 우에무라 군, 점심 먹었어? 일단 주먹밥하고 차가운 된장국, 레몬 벌꿀절임을 만들어 왔는데."

"평생 내 매니저가 되어줘, 유아."

내 농담에 외야에서 돌아온 하루가 대답했다.

"달링♡ 내 벌꿀 레몬으로는 만족하지 못한 거야?"

"그림에 떡으로는 배가 부르지――, 명치는 때리지 말라고!"

나나세가 부드럽게 미소지었다.

"우미, 나도 같이 할게."

"땡큐, 나나."

엄청나게 커다란 아이스박스를 어깨에 들쳐메고 있던 카이토가 소리쳤다.

"섭섭하잖아, 사쿠우. 이럴 때 정도는 기대라고, 안 그래? 카즈키."

"그렇다고 순순히 고개를 숙이는 것도 기분 나쁘겠지만."

켄타는 조금 떨어진 곳에서 우물쭈물하며 왠지 껄끄러 워하는 모양이었다.

그 모습을 본 내가 소리쳤다.

"야, 아토무! 너 때문에 켄타가 겁을 먹었잖아. 일단 사 과해."

"뭐어?! 그때 놀려서 미안하니까 얼른 공이나 모아라, 은톨이."

"사실은 치토세가 관심을 가져줬으면 해서 건드렸어요, 죄송합니다라고 해야지, 이 츤데레 자식아."

"윽, 이 자식, 지금 당장 배트 들어! 맛이 간 뇌를 날려버 릴 테니까."

"좋다, 그 허접 공을 밤하늘에 장식해서 직녀와 견우에 게 선물로 주지!"

"저기, 신이시여, 우에무라 군, 나는 이제 신경 안 쓰 니까……."

""시끄러워!!""

"너, 너무하네."

그런 다음 우리는 유아가 만들어준 밥을 먹고, 해가 질 때까지 공을 던지고 쳤다.

나나세, 카즈키, 카이토는 외야에서 하루가 공을 줍는 것을 도왔고, 켄타는 네 사람이 던진 공을 하나씩 주워서 마운드 쪽으로 굴려주었다.

유아는 상황을 지켜보다가 친구들에게 수분과 타월을 보급. 유우코와 나즈나는 응원인지 야유인지 알 수가 없는 목소리로 계속 떠들어댔다.

나중에는 우연히 지나가던 아스 누나까지 그 옆에서 '네 멋진 모습을 보여줘~!'라고 외치기 시작했다.

나는 생각했다.

분명, 야구부를 그만두지 않았다면, 이런 광경도 없었겠지.

클럽활동을 중심으로 하는 생활이 계속 이어졌다면 반 친구들과 지낼 시간이 극단적으로 줄어들었을 테고, 켄타의 문제에 끼어들 여유도 없었을 것이다. 그때 풀 죽지 않았다면, 아스 누나에게 말을 걸었을지 여부도 잘 모르겠다.

아토무와 나즈나와도 이렇게 가까워지지 못했을 것이다.

후회는 했다. 꿈에 나올 정도로 질질 끌었다. 마음속에는 계속 비가 내리고 있었다.

하지만, 그렇게 도달하게 된 지금을 나는 이렇게 소중히 여기고 있다.

전부 이어져 있는 것이다.

돌이킬 수도, 다시 시작할 수도, 리셋할 수도 없다.

아니, 이제 그런 짓을 할 생각도 없다.

그러니까 내일을 위해 배트를 겨누려 한다.

나의 내일, 하루의 내일, 아토무의 내일, 유스케, 히라노, 감독의 내일.

분명 이 한 번의 스윙 또한, 어떠한 미래에 닿을 테니까.

*

──그렇게 맞이한 1회전 전날인 금요일.

하루, 아토무와 함께 나는 마지막 조정을 마쳤다.

"이제 겨우 100번 중 100번이냐. 마무리가 너무 늦다고, 천재 군."

"중간에 투수가 뻗어버려서 분위기가 흐트러졌거든."

"하, 말은 잘하네."

이번 1주일 동안 공을 몇 개나 쳤을까.

손바닥은 몇 번이고 찢어져서 피가 났고, 밤에 말린 다음, 다음 날 또 피가 났다.

나는 마운드 쪽으로 다가갔다.

"고맙다는 인사는 안 한다. 너도 즐겼으니까."

"처음부터 그런 기대는 안 했어. 그 대신, 결과를 못 내면 도진보 절벽에서 밀어버린다."

"미안하지만 칠 거야, 천재니까."

"그런 촌스러운 꼴로 말은 잘하네."

―――짜악.

우리는 있는 힘껏 손바닥을 부딪힌 다음, 그 자리에 털
썩 드러누웠다.

올려다본 하늘에는 뭉게뭉게 부풀어 오른 적란운이 떠
있었고, 아래쪽 반 정도가 주황색으로 물들어 있었다. 마
치 저녁놀의 바다를 헤엄치는 고래 무리 같았다.

강 쪽에서 축축한 밤 내음이 흘러왔다.

이제 30분도 안 되어서 주위는 깜깜해질 테고, 이 기묘
한 트리오도 해산하게 된다.

하루는 편의점에 먹을 것을 사러 갔다.

남자들끼리 이야기를 하기에는 딱 좋은 타이밍이구나.

"아토무, 너는 왜 야구를 그만뒀어?"

"이제 와서 그런 걸 물어봐서 뭐하게."

"내일, 같이 제사를 지내줄게."

내가 그렇게 말하자 아토무는 멍한 표정을 지은 다음,
살짝 웃었다.

"중학교 때 현 대회 결승. 너는 3타수 3한타 1포볼. 2홈
런 5타점. 그 1포볼, 기억나냐?"

"잘 생각나지 않는데, 마지막 타석이었나?"

"―――고의사구야."

그는 왠지 자조처럼 그런 말을 내뱉었다.

고의사구란, 일부러 볼을 네 번 던져서 타자를 1루로 보

내는 것이다. 1루타 한 방을 맞은 것과 같은 의미가 있지만, 반대로 말하자면 더 큰 타격을 당하는 것보다는 그게 낫다고 생각하며 소극적으로 도망치는 작전이다.

"우승이 걸린 시합이잖아. 팀의 방침이라면 어쩔 수 없지."

"아니, 그때 감독의 지시는 '마음대로 해라'였어. 고의사구로 보내든 승부를 하든 네게 맡기겠다고 말이야."

나는 조용히 계속 말하게 두었다.

"초등학교 때부터 야구를 시작했고, 겁나는 건 아무것도 없었어. 진짜로 내가 천재라고 믿었고, 재능에 교만해지지 않고 다른 사람보다 수십 배는 노력해왔다는 자부심이 있었지. 실제로 이름난 강호를 이 오른팔로 꺾고 결승전까지 치고 올라갔으니까."

하지만, 하고 말이 이어졌다.

"그 시합 때, 태어나서 처음으로 겁을 먹어버렸다고. 자신 있게, 온 힘을 다해 던진 최선의 공을 가볍게 스탠드까지 날려버렸지. 같은 타자에게서 한 시합에 홈런을 두 방이나 맞을 수 있다는 생각은 해보지도 못했다고."

조금씩 하늘의 색이 바뀌기 시작했다.

아토무의 목소리에는 무언가를 털어낸 듯한 느낌이 있었다.

"우리가 한 점 앞서는 상태로 맞이한 마지막 회. 투아웃 주자 1루. 한 방만 맞으면 역전, 잡으면 게임 셋인 상황에서 3번 치토세. 누구든 손이 떨릴 만한 상황에서 너는 한없이 즐겁게 웃으면서 타석으로 들어왔지. 그 모습을 본순간, '아, 맞겠네'라고 확신했다고. 진짜배기 천재는, 히어로는 저 녀석이고, 나는 최고로 짭짤한 무대를 갖춰주기위해 마련된 패배자라고 말이야."

이야기 내용과는 달리 말투는 부드러웠다.

"변명을 100개는 생각했을걸? 팀을 위해 어쩔 수 없이, 고의사구도 작전 중 하나다, 확실하게 잡을 수 있는 상대와 승부하는 게 어른스러운 투수다…… 그렇게 네게서 도망친 결과, 멘탈이 무너져서 쉽사리 다음 타자에게 굿바이 3루타를 맞은 거지."

이제 억누를 수가 없다는 듯이 아토무가 소리 내어 웃기시작했다.

"알아버렸다고. 그때 승부를 즐기지 못한 나는, 겁을 먹고 꼬리를 말아버린 나는, 앞으로도 절대로 높은 곳으로 올라갈 수 없다는 걸. 그럭저럭 실력이 있고, 그럭저럭 괜찮은 선수가 될 수는 있겠지만, TV에서 보고 동경하던 스타처럼 될 수는 없다는 걸. 그래서 마무리를 한 거지."

"……그렇구나."

나는 그렇게 말한 다음 일어서서 배트를 쥐었다.

"그럼 하자고, 그때 하지 못했던 승부."

공을 하나 주워서 아토무를 향해 슬쩍 던졌다.

"……윽, 크하하하하. 이제 한 번밖에 못 던진다고."

"나도 이제 한 번밖에 못 휘둘러."

타석으로 들어가 항상 하던 루틴을 하기 시작했다.
아토무는 마운드를 다진 다음 크게 심호흡을 하고.

"진짜, 멋진 여름을 받아버렸네."

눈에 새빨간 열기가 깃든 채, 이쪽을 세차게 노려보
았다.
마치 온몸의 힘을 남김없이 쥐어 짜내려는 듯이 크게 자
세를 취했다.

나는 배트를 겨누었고.

"지금부터 시작되는 거라고, 여름이."

씨익 웃었다.

트집을 잡을 여지도 없이, 근 한 주 동안 본 것 중에서

최고의 직구가 날아왔다.

나는 목제 배트를 천천히 움직였고, 그 공을—————.

"작별이다."

이윽고 운동장을 나가는 아토무의 뒷모습은 천진난만하게 웃고 있는 것처럼 보였다.

＊

나와 하루는 도구 정리를 마치고 근처에 있는 넓은 둔치에 와 있었다.

적당한 곳에 앉아서 편의점에서 사 온 빠삐코를 둘이서 나누었다.

"눈 깜짝할 새에 지나갔네, 1주일."

내가 그렇게 말하자 하루는 복잡한 듯한 표정으로 미소를 지었다.

"그런 마음도 절반 있지만, 나머지 절반은 울음이 나올 정도로 길게 느꼈던 것 같아. 시험기간에도 아침 연습은 했으니까 이렇게 오랫동안 클럽활동을 하지 않았던 건 처음일지도 모르지."

"팀원들하고는……?"

그녀는 그 질문에 조용히 고개를 저었다.

"나나하고는 연락하고 있어. 다들 이제 냉정해졌다고는 하는데, 지금 냉정해져도 되는 걸까 하는 생각이 들거든."

"뭐, 근본적인 해결은 안 될 테니까."

이대로 겉으로만 화해해봤자 어긋나는 의견이 맞춰질 리는 없다.

그것은 반드시 언젠가 또 폭발할 테고, 그때는 결정적인 균열이 생겨나 버릴 가능성도 있다.

아무런 조언도 해줄 수 없는 게 답답하지만, 이것만은 말로 해결할 수 있는 문제가 아니라는 사실을 나 자신도 잘 알고 있었다.

"그래도 말이야."

하루가 거의 다 먹은 빠삐코를 문 채 말했다.

"너하고 우에무라를 보고 있자니 뭔가 알아차린 것 같아. 지금 내가 동료들을 위해서 어떻게 해야 하는지."

"하루는 중간부터 반쯤 트레이닝을 했으니까."

처음에는 왠지 석연치 않은 표정을 지으며 그저 막연하게 내가 친 공을 쫓아가기만 했다. 하지만 어느 순간부터 확실하게 눈에 빛이 돌아왔고, 달려가는 도중에 반대쪽으로 파고들거나 휴식하지 않고 계속 달리는 등, 농구에서 살릴 수 있는 연습으로 바뀌어 갔다.

"역시 강하구나. 도망치지 않고 정면으로 싸우고 있어."

"멍청아."

하루는 가슴 앞으로 들어 올려서 쥐고 있던 주먹을 이쪽으로 쭉 내밀었다.

"이건 1년 전에, 그리고 지금 네게 받은 열기야."

나도 마찬가지로 가슴 앞으로 주먹을 들어 올린 다음 툭, 부딪혔다.

"여기에 있는 것도 하루가 되찾아준 열기야."

마치 무언가를 서로 확인하듯 맞댄 주먹을 이리저리 천천히 비벼댄 다음, 손가락으로 깍지를 꼈다.

"그날 내가, 지금의 하루가 아직 찾아내지 못한 답을 찾으러 가자."

"둘이서 말이지."

하루의 눈동자가 살짝 흔들렸다.

"치토세, 눈, 감아."

어째서냐고 물어보지는 않았다.

그 너머에 뭐가 기다리고 있더라도 상관없을 것 같다는 생각이 들었다.

시야를 닫자 밤의 소리에, 냄새에 안겨 있는 것 같았다.

지나간 1주일 동안의 기억을 천천히 돌아보았다.

하루가 준 시간이었다.

하루가 혼내준 덕분에, 울어준 덕분에, 울게 해준 덕분에.

나는 다시 한번 그 운동장에 설 수 있다.

이윽고 잡고 있던 손이 멀어지고 자그마한 손가락이 볼에 닿은 다음, 입술 끄트머리를 어루만지고, 깜빡이는 것처럼 덧없게 멀어져갔다.

오른쪽 손목이 화악, 부드러운 감촉으로 감싸였다.

"이제 됐어."

천천히 눈을 떠보니 하루가 왠지 쑥스러운 듯이, 볼을 살짝 붉히며 웃고 있었다.

"리스트밴드?"

내 손목에 끼워져 있던 것은 후지 고등학교 여자 농구부의 팀 컬러와 같은 선명한 군청색 리스트밴드였다.

"뭔가 부적 같은 걸 주고 싶었는데 생각이 안 나서. 가방에라도 넣어둬."

"조금 조이는데, 하루 거야?"

"그래! 내 걸 주는 게 마음이라고 해야 하나, 승리에 대한 집념 같은 게 담겨 있을 것 같아서."

"…………."

"냄새 맡지 마아!! 당연히 빨아서 줬지."

"장난이야."

나는 쿡쿡 웃고 나서 리스트밴드를 살며시 어루만졌다.

"고등학교 야구 규정대로라면 시합에서는 쓰지 못하겠지만, 엉덩이 쪽 주머니에 넣어둘게."

"하루를 바로 곁에서 느끼고 싶어서?"

"엉덩이를 맞는 것 같은 기분이 드니까."

"뭐라고? 이 자식이!! 그렇게 기합이 필요하다면 지금 당장 불어넣어 주마."

그녀가 그렇게 말하며 손을 들어 올리는 모습을 보고 나
는 재빨리 도망쳤다.

하루는 깔깔 웃으면서 쫓아왔다.

몸 전체가 삐걱이며 아프다.

손은 너무 너덜너덜해져서 감각이 있는 건지 없는 건지
도 모르겠다.

하지만 머릿속은 새빨간 피가 끓어오르는 것처럼 뜨
겁다.

잠시 후 하루에게 등을 잡혔고, 둘이서 호들갑스럽게 넘
어졌다.

바보처럼 숨을 헐떡이면서 올려다본 밤은, 마치 우리처
럼 군청색이었다.

"10년 뒤에도, 20년 뒤에도, 잊지 못할 내일로 만들자."

태양의 빛을 받아 빛나는 달에 천천히 내 손을 겹쳤다.

4장 태양의 미소

시합 날 아침은 기척이 다르다. 그렇게 생각했다.

눈을 뜬 순간부터 머리가 매우 잘 돌아가고, 마음은 부드럽게 가라앉아 있다.

들이마신 공기는 왠지 차가워서 몸 구석구석까지 스며들었다.

시야는 또렷하고 선명했고, 커튼 틈새로 스며드는 아침햇살에 떠오른 먼지가 무척 예뻐 보였다.

그것은 여름의 시작과도 같은 조용함.

때가 되었나? 아직 멀었나? 그렇게 초조해지는 마음을 계속 억누르면서 조금만 더, 아직 이르다, 그렇게 자기 자신을 타이르고 있는 억지스러운 침착함.

아, 정겹다.

이게 시합 날 아침이다.

나는 이런 분위기가 최대한 흐트러지지 않게끔 입을 살짝 헹구고 나서 미네랄 워터를 꿀꺽꿀꺽 마셨고, 평소처럼 샤워를 한 다음 매실장아찌와 낫토로 밥을 두 그릇 먹었다. 오렌지 주스를 한 잔 마시고 이를 닦은 다음, 몸 상태를 확인하듯 온몸의 근육을 천천히 뻗었다.

그다음은 유스케에게 빌린 유니폼을 꺼내서 언더 삭스, 스타킹, 바지. 아래부터 차례대로 입기 시작했다.

어차피 시합하기 전에 몸을 풀면서 땀을 흘릴 테니 상반신은 언더 셔츠 위에 낡은 연습용 티셔츠를 겹쳐 입고, 등번호가 박힌 셔츠를 에나멜 백에 넣었다.

어제 닦아두었던 스파이크, 글러브, 갈아입을 언더 셔츠 등, 정겨운 도구를 담기 시작했다.

준비를 다 마치고 마지막으로 하루에게 받은 리스트밴드를 엉덩이쪽 주머니에 넣은 다음, 소원을 빌듯 툭, 두드렸다.

백을 왼쪽 어깨에 메고 배트 케이스를 들었다.

트레이닝 슈즈를 신고 문을 열자 쨍쨍 달구는 듯한 햇살이 눈으로 날아들었다.

화악, 찌는 듯이 뜨거운 바람이 불었다.

자, 긴장하고 가보자.

*

시합 날 아침은 기척이 다르다. 그렇게 생각했다.

쿵쿵 뛰는 가슴이 나, 아오미 하루를 강제로 일으켰다.

눈을 뜬 순간부터 온몸은 열기를 띠고, 마음은 활활 타오르고 있다.

숨을 크게 들이마시고 '좋았어!'라고 외쳤다.

지금 당장 달려가고 싶은 충동을 해방시키며 화악, 이불을 제쳤다.

그렇게 평소처럼 준비를 시작하려던 참에야 '그렇구나, 오늘은 그 녀석 시합 날이지'라고 떠올렸다.

……치토세. 나도 모르게 작은 목소리로 이름을 불렀다.

벌써 일어났을까.
잘 잤을까.
몸 상태는 완벽할까.
아침밥은 제대로 먹었을까.

그 녀석에게 그런 걱정을 할 필요는 없다는 걸 알고 있으면서도 무심코 그런 생각을 해버리게 된다.
어젯밤부터 나는 계속 이런 느낌이었고, 나도 모르게 내 시합 때처럼 전투 모드로 일어나버렸다.

다시 한번 그라운드에 선 치토세를 볼 수 있다.
뜨거운 치토세를 볼 수 있다.
한없이 땀내 나고 진흙투성이가 된 그 남자를.

──윽, 이런.
생각하다 보니 두근대는 게 멈추질 않네.

샤워를 하고 밥을 먹은 다음, 옷장에서 항상 입던 편한 반바지와 티셔츠를 꺼내려던 참에 문득 손이 멈췄다.

눈에 들어온 것은 여름의 수영장처럼 푸른 원피스.

저번에 유우코가 골라준 옷이다.

'특별한 날을 위해서 한 벌 정도는 사두지 그래?'

그런 식으로 말했었지.

이런 건 전혀 나답지 않지만, 스포츠 시합을 이런 옷차림으로 보러 가는 여자애를 보면 '헷'이라고 생각했지만, 이상하게 의식한다고 생각하게 되면 너무 창피하지만, 그래도.

마치 마이에게 도전했을 때 같은 마음으로 손을 뻗었다.

왜냐하면 오늘은 분명히 내게, 무엇보다 그 녀석에게 특별한 하루가 될 테니까.

*

나는 학교에서 야구부 녀석들과 합류해서 팀의 버스를 타고 현에서 운영하는 구장으로 향했다.

그날 이후로 한 번도 이야기를 나누지 않았던 감독에게 들은 말은 한마디뿐.

"몇 번으로 뛸 수 있지?"

"3번요."

짧게나마 무사히 조정을 마치고 마무리했다는 사실을 전했다.

대조적으로 이동 중이나 몸을 푸는 동안, 유스케와 히라노는 짜증 날 정도로 질문을 해댔다.

어디서 어떤 연습을 했는지, 어째서 목제 배트를 쓰는 건지, 아토무의 실력은 어땠는지, 등등.

그것은 마치 1년 동안의 공백을 메꾸는 듯한 작업이었던 것과 동시에 단란한 가족 같은 정겨운 느낌으로 가득 차 있었다.

유스케의 부상은 순조롭게 회복되고 있는지 이미 깁스를 풀었고, 최대한 목발을 쓰지 않게끔 하면서 간단히 재활훈련을 시작한 모양이었다.

물론 다음 주에 있을 2회전을 대비해서.

질 수는 없겠구나. 그렇게 생각했다.

1년 만에 선 구장에서 처음 눈에 들어온 것은 눈을 번쩍 뜨게 하는 푸른 잔디.

곧바로 구장을 쭉 둘러보고, 이렇게 넓었나 생각하며 기억을 더듬었다.

그러고 보니 초등학교 때 처음으로 여기에서 시합을 했을 때는 프로와 같은 곳에서 야구를 한다면서 매우 흥분했었지. 전광판에 이름이 뜨는 것도, 누님이 이름을 불러주는 것도, 모든 것이 신선했다.

……그렇게 먼 옛날의 추억처럼 이야기하고 있긴 하지만, 지금도 역시 비슷할 정도로 두근대고 있다는 걸 눈치채고는 쓴웃음을 지었다.

이윽고 후지 고등학교가 시트 노크를 할 차례가 왔기에 우리는 구장으로 뛰쳐나갔다.

*

오전 11시가 넘은 시각.

내가 구장에 도착해보니 이미 후지고의 수비 연습이 시작된 상태였다.

어차피 지방 예선의 1회전에 불과하기 때문에 꽤 넓은 관객석에 있는 사람은 각 팀의 학부형이나 관계자로 보이는 사람들이 대부분이었다.

백 네트 뒤에 유즈키, 유우코, 웃찌, 아야세가 나란히 앉아 있는 걸 곧바로 발견했다. 약간 떨어진 뒤쪽에는 니시노 선배도 있었다. 카이토와 카즈키는 클럽활동 때문에 오지 못했고, 야마자키는 예전부터 정해져 있던 집안 행사가 있다면서 아쉬워했다.

저 녀석, 혼자 이렇게 귀여운 여자애 군단에게 응원을 받다가는 머리에 데드볼을 맞아도 불평할 수가 없겠는데.

나도 유즈키나 다른 애들과 합류할 생각이었지만, 혼자서 앉아 있는 무뚝뚝한 얼굴이 눈에 들어왔기에 다른 애들에게는 살짝 인사만 하고 그 녀석 옆에 앉았다.

"아오미, 왜 이쪽으로 온 건데."

우에무라가 싫은 내색을 하며 말했다.

"너야말로, 왜 비뚤어진 중학생 같은 짓을 하고 있는 거야. 다 함께 시끌시끌 응원하면 되잖아."

"누가 응원한다고. 창피를 살까 해서 구경하러 왔을 뿐인데."

"우와, 귀찮네! 덕분에 나도 저쪽에 못 가게 됐어."

"그러니까 가라고."

"제대로 보고 싶으니까 해설해줄 사람이 필요하거든."

"칫."

고의적으로 혀를 차는 것도 무시하고 곧바로 질문했다.

"치토세는 수비 연습 거의 안 했지?"

"캐치볼이나 멀리 던지는 건 날마다 했고, 수비 감각은 배팅만큼 흐트러지지 않으니까. 마지막 날에 살짝 해본 느낌으로는 문제없을 거다."

마침 와타야 선생님이 오른쪽을 향해 공을 높게 쳤다.

금방 낙하지점에 도착한 치토세는 여기서도 알아볼 수 있을 정도로 씨익 웃고는 뒤쪽으로 돌린 글러브로 슬쩍 잡아냈다.

상대 팀이나 관객들까지 포함해서 구장이 떠들썩해졌다. 놀란 사람, 손뼉을 치며 웃는 사람, 인상을 찌푸리는 사람 등, 반응은 제각각 달랐다.

"저건……."

했다간 혼나는 거 아니었나, 그렇게 생각하고 있자니 예상대로 와타야 선생님의 외침이 울렸다.

"치토세!! 장난치는 거냐! 너!!"

정작 본인은 모자를 벗고 낼름 혀를 내밀었다.

"사쿠~, 멋지다!!"

"치토세 군~, 최고야!!"

유우코와 나즈나도 번갈아 가며 소리쳤다.

"의외로 효과가 있단 말이지, 저런 게."

옆에서 우에무라가 중얼거렸다.

"그냥 눈에 띄고 싶어 하는 바보가 아니라?"

"뭐, 저 녀석 같은 경우에는 그럴지도 모르겠지만. 보라고, 후지고 녀석들. 긴장해서 딱딱하게 굳어있던 주제에, 갑자기 활기가 넘치기 시작했다고."

듣고 보니 좀 전까지는 에러나 딱딱한 움직임이 눈에 띄었는데, 지금은 활기차게 움직이고 있는 것 같았다.

"반대로 상대 입장에서는 약소 팀 주제에 여유를 부린다며 기분 나빠하겠지. 방금 그것 때문에 치토세가 그 치토세라는 걸 눈치챈 녀석이 있을지도 몰라."

"저 녀석이 그렇게 유명했어?"

"후쿠이에서 중학교 연식 야구를 하면서 이름을 들어본 적이 없는 녀석이 드물걸? 게다가 오늘 선발 투수는 현 대회에서 흠씬 두들겨 맞았거든. 의식할 수밖에 없지."

그럼 여자 농구로 따지면 토도 마이 같은 건가?

그렇다면 조금 열받는데.

시트 노크가 끝나고, 후지고 선수들이 벤치로 들어갔다.

중간에 치토세가 이쪽으로 글러브를 들어 올린 것처럼 보였는데, 혹시나 유우코나 웃찌, 유즈키에게 들어 올렸을 가능성도 있겠다는 생각에 결국 반응을 보이지는 못했다.

＊

"저 녀석, 무시하기는."

나는 모르는 척하는 하루를 보고 웃으면서 그렇게 말한 다음 벤치로 돌아왔다.

그때 산 파란색 원피스, 잘 어울리네.

조금만 움직이면 팬티가 보일 것 같은데, 예의 바르게 다리를 오므리고 있네.

왜 아토무 옆에 있는지는 모르겠지만, 그 모습을 보고 약간 발끈했다는 건 비밀로 해두자.

유우코가 있었다. 유아가 있었다. 나나세가 있었다. 나즈나가 있었다. 아스 누나도 있었다.

우익수 수비 위치에서도 스탠드가 구석구석까지 잘 보인다.

이런 날은 보통 몸 상태가 좋다.

"너 진짜, 또 저질렀구나!"

음료수를 준비해두고 기다리던 유스케가 기쁜 듯이 그렇게 말했다.

"슈퍼스타니까. 서비스야."

내가 농담을 하자 감독이 이쪽을 노려보고는.

"나이스 플레이."

조용히 중얼거렸다.

"허어?!"

나도 모르게 그런 대답이 나와버렸다.

언젠가 연습 시합 때 뒤쪽으로 받았을 때는 곧바로 선발 멤버에서 제외당했고, 연달아 벌칙을 받곤 했다.

좀 전에도 있는 힘껏 소리 질러놓고 왜.

"그게 네 방식이라는 건 이해했다."

그런가.

이 사람도 1년만큼, 시계가 돌아갔구나.

이번에는 히라노가 어깨동무를 했다.

"그래서, 어떤 애를 노리고 있는데? 사쿠. 역시 나한테 마구 화냈던 꼬맹이야?"

"인기가 없는 남자의 생각은 빈약해서 싫다니까. 모두가 나를 노리고 있는 거라고."

"외야 펜스에 머리 부딪혀서 죽어라."

"이봐……."

"그런데 그 꼬맹이, 꽤 귀엽던데. 나중에 소개해주라."

"퍼펙트 게임을 달성하면 생각해 볼게."

"에츠고 상대로?! 뭐야, 아예 생각이 없는 거네."

그러던 와중에 유스케가 집합을 걸었고, 우리는 감독 주위로 모였다.

"알고 있겠지만, 오늘은 확실하게 투수전이 될 거다. 2점 이상 뺏기면 매우 힘들어질 거라 생각해라."

"""네."""

"반대로 이쪽에서는 어떻게 해서든 선취점을 따내야 한다. 히라노가 편하게 던지게끔 해줘라."

"""네."""

"좋아, 둥글게 모여!"

벤치 앞에서 둥글게 모인 다음, 어깨동무를 했다.

"사쿠, 네가 해라."

"그건 주장이 할 일이지. 항상 하던 대로 가자고."

그렇긴 하지. 유스케는 그렇게 말하고 웃으며 팔에 힘을 주었다.

"길은!"

"""만든다!"""

"벽은!"

"""박살 낸다!"""

"가자!!"

"""후지고오오오오오오오오오!"""

배에 힘을 주고 외친 다음, 우리는 벤치 앞에 정렬했다.
　심판의 신호에 맞춰서 뛰어나간 다음, 홈 베이스를 사이에 두고 상대 팀과 마주 보았다.
　당연하지만 12명밖에 없는 이쪽 줄은 꽤 짧았다.

"지금부터 에치젠 고등학교와 후지 고등학교의 시합을 시작하겠습니다. 경례."

"""잘 부탁드립니다!!"""

후공인 후지고는 각자 수비 위치로 흩어지기 시작했다.
　솟구치는 고양감을 억누르지 못한 채, 나는 우익수 위치까지 전속력으로 뛰어갔다.
　자, 오랜만에 하는 시합이다.

──위이────────────잉.

잠시 후 히라노가 던진 첫 번째 공과 함께, 긴 사이렌 소리가 구장에 울려 퍼졌다.

*

1회초에는 히라노가 첫 타자에게 포볼을 줬지만, 그다음에 확실하게 세 명을 잡아냈다.

힘찬 직구와 날카로운 변화구는 건재한 모양이었다. 내 조언을 따른 건지 아닌지는 몰라도, 슬라이더는 아직 한 번도 던지지 않았다.

퍼펙트 게임은 일찌감치 사라졌지만 말이지. 안타깝게 됐네.

그렇게 맞이한 1회말.

우리 팀 1, 2번이 쉽사리 내야 땅볼로 잡혀버렸다.

보아하니 본격적인 투수전을 벌이게 될 것 같다.

밖에서 보기에 상대 투수는 아직 7할 정도의 힘으로 던지고 있는 것 같다.

감독이 선취점을 고집하려는 마음도 이해가 된다.

뭐, 문제는 없다. 나는 그렇게 생각하며 다음 타자 대기석에서 일어섰다.

——이런 상황을 위해 나는 3번을 고집하고 있었던 거니까.

좌타석에 들어서서 발치를 다졌다.

어깨 넓이보다 약간 넓게 자세를 취했을 때, 왼쪽 발이 홈 베이스의 긴 변에 닿는 위치.

기본적으로 나는 투수의 구속이나 변화구에 맞춰서 타석 앞이나 뒤쪽에 서지는 않는 주의다.

마찬가지로 방망이를 짧게 잡거나 자세를 움츠리지도 않는다.

상대방의 직구가 빠르든, 변화구가 날카롭든 간에, 몸에 밴 자세와 위치로 어떻게 쳐낼지 생각하는 게 더 자연스럽다고 생각한다.

『3번, 라이트, 치토세 군.』

안내해주는 목소리가 울려 퍼졌다.

"치토세! 날려버려!!"

방금 그건 하루구나.

"사쿠우~, 쳐~!"

"치토세 군~, 파이팅~!"

"힘내, 사쿠 군."

유우코하고 나즈나, 그리고 유아인가?

"치토세, 멋진 모습 보여주라고."

이건 유즈키.

"사쿠 오빠아~!!"

하하, 아스 누나까지 외치고 있네.

친구들의 목소리가 잘 들린다.

차분하다는 증거다.

자, 그럼 쳐볼까. 그렇게 생각하고 자세를 잡으려고 하자 포수가 타임을 걸었다. 아직 그럴 상황이 아닐 텐데. 의아해하며 나도 일단 타석에서 벗어나 배트를 가볍게 휘둘렀다.

마운드로 달려간 포수가 입가를 미트로 가리면서 투수와 무슨 이야기를 나누고 있었다.

잠시 후, 이쪽으로 고개를 꾸벅 숙이며 돌아왔다.

"치토세라면, 중학교 때 준결승에서 붙었던 그 치토세냐?"

좀 전과 마찬가지로 발치를 다지고 있자니 포수가 말을 걸었다.

고등학교 야구에서는 꽤 드문 일이지만, 대놓고 방해하려는 목적이 아닌 이상 심판이 제지하는 경우는 거의 없다.

"뭐야, 투수하고 포수가 한꺼번에 에츠고에 갔구나."

"기억하고 있었어?"

실제로는 아토무에게 들을 때까지 잊고 있었고 이 포수에 대한 것도 말투로 눈치챈 거지만, 자세하게 설명할 상황도 아니다.

"살살 부탁해."

그렇게 말하며 이야기를 끝내고 루틴에 들어가며 배트를 겨누었다.

초구는 휘익, 힘찬 직구가 가슴팍으로 파고들었다.

나는 몸을 살짝 젖혀서 그 공을 피했다. 판정은 볼.

"빠르네."

나도 모르게 그렇게 중얼거리자 포수가 흥, 하고 코웃음 쳤다.

"그 무렵하고는 다르다고. 목제 배트 같은 걸 쓰다가 부러져도 나는 모른다."

역시 1, 2번에게 던졌던 공은 가볍게 했던 모양이다.

좀 전에 타임을 걸었던 이유는 내가 **그 치토세**라는 걸 확인하고 사용할 힘의 비율을 조정하기 위해서였나?

1회를 얼마나 무난하게 끝낼 수 있는지는 시합을 유리하게 이끌어가는 데 꽤 중요한 문제다.

재빨리 쓰리 아웃을 잡아내면 괜찮은 리듬이 생겨나고, 반대로 점수를 내주게 되면 붕 뜬 채 단숨에 무너져버릴 가능성도 있다.

두 번째 공은 정반대로 바깥쪽으로 속도를 억누른 듯한 직구. 아슬아슬하게 스트라이크.

세 번째 공은 마찬가지로 바깥쪽 낮게 깔린 날카로운 커브볼. 이것도 스트라이크.

그리고 다시 한번 가슴 쪽으로 빠른 직구. 볼.

신중한 공 조합이네.

인코스 볼로 겁을 먹게 한 다음, 바깥쪽에서 카운트를
번다.

투 스트라이크 투 볼.

슬슬 승부에 나설 때인가.

이쪽도 상황을 지켜보는 건 이제 끝이다.

상대는 확실하게 세 명을 잡아내서 자랑스러운 투수의
실력을 우리의 머릿속에 새겨두고 싶겠지만, **그렇게 하지
못하게 하는 것이 3번 타자다.**

크게 숨을 들이마시고, 천천히 내뱉었다.

엉덩이 쪽 주머니를 툭, 가볍게 두드리고 나서 손잡이의
감촉을 확인했다. 얼굴 앞으로 팔을 쭉 뻗은 다음 배트를
기울여 끄트머리를 보았다.

3초를 세고 나서 힘을 빼고, 살랑살랑 흔들리듯 가볍게
자세를 잡았다.

──스으윽, 세계에서 소리가 사라졌다.

투수의 다리가 올라갔고, 몸무게를 꾸욱 싣고 가라앉음
과 동시에 그 오른쪽 발끝이 콰악, 짧게 내디뎌졌다.

선명하다기보다는 왠지 뿌연 것 같은 경치 안에서 하얀
공만이 또렷하게 드러나 보였다.

좀 전보다 훨씬 빠른, 아마 혼신의 힘을 다한 직구.

그런데 미안하네, **그 녀석의 공에 익숙해진 뒤라서 부족하다고.**

게다가 그 코스는.

──내가 정말 좋아하는 코스다.

나는 망설이지 않고 배트를 끝까지 휘둘렀다.

*

따아악!!

최근 1주일 동안, 몇 번이고 들어왔던 소리가 **나**를 꿰뚫었다.

야구의 효과음은 까아앙이라고 생각했는데, 목제 배트로 치니까 저렇게 메마른 소리가 나는구나. 쓸데없이 냉정한 생각이었다.

"좋았어, 갔네. 안쪽 낮은 공(인 로우)에 자신 있다는 말이 사실이었구나."

옆에 있던 우에무라가 흥분을 감추지 못한 목소리로 말했다.

나는 그저 멍하니 하얀 공의 행방을 쫓고 있었다.

한여름 하늘에 뜬 달 같다.

이대로 계속 떨어지지 않고, 언젠가 농담처럼 그 녀석이 말했던 것처럼 은하수까지 날아가버릴 것 같다.

"……예쁘네."

시간이 멈춰버렸다.

아니, 아마 다들 놀랐을 것이다.

꺄악꺄악거리거나, 우오옷, 소리치거나, 젠장, 하고 혀를 차거나.

하지만 무엇 하나 내 귀에는 들어오지 않았다.

방금 배트를 휘두른 모습이 연달아 머릿속에 재생되었다.

최근 1주일 동안, 피투성이가 된 장갑을 끼고 땀과 흙먼지로 범벅이 되었던 모습에서는 전혀 상상할 수가 없었다.

느긋하고 당당하게, 씩씩하고 조용하게.

발끝부터 배트 끝까지가 화려한 일본 무용처럼 이어졌다.

움직임이 극도로 예리해지면, 사람은 아름다워지는 법이구나.

아, 치토세가 온 힘을 다해 달리고 있다.

나처럼 아무것도 모르는 사람도 알아볼 수 있을 정도로 완벽한 타구인데도, TV에서 프로 시합을 보면 친 순간에 해냈다는 포즈를 취하곤 하는데도, 왠지 저 녀석답네.

언제까지 날아가는 걸까, 어디까지 날아가는 걸까.

그렇게 너무 멀리 가버리면 싫은데.

아니, 내가 무슨 생각을 하는 거지?

……결국, 그 공은 여기에서 보이지 않는 곳에 떨어졌다.

오른쪽 스탠드를 훨씬 넘어선 곳 건너편에서 우수수 나무가 흔들리는 소리가 들렸다.

"하, 진짜 못 해먹겠네."

우에무라의 중얼거림을 지우듯, 우와아아 하는 마치 지면까지 통째로 뒤흔들리는 듯한 환호성이 그제야 나를 감싸 안았다.

아니, 실제로 관객이 그렇게 많지는 않지만, 모두의 열기로 인해 증폭된 느낌이다.

치토세는 그제야 속도를 늦추며 2루를 지나쳤다.

어? 친 거야? 홈런? 정말로?

나도 겨우 제정신이 들었다.

"저기, 우에무라, 저거 대단한 거야?"

그렇게 물어보자, 이 녀석은 진짜 바보냐는 느낌의 표정이 돌아왔다.

"1년 만의 실전, 불리하고 익숙하지 않은 목제 배트, 상대는 현 내 톱클래스의 에이스 투수. 그 공을 장외로 날려버렸는데 트집을 잡을 만한 구석이 있다면 가르쳐줬으면 좋겠네."

그렇구나, 그렇구나, 그렇구나아아——.

저 녀석은 해냈구나, 예전 동료들 앞에서 증명해 보였구나.

허세로 꿈에 대해 이야기한 게 아니라는 것을.

진심으로 코시엔에 갈 생각이었다는 것을.

아~. 그런데 그런 건 요만큼도 머릿속에 없다는 표정을 짓고 있네.

오랜만에 시합을 하니 즐겁다고, 온몸으로 외치고 있다.

3루를 박찬 치토세는 부스럭거리면서 주머니를 뒤진 다음, 내가 준 군청색 리스트밴드를 꺼냈다.

그것을 쥔 채 홈을 밟고 나서.

──천진난만한 소년처럼 웃으며 이쪽으로 오른손을 내밀었다.

눈이 딱 마주쳤다.

이번에는 모르는 척하지 말라고, 네게 보내는 포즈라고, 그렇게 선언하는 것 같다.

아~, 정말, 그런 건 안 된다고.

봐, 유즈키가 약간 발끈한 표정으로 돌아보잖아.

진짜, 바보바보바보바보, 나도 내일은 선수로서 싸워야만 하는데, 여자애 행세를 하고 있을 상황이 아닌데.

그런 표정을 지어버리면 두근거림이 멈추질 않잖아.

지금 당장 달려가서 끌어안고 싶어지잖아.

뜨거워서 끓어올라 버릴 것 같아.

아니, 이제 전부 털어놓자.

나는 주먹을 쭉 내밀고 일어서서.

"사랑해! 달링!!"

저 녀석의 홈런처럼 날아가라는 마음을 담아 소리쳤다.

유우코가, 웃찌가, 유즈키가, 아야세가, 아마 니시노 선배도 이쪽을 보고 있을 것이다.

우에무라, 어이없다는 표정 짓지 마.

나도 모른다고, 마음이 멈추지 않는단 말이야.

그렇다면 뛰어가 버리는 쪽이 나다운 거지.

*

——시합이 시작된 이후로 약 1시간 반.

거의 바로 위에 있는 태양이 이글이글, 목덜미를 그을렸다.

마운드 위의 기온은 지금 몇 도 정도일까.

히라노의 공에는 확실한 피로가 배어 있었다.

"큰일인데."

나는 우익수 수비 위치에서 점수판을 보고 중얼거렸다.

7회초. 2 대 1.

후지고는 첫회의 솔로 홈런으로 선취점을 따냈지만, 그 이후로는 점수가 딱 멎어버렸다.

4회에 돌아온 2타석째에서 나는 2루타를, 그 뒤를 이어서 히라노가 1루타를 쳐서 1아웃 주자 1, 3루라는 기회를 만들었지만, 그 뒤 타석에서 이어나가지 못했다.

6회의 3타석째는 포볼. 이때도 후속 타자가 쉽사리 잡혀버렸다.

결국 2회 이후로 출루한 건 그 안타 두 번과 포볼뿐이었다.

그에 비해 에츠고도 타선이 결코 강력하다고 할 수는 없었지만, 건투하고 있던 히라노를 상대로 몇 안 되는 기회를 확실하게 살려내서 두 점을 빼앗겨버렸다.

조금씩 실력 차이가 보이기 시작하고 있었다.

에츠고의 공격은 여전히 계속되고 있다.

1아웃 주자 1, 2루. 타자는 2번.

신중히 가지 못하면 그 뒤에 이어지는 3, 4, 5번 타자로 인해 점수 차이가 크게 벌어질 가능성이 크다.

그런 분위기가 맴돌고 있었다.

점점 목이 졸리는 듯한 전개로 인해 우리 팀 사기가 떨어진 상태다.

"에츠고 상대로 잘하고 있는 편이지."

좀 전에 벤치 안에서 들린 말이다.

히라노와 다른 팀원들이 살짝 웃는 모습도 보았다.

유스케는 자신을 책망하는 듯이 고개를 숙이고 있었다.

그러면 1년 전하고 똑같잖아.

뭘 위해서 고개까지 숙이러 왔던 건데.

나도 모르게 소리를 지르고 싶어졌지만, 나나세에게 들었던 하루의 말을 떠올렸다.

——하지만 분명 '진심이 되어라'라고 말해봤자 의미가 없겠지.

맞는 말이다.

게다가 지금 나는 한 시합만 뛰는 도우미.

혼자서 도망친 주제에 그런 말을 할 자격도 없다.

"히라노! 두들겨 맞고 있는 상태는 아니야, 자신 있게 던져!!"

결국, 나도 1년 전하고 똑같은 건가.

이렇게 옆에서 소리쳐주는 것 정도밖에 못 한다.

히라노는 돌아서서 동료들을 볼 여유도 없는 것 같았다.

"내야, 앞쪽도 있어. 확실하게 잡아내자고!"

키잉, 말하자마자 3루 앞으로 번트가 굴러왔다.

하지만 전혀 경계하지 못하고 있었던 모양인지 반응이 뒤처졌다.

"제때 못 잡아낼 거야, 던지지 마!"

그렇게 소리쳤지만, 허둥대다가 날린 송구가 1루수 머리 위를 크게 넘어가 버렸다.

2루 주자가 3루 베이스를 박차는 모습이 보였다.

"까불지 마, 그렇게 내버려 두진 않을 거라고!"

우익수 위치에서 뛰어가 커버하러 나선 나는 그 공을 주운 다음 곧바로 포수에게 던졌다.

단숨에 홈을 노리던 주자는 중간에 멈춘 다음, 3루로 돌아갔다.

1아웃 만루. 타자는 3번.

터치업, 다시 말해 우리가 외야 뜬공을 잡고 난 뒤에 주자가 뛰기 시작하는 플레이 하나만으로 추가 점수를 빼앗기게 된다.

젠장, 이대로 가다가는 위험하겠는데.

*

"그때하고, 마찬가지야."

쏜살같은 치토세의 송구를 보며, **나**는 무심코 그렇게 중얼거렸다.

우에무라도 옆에서 짜증 난다는 듯이 말했다.

"칫, 뭐 하고 있는 거야, 저 녀석들."

"……패배를 받아들일 준비를, 하기 시작했어."

"그래, 너도 알아보겠나?"

"얼른 이번 회가 끝났으면 좋겠다고. 가능하다면 자기가 있는 쪽으로는 날아오지 말라고. 그런 느낌이야."

"핵심인 히라노(에이스)까지 저런 상태면 어떻게 해볼 수가 없지. 마음이 꺾여서 공이 죽어버렸다고."

처음에는 분위기가 좋았다.

치토세의 홈런으로 팀이 와아아 달아올랐고, 다들 '반드시 이긴다'라는 기합으로 가득 차 있었는데. 그 이후로 자기 팀이 전혀 치지 못하게 되었고, 상대 팀은 착착 점수를 쌓아나가기 시작했을 때부터 상황이 이상해지게 되었다.

"반쯤은 저 녀석 때문이야."

우에무라가 답답하다는 듯이 말했다.

"뭐어?! 무슨 소릴 하는 거야, 제대로 친 건 치토세뿐이잖아."

"──**그러니까 그렇지.** 후지고 녀석들이 지금 무슨 생각을 하고 있을 것 같아? **역시 재능이 있는 녀석은 좋겠다**, 겠지."

의미를 이해할 수가 없었다.

그걸 눈치챈 모양인지 내가 대답하기도 전에 우에무라가 계속 이야기했다.

"1년이라는 공백기가 있었는데도, 살짝 조정하기만 했는데 날마다 열심히 노력해온 자기들보다 잘 치다니, 치사하네~, 라고 말이야."

"까불지 마! 저 녀석은 포기한 뒤로도 날마다 배트를 휘둘렀어. 애초에 그럴 수 있는 건 어렸을 때부터 철저하게 몸을 괴롭히고, 꾸준히 노력해온 증거라고. 최근 1주일 동안에도――."

"안 보인다고. 다른 사람들에게 그런 건. 특히 자신보다 뛰어난 상대를 처음부터 재능이라는 필터 너머로만 평가하는 녀석들은 말이지."

――윽.

'우미는 재능이 있으니까 그렇게 망설이지 않는 거야. 노력하면 노력한 만큼 올라갈 수 있는 소질이 있으니까.'

그날, 센에게 들은 말이 머릿속을 스쳤다.

"그리고."

우에무라는 머리 뒤쪽에 깍지를 꼈다.

"저 녀석하고 완전히 똑같은 노력을 해서 누구나 똑같은 걸 해낼 수 있는지 물어본다면, 역시 나는 순순히 고개를 끄덕일 수 없지. 모르잖아, 어디까지가 노력의 산물이고, 어디까지가 재능 덕분인지."

"그래도……, 적어도 눈앞에 있는 플레이에 온 힘을 다할 수는 있잖아. 지금도 필사적으로 소리치면서 뛰고 있는 건 치토세뿐이고."

"그래, 견디기 힘들 거다."

거만한 태도로 앉아있으면서도, 그의 목소리에는 분한

감정이 담겨 있었다.

치토세……, 내가, 우리가(나와 네가), 뭘 할 수 있을까?

*

내가, 우리가 뭘 할 수 있을까?

타석에 선 상대팀 3번 타자의 일거수일투족을 주의 깊게 관찰하며 생각했다.

설령 다음 타석에서 한 번 더 홈런을 치더라도 동점.

애초에 이번 위기를 넘어서지 못하면 기회 같은 건 오지도 않는다.

둘이서 답을 찾으러 가자, 그렇게 하루에게 잘난 척하면서 말한 결과가 이 꼴이냐?

마운드 위에서는 히라노가 힘을 잃은 공을 계속 던지고 있다.

더 이상 생각할 여유도 없이, 스르륵 힘이 빠진 직구가 한가운데로 들어갔다.

──위험하다.

그 순간 나는 뒤쪽을 향해 한 발짝 내디뎠다.

——까앙!!

　예상했던 대로, 힘차게 날아온 타구가 좌중간으로 뻗어
갔다.
　크다, 하지만⋯⋯, 아슬아슬하게 넘어가지는 않고 펜스
에 맞겠는데.
　내 눈짐작을 믿으며 전속력으로 뛰었다.
　원래는 튕겨 나온 쿠션 볼을 확실하게 처리해서 대량 실
점을 막아야 할 상황.
　하지만 지금 1점이라도 뺏기면 거의 치명상이다.
　죽어도 잡을 수밖에 없다.
　뒤따라 오는 중견수를 향해 소리쳤다.
　"쿠션은 맡긴다! 나는 달려갈 거야."

——달려라, 달려라, 앞으로 5초, 4초, 안 되겠다, 제때
잡아낼 수가 없어.

　"으랴아아아아아아아아아아아아아아."

　나중 일은 생각하지도 않고, 나는 펜스를 향해 뛰어올
랐다.

　글러브를 낀 왼손을 뻗고.

──꽈아앙.

손목, 머리, 어깨 순서로 격돌했다.

"으아아악."
둔탁한 소리와 예리한 통증이 온몸을 꿰뚫었다.
공은? 잡았다.
3루 주자는?
완전히 뚫렸다고 생각하고 뛰어가고 있을 것이다.
터치업으로 전환하기 위해 일단 3루로 돌아가려고 하는
도중이다.
아직 늦지 않았다.
억지로 일어서서 원거리 송구 자세를 취하려던 순간.

──욱신.

들어 올린 왼쪽 손목에 거센 통증이 느껴졌다.

"으아아아악, 히라노오오오!"

곧바로 억지로 끌어당겨서 중계 지점에 있던 히라노를
향해 공을 던졌다.

──타아악!

약간 빗나갔지만, 무사히 닿았다.
3루 주자는 힘들겠다고 판단한 건지 돌아갔다.
제때 잡아냈, 다.
나는 힘을 쥐어 짜내며 소리 질렀다.
"한 명 더! 죽어도 막아주마!!"
히라노의 표정에 약간 힘이 깃들었고, 그다음 타자인 4
번을 날카로운 직구와 슬라이더로 확실하게 잡아냈다.
삼진.
그거라고. 처음부터 그러지, 멍청아.

욱신, 욱신, 욱신.

……큰일이네, 정말.

                        *

벤치로 돌아오자 어느 정도 활기를 되찾은 동료들이 나
를 기다리고 있었다.
"나이스 플레이!"
"너무 천재잖아, 너."

"그런 게 잡히나?"

그런 말들을 적당히 넘기면서 히라노에게 말을 걸었다.

"저기, 아이싱용 얼음 좀 가져가도 될까?"

"상관없긴 한데, 무슨 일 있어?"

"너무 더워서 팬티 안에 넣고 오려고. 엿보지 마라."

"멍청아, 얼른 가라고. 그리고……, 덕분에 살았어."

"내가 아껴두라고 했던 건 마지막에 던졌던 슬라이더야. 아까처럼 맥빠지는 슬라이더 비스무리한 공은 이제 던지지 말라고."

"시끄러워, 네 농담보다는 낫다고."

나는 웃고는 벤치 뒤로 들어갔다.

아무도 없다는 걸 확인하고 나서 양동이에 얼음을 쏟아 붓고 물을 채운 다음 그 안에 왼손을 찔러넣었다.

"크윽."

욱신욱신, 욱신욱신, 통증이 더욱 심해졌다.

원인은 굳이 말할 필요도 없이 방금 했던 플레이다.

있는 힘껏 가속해서 뛰어오른 몸을 손목만으로 받아낸 거나 마찬가지다.

역시 유스케가 부상당한 걸 비웃을 수도 없겠네.

또각, 또각, 또각.

뒤에서 스파이크의 징이 콘크리트를 때리는 소리가 울렸다.

살짝 손을 빼고 내 몸으로 양동이를 가리면서 천천히 돌아섰다.

거기에 서 있던 사람은 뜻밖의 인물, 평소처럼 미간에 주름을 잡고 있는 감독이었다.

나는 아픔을 참으면서 실실거리는 목소리로 말했다.

"몰랐어요. 시합 때는 운동화를 안 신으시네요."

운동장에서 뛰어다니는 선수들과는 달리 기껏 해봐야 시트 노크를 치는 정도인 감독은 일반적으로 징이 없는 운동화를 신는 경우가 많다.

그래서 방금 들린 발소리도 팀메이트 중 누군가일 줄 알았다.

감독이 조용히 중얼거렸다.

"연습하는 기분으로 시합장에 서고 싶지는 않으니까."

보여다오. 감독은 그렇게 말하며 내 왼팔을 잡았다.

"으윽."

투박한 손가락으로 이곳저곳 힘주어 누르자 나도 모르게 신음이 새어 나왔다.

"부러지지는 않은 것 같은데, 금이 갔거나 인대가 끊어졌나……. 교대다, 잘 해줬다."

나는 반사적으로 감독의 팔을 타악, 떨쳐냈다.

"설마요, 그냥 살짝 삔 것뿐이죠. 얼른 식힐 테니 저 녀석들 엉덩이나 두드려주면서 공격을 오래 끌게 해주세요. 항상 치던 천둥이 오늘은 조용하잖아요."

"자칫 잘못하다간 두 번 다시 방금 같은 플레이를 하지 못하게 될 텐데."

"제 야구는 작년 여름에 끝났거든요."

"──윽, 그건⋯⋯."

감독은 두 주먹을 쥐면서 몇 초 동안 바닥을 노려보고.

"미안하다."

천천히 고개를 숙였다.

"다른 선수들 앞에서 사과할 수는 없다. 나를 믿고 따라온 저 녀석들의 1년까지 부정하게 될 테니까. 그러니 이런 곳에서 사과하는 건 비겁하다고 생각하겠지만, 정말 미안하다."

"잠깐만요, 그러지 마세요, 시합 중인데."

급하게 말리려 했지만, 이야기가 이어졌다.

"처음 너를 봤을 때, 진짜 천재라고 생각했지. 빈말이 아니라 코시엔을, 그 너머의 세계를 목표로 삼을 수 있는 남자라고 말이야. 그래서 큰 재능에 빠져서 교만해지지 않게끔, 콧대가 높아지지 않게끔, 좌절을 경험한 뒤에도 일어설 수 있는 사람으로 키우고 싶었다."

나는 조용히 귀를 기울였다.

"하지만 냉정하게 돌아보니, 내 지도 같은 게 없더라도 너는 야구에 대해 다른 누구보다 성실했고, 한결같았고, 좌절하더라도 노력으로 받아치겠다며 고개를 드는 사람이었지. '재능이 있는 사람은 거만해진다'라는 건 재능이 없는 사람의 편견이었고, 처음부터 내 눈이 흐렸던 거야. 들뜨지 말라고 지도하던 나 자신이……, 큰 재능을 앞에 두고 붕 떠 있었던 거다.”

감독의 목소리가 떨렸다.

“사실은, 그저 매일 야구를 하게 해주기만 해도 되는 거였는데. 하필이면 그걸 빼앗아버리다니——. 그래서 내 잘못을 인정하는 것조차도 이렇게 오래 걸려버렸다.”

“진짜.”

나는 감독의 어깨에 손을 얹었다.

“고개를 들어주세요. 감독님의 생각은 이제 알았어요. 지금도 자신의 가치관만 밀어붙이는 지도 방법이 옳다고는 생각 안 하고, 솔직히 방금 이야기를 듣고 웃기지 말라는 마음도 들었어요. 그래도…….”

얼굴을 마주하는 것만으로도 고통이었던 사람의 눈을 똑바로 바라보면서, 씨익 웃었다.

“어떤 사람 덕분에 깨달았거든요. 저도 잘못했던 거라는 걸.”

——감독에게 잘렸어? 땅바닥에 엎드려 절하면서 백 번 사과해!

——팀메이트가 진심으로 뛰지 않았다고? 네 열기로, 플레이로 진심을 내게 만들어보라고! 이 녀석과 함께라면

꿈이 아니라는 걸 머릿속에 직접 때려 넣어!

　그래서, 나는 그렇게 계속 말했다.

　"부탁드립니다, 이대로 경기를 뛰게 해주세요. 이제 여름에, 경기장에 뭔가 깜빡 잊은 채 두고 가는 건 싫거든요."

　감독은 입술을 한일자로 꾹 다문 다음, 알았다고 말하며 돌아섰다.
　나는 그 뒷모습을 바라보고 나서 다시 양동이에 왼손을 찔러넣었다.

＊

　"저 녀석, 뭔가 이상해."
　나는 우에무라에게 말했다.
　"어엉?"
　"봐, 아까부터 뛸 때도 왼손을 거의 안 움직여."
　마침 우익수 쪽으로 공이 굴러갔다.
　2루수 글러브에 닿은 뒤였기에 기세가 없긴 했지만, 치토세는 마치 여유를 부리는 듯이 맨손으로 그 공을 잡았다.
　연습할 때 뒤쪽으로 잡는 것과는 상황이 다르다.

시합 중에 저렇게 의미 없이 폼을 잡으려 하는 건 그답지 않다.

"──윽, 아까 그 펜스에 부딪혔을 때인가."

우에무라의 반응을 보고 역시 그렇다는 걸 확신했다.

저 녀석, 숨기려 하고 있긴 하지만, 왼손 어딘가를 다쳤다.

"이번 회 말에 치토세에게 타순이 돌아가지?"

시합은 9회말.

치토세의 플레이 덕분에 컨디션이 원래대로 돌아온 투수가 버텼기에 그 이후로 추가 점수는 빼앗기지 않았다. 하지만 점수는 여전히 2대1인 채 마지막 회.

다음 공격 때 최소한 한 점을 내지 못하면 후지고가 지게 된다.

"저기, 한쪽 손을 다친 상황에서 공을 칠 수 있어?"

"칠 수 있을 리가 없잖아."

상상했던 대답이었다.

우에무라가 계속 이야기했다.

"정확히 말해 배팅을 할 때는, 배트를 당기는 쪽 손하고 밀어내는 쪽 손이 있어. 치토세는 좌타자니까 오른쪽이 당기는 손이고, 왼쪽이 밀어내는 손이지. 일반적으로는 전자가 더 중요하다고 하고, 실제로 당기는 손 한쪽만으로 치는 연습도 있을 정도야."

"그럼 치토세도?!"

"하지만, 그건 근처에서 공을 슬쩍 던져줄 때나 가능한 이야기지. 프로라면 한쪽 손만으로 홈런을 날리는 상황도 가끔 있긴 하지만, 치기 직전까지는 두 손으로 온 힘을 다해서 스윙하거든. 순수하게 당기는 쪽 손 하나만으로 저런 수준의 투수가 던지는 공을 치는 건 불가능하다고."

"———윽."

"하지만, 후지고의 실력하고 지금 같은 사기로는 치토세가 쳐야만 해. 그래야 이길 수 있어."

칫, 짜증을 내며 혀를 차는 소리가 울렸다.

그런 건, 그런 건.

꽈악, 가슴을 조이는 듯한 아픔이 느껴졌다.

치토세가 다친 건 팀을 위해서잖아.

온 힘을 다해 플레이하고, 승리를 포기하지 않았던 결과잖아.

히라노를 위해서 막아낸 거잖아.

유스케에게 바통을 넘겨주기 위해서 뛴 거잖아.

그럼 누가, 누가, 누가 좀——, 저 녀석도 도와줘.

저 녀석의 열기를 받아들여 줘, 이어나가 줘, 지켜줘.

치토세———.

※

욱신, 욱신, 욱신.

9회초 수비가 끝나자마자, **나**는 벤치 뒤로 뛰어 들어 갔다.

얼음물에 왼손을 찔러넣었지만, 효과는 거의 없었다.

뇌를 직접 두드리는 듯한 거센 통증이 시간이 지날수록 더욱 심해지고 있다.

감독은 적어도 테이핑이라도 하라고 했지만, 안 그래도 사기가 떨어지고 있는 그 녀석들을 더 이상 불안하게 만들고 싶지는 않았다.

이번 회는 2번 타자부터.

금방 돌아가서 아무렇지도 않은 표정으로 다음 타자 대기석에 들어가야만 한다.

"——사쿠, 너, 역시."

목소리를 듣고 돌아보니 유스케가 왠지 짜증 난다는 표정을 지으며 서 있었다.

젠장, 통증 때문에 머리가 멍해져서 눈치채질 못했다.

"그때야?"

"들켜버렸으니 어쩔 수 없지. 아까 바람이 불었을 때, 스탠드에 있던 여자애 팬티가 다 보였거든. 그래서 바깥에 돌아다닐 수 없는 상태라 달래고 있었지."

쳇, 농담도 제대로 못 하게 되었네.

"까불지 마!!"

히라노와 다른 멤버들도 무슨 일인가 싶어서 들여다보

았다.

"너는 또 그렇게 혼자서 전부 떠안고……, 이제 충분해, 교대해."

"그럴 수 있는 게임이었다면, 처음부터 내가 여기에 있지도 않았을 텐데?"

이제 둘러댈 기력도 없다.

양동이에 손을 찔러넣은 채 대답했다.

"내게는, 우리에게는 아직 내년이 있어. 다음 기회가 있다고. 네가 그런 상태가 되면서까지 타석에 설 이유는……."

"야, 유스케."

나는 상대방의 말을 가로막았다.

"계속 생각했거든. 그날 너희가 했던 말들. 혹시 내가 가지고 있는 쪽이고, 그렇지 않은 사람들의 마음을 이해하지 못하는 건지도 몰라. 내가 모를 뿐이고, 다들 나보다 수백 배나 노력하고 있는 건지도 모르지."

"사쿠……."

"괴롭겠지, 자기가 못하는 걸 쉽사리 해내는 녀석을 보면. 부럽고, 질투 나고, 눈부실 거야."

같은 상황에 처했는데도 도망치지 않고 싸우고 있는 그 녀석을 생각했다.

압도적으로 불리한 무대에서, 필사적으로 높은 곳을 향해 나아가고 있는 그 녀석을 생각했다.

머리가 거의 돌아가지 않는데도 불구하고 말이 멋대로

쏟아져나왔다.

"그런데 말이야, 그게 자기가 좋아하는 걸 부정하는 이유가 될까?"

"──윽."

"다른 사람보다 재능이 있든 없든, 좋아한다면 할 수밖에 없는 거 아니야?"

그리고, 나는 그렇게 말하며 손을 빼낸 다음, 있는 힘껏 웃어 보였다.

"──눈앞에 있는 지금 발버둥 치지 않는 녀석에게, 다음 기회는 오지 않을 거야."

그때, 지금 발버둥 치지 않았던 자신을 향한 말.

지금 발버둥 치고 있는 그 녀석에게 배운 것.

유스케의 어깨를, 히라노의 어깨를, 다른 팀원들의 어깨를 두드리면서 벤치로 돌아가 배트를 쥐었다.

다음 타자 대기석에서 배팅 글러브를 끼고, 왼쪽 손목의 찍찍이를 최대한 꽉 조였다.

자, 답을 찾으러 가볼까──, 하루.

*

2번 타자가 버틴 결과, 포볼로 출루했다.

운이 좋다. **나**는 그런 생각을 했다.

이제 스탠드에 꽂아 넣으면 굿바이 홈런이다.

칠 수 있다면 말이지만.

만에 하나를 대비해서 감독 쪽을 보았지만, 도루나 번트 사인은 보이지 않았다.

지금까지의 결과를 고려하면 상대방이 고의사구로 내보낼 가능성도 머릿속을 스쳤다. 그러나 포수는 여전히 앉아 있다.

고맙네, 승부해주려는 건가?

항상 하던 루틴조차 제대로 하지 못한 상태로 나는 배트를 겨누었다.

투수의 눈은 활활 타올랐고, 이번에야말로 잡아주겠다는 기백으로 가득 차 있었다.

좋네, 그렇게 나오셔야지.

초구, 힘이 너무 세게 들어간 건지 직구가 안쪽으로 어설프게 들어왔다.

포착했다, 딱 좋은 공!

나는 힘껏 오른쪽 발을 내딛고.

"──으으끄아악."

투욱, 스윙 도중에 배트를 떨어뜨렸다.

지금까지 느꼈던 둔한 통증과는 비교도 안 될 정도로,

달구는 것 같은 통증이 몸을 꿰뚫었다.

제자리에 주저앉을 뻔하다가 겨우 참고는 최대한 아무렇지도 않은 듯이 배트를 주웠다.

"너, 어디 다친 거냐."

포수가 조용히 그렇게 말했다.

나는 못 들은 척 배트를 겨누었다.

방금 판정은 당연히 스트라이크.

두 번째 공, 마치 뭔가 알아보려는 듯한 직구가 바깥쪽 코스를 노리고 들어왔다.

아랑곳하지 않고 치러 나섰다.

——타아악.

뒤쪽으로 흐른 파울.

"으."

따끔따끔, 배트에서 충격이 흘러들어와 끙끙댈 뻔했다.

소리 지르지 마라, 아파하지 마라, 이를 악물어라, 입술을 깨물어라.

"왼손이구나. 약소 팀은 힘들겠어."

젠장, 다 들켰나?

그래도 뭐, 상관없지. 이제 상대의 노림수는 직구 하나만으로 좁힐 수 있다.

제대로 배트를 휘두를 수 없는 상대에게 일부러 속도가 떨어지는 변화구 같은 걸 던지지는 않겠지.

솔직히, 오히려 좋다고.

어차피 배트를 섬세하게 컨트롤해서 변화하는 공을 따라잡는 건 불가능하니까.

허억, 허억, 거친 숨을 내쉬었다.

다음 공은 속도만 빠르면 상관없다는 듯한 한가운데 직구.

젠장, 공 세 개로 승부를 내려고?

——타아악.

또 뒤쪽으로 흐른 파울.

"——으윽~, 손이 저릴 정도로 멋진 공이잖아, 진짜!!"

허세를 부려라, 등을 쭉 펴라, 상대방을 노려봐라.

1밀리미터라도 좋으니까 얻어맞을지도 모른다는 생각을 심어줘라.

"이제 됐어! 사쿠! 더 이상 휘두르지 마!"

미지근한 말 같은 건 하지 말라고, 유스케.

네게 확실하게 이어줄 테니까 조용히 보고 있어.

지금 폼을 안 잡으면 언제 잡는데.

여기서 물러나면 남자도 아니지.

그리고……, 그 녀석하고 함께 답을 찾자고 약속했단 말이다.

"——와라, 달까지 날려서 토끼들에게 야구를 가르쳐주지."

새 배팅 글러브에 어느새 붉은 얼룩이 물들어 있었다.

*

——처음에는 왠지 기분 나쁜 남자라고 생각했다.

나, 아오미 하루가 치토세를 알게 된 것은 카이토와 함께 걸어가다가 마주쳤을 때다.

아마 학교 복도였던가? 딱히 소중한 기억도 아니라서 생각이 잘 안 나네.

흔히 말하는 연애 대상으로서는 별로지만, 나는 스포츠맨으로서의 카이토를 꽤 존경했고 인정했다.

뭐, 나나보다 조금 떨어지는 정도? 만약 그 녀석이 여자고 같은 팀에서 경기를 뛰었다면 조금 더 좋게 평가했을지도 모르겠다……, 방금 한 말은 취소, 상상하고 싶지 않다.

이러쿵저러쿵해도, 내가 끌리는 상대는 남녀 무관하게 예전부터 확실했다.

내가 완전히 체육 계열이라 그런 것도 있지만, 진흙투성이가 된 사람이 좋다. 땀내 나는 사람이 좋다. 뜨거운 사람이 좋다. 시원스러운 표정을 지으면서도 혼이 담긴 목소리로 외치는 듯한 사람이 정말 좋다.

야구부에 천재라 불릴 정도로 대단한 녀석이 있거든. 카이토가 그렇게 소개해준 치토세에게서는 그런 냄새가 전혀 느껴지지 않았다.

남자 주제에 왠지 점잖이나 빼는 것 같고, 실실 웃으면서 시시한 농담만 해대고.

고등학교 야구부가 왁스 같은 거나 바르고. 빡빡 깎으라고, 빡빡.

게다가 이렇게 조그마한 여자에게도.

"하루, 농구 잘한다며? 그 키로 대단하네, 다음에 보러 가도 될까?"

그렇게 꼬시려 들기도 했다.

네가 뭘 아는데, 하고 마음속으로는 짜증을 냈다.

아무리 생각해도 내가 제일 싫어하는 타입.

왜 카이토가 이런 녀석하고……, 그렇게 생각했다.

──고등학교에 들어가서 첫 인터하이 예선.

1학년에서는 나와 나나가 주전 선수로 선발되었다.

순조롭게 이기면서 올라가 맞이한 준준결승, 상대는 아시바 고등학교.

그 녀석이 있다.

미니 농구를 할 때부터 여러 번 대전했고, 한 번도 이기지 못했던 토도 마이.

처음으로 내 슛이 링 안에 들어간 그날부터 정신없이 계속계속계속계속 노력해왔다는 자부심은 있다.

효과가 있는 건지 없는 건지 모르겠지만 우유는 토할 정도로 마셨고, 키가 커지는 스트레칭 같은 건 전부 시험해보았다.

작은 선수가 나오는 농구 만화를 잔뜩 읽고 나도 할 수 있다면서 계속 자신을 격려해왔다.

하지만 우리 후지고는 변명할 여지도 없는 더블 스코어로 아시고에게 져버렸다.

꼬맹이라서 빠르다든가, 꼬맹이라서 할 수 있는 낮은 드리블이라든가, 그런 정신없이 갈고 닦아온 무기는 무엇 하나 통하지 않았다.

왜냐하면 상대방은 큰데도 빨랐고, 큰데도 드리블을 잘했기 때문이다.

필사적으로 발버둥 쳐왔는데, 차이는 벌어지기만 했다.

토도 마이는 왠지 기분 나쁜 그 남자와 마찬가지로 냄새가 나지 않는 선수였다.

압도적인 재능, 압도적인 신체능력, 그리고 압도적인 키.

여기까지인가? 처음으로 그런 생각을 해버렸다.

빠직, 작은 소리를 내며 마음에 금이 갔다.

슈욱, 가슴속의 불꽃이 꺼져가는 촛불처럼 연약해졌다.

무언가를 포기하는 순간이란, 의외로 덧없는 건지도 모르겠다.

결국 저렇게 축복받은 녀석들이 시원스러운 표정을 지으면서 정점에 서는 거야.

——패배의 충격에서 벗어나지 못한 채, 카이토의 제안으로 가게 된 야구부 대회.

치토세는 1회부터 큼직한 홈런을 쳤다.

호오, 저 녀석, 꽤 하는데……라고 다시 보지는 않았지. 하루는 자포자기하는 심정이었으니까.

혼자만 남다르게 실력이 좋다는 건 알겠지만, 저렇게 껄렁껄렁한 녀석이, 땀과 흙먼지 대신 향수 냄새를 풍기고 다닐 것 같은 남자가, 아무렇지도 않다는 듯이 결과를 남긴다.

결국 그런 건가? 하고 생각했다.

노력은 보답받는다. 다들 간단히 그렇게 말하곤 하지만, 그렇다면 내 키는 지금쯤 토도 마이만큼 커졌어야지.

그런 식으로 색안경을 쓴 채 보던 6회.

왠지 후지고가 얻어맞기 시작했네~, 라는 생각이 들고

난 이후로는 한순간이었다.

12실점, 야구를 잘 알지 못하는 나도 승패가 갈려버렸다는 것을 알 수 있었다.

오히려 그렇게까지 압도적인 실력 차이가 있는데도 용케 버텼다고 할 수 있다.

투수까지 포함해서 후지고 선수들은 다들 그런 분위기를 풍기고 있었다.

아쉽다, 좋은 시합이었다, 그렇게 플레이에 포기하는 느낌이 배어 있었다.

마치 아시고에게 진 우리를 보는 것 같은 기분이 들어서 열받기도 하고, 한심하기도 해서 나까지 발끈했다.

——하지만, 단 한 명.

그 회 중간부터는 치토세를 보고 있었다.

아마 의욕이 사라졌을 거라고 생각하면서.

혼자만 압도적인 재능을 지니고 있고, 그것을 따라잡지 못하는 팀메이트들에게 짜증이 났을 거라고 생각하면서.

하지만, 뭔가 생각했던 것과는 달랐다.

"좋았어~, 야구는 지금부터라고!"

"이봐, 이봐, 내 실력을 보여줄 기회가 없잖아~, 우익수 쪽으로 치게 해! 우익수 쪽으로!!"

"이봐, 투수, 슬슬 그 마구 던질래?"

"지금부터 역전하면 우리가 엄청 멋지겠는데."

"야구는 1회 공격으로 100점도 따낼 수 있는 스포츠잖아!"

전부 치토세가 한 말이다.

솔직히 조금 부끄럽다고 생각했다.

아무리 생각해도 헛돌고 있으니까.

실제로 주위에서 보고 있는 사람들도 별종을 보는 듯이 비웃고 있고.

하지만, 정작 본인은 소년처럼 방긋방긋 웃으면서 진짜로 아직 시합을 뒤집을 수 있다고 믿는 것 같았다.

절대로 닿지 않을 것 같은 파울 볼을 온 힘을 다해 쫓아가고, 소리를 너무 질러서 쉬어버린 목소리로 동료들을 격려해주었다.

그런 자신이 딱히 멋지다고도, 꼴사납다고도 생각하지 않는 모양이었다.

그저 혼이 이끄는 대로 움직이고 있다.

그래서 알아버렸다.

분명 저 녀석에게는 전부 당연한 거다.

마지막까지 포기하지 않는 것도, 뜨거워지는 것도, 정신 없이 경기를 뛰는 것도, 평소에 노력하는 것도 노력이라고 생각하지도 않을 것이다.

좋아하는 것이 있다면, 높은 곳을 목표로 삼았다면 그런 건 당연하잖아? 그런 느낌.

치토세가 타석에 들어섰다.

여전히 눈을 반짝이면서, 즐거운 듯이 웃으면서.

한 방 날려서 반격의 봉화를 피워주마, 그런 느낌으로.

그 모습을 본 순간, 땀과 흙먼지 냄새가 치토세가 있는 쪽에서 화아악, 흘러왔다. 열기 때문에 숨이 막힐 것 같았다.

그렇구나.

내가 치토세와 같은 곳에 서지 못했기 때문에, 너무나도 자연스럽게 그런 기척을 누르고 있었기 때문에 눈치채지 못했던 거구나.

천재로 보이는 저 녀석도, 분명 토도 마이도 그저 온 힘을 다해 좋아하는 것을 쫓아다니고 있다.

뭐야, 확실히 내 연장선상에 있네.

그 순간, 슬금슬금 힘없이 흔들리던 내 하트에 새빨간 불이 붙었다.

그렇다면, 따라잡을 때까지 이 길을 나아가기만 하면 된다.

달리고, 달리고, 계속 달려서.

뛰고, 날고, 계속 날아주지.

그렇게 뜨거워지는 것은, 진흙투성이가 되어 노력하는 것은 꼴사나운 게 아니라는 걸 눈앞에 있는 마음에 들지 않았던 남자가 증명하고 있으니까.

아, 정말 단순하고, 마음이 후련해지고, 기분 좋은 세계구나.

북받치는 마음을 억누를 수가 없어서 일어섰다.

"쳐라~, 치토세~!!"

——까아앙.

마치 그 말에 대답하듯, 타구가 높게 솟구쳤다.

한여름에 뜬 달처럼 예쁘다고 생각했다.

이런, 조금 반해버릴 것 같은데.

                              *

——치토세, 치토세, 치토세치토세치토세.

아까부터 마음속으로 몇 번이나 그렇게 외쳤을까.
"지금 몇 번째 공이야?!"
나는 옆에 있던 우에무라에게 소리쳤다.

"내가 어떻게 알아, 10개까지밖에 안 세봤다고! 젠장, 맛이 간 건가? 저 녀석."

파울, 파울, 또 파울.

투 스트라이크까지 몰린 상태에서 치토세는 계속 배트를 휘두르고 있었다.

볼을 두 번 정도 보내긴 했지만, 그 이외에는 계속.

처음에는 평소와 똑같았던 폼도 지금은 흔적도 남지 않았다.

어깨로 받치는 듯이 눕혀서 겨우 공을 따라잡고 있는 듯한 느낌이다.

한 번 휘두를 때마다 다리가 풀려버릴 것 같으면서도, 배트를 지팡이 삼아 겨우 버티고 있었다.

헉헉, 어깨를 들썩이며 숨을 쉬면서도, 계속 맞서려 하고 있었다.

후지고 벤치에서는 모두가 꿈쩍도 하지 않고, 침을 삼키며 그 모습을 지켜보고 있었다.

관객들조차 이변을 눈치채기 시작한 모양인지 이곳저곳에서 어이없어하는 목소리가 들렸다.

그중에는 다음 시합에 출장할 예정인 팀 선수들도 있는 모양이었다.

"저 타자는 이제 힘들겠는데."

"좀 대타로 교대를 시켜라, 벤치는 뭐 하는데."

"저거보다 나은 선수가 없는 거겠지, 후지고니까."

"너무 필사적이라 빵터지네."

"아니, 자기가 알아서 빠져야지. 발목 잡고 있다는 걸 모르나?"

"저거 치토세잖아, 중학교 때 현 대회에서 우승한 녀석."

"진짜? 그 치토세?"

"아~, 그럼 나댈 만도 하네. 자기가 시합을 끝내주겠다고 생각하는 거 아니야?"

——이놈이고 저놈이고 멋대로 지껄여대기는.

"그만둬, 소용없는 짓이야."

나도 모르게 일어서려 하던 참에 우에무라가 내 어깨를 잡았다.

"저 모습을 보고도 느끼는 게 없는 녀석들 따위는 상대하지 마."

그래도, 그래도그래도그래도.

이제 서 있기도 힘들어진 건지, 치토세가 땅바닥에 무릎을 꿇었다.

저 녀석이, 저 녀석이 어떤 심정으로 배트를 휘두르는 줄 알고——.

그때 문득, 생각이 멈췄다.

어라? 어떤 심정이지?

유스케를 위해서?

히라노를 위해서?

다른 팀메이트나 감독을 위해서?

어쩌면, 조금은 나를 위해서?

──잠깐만, **그건 아니지**.

네 야구는 그런 게 아니야.

좀 더 순수하고, 뜨겁고, 올곧고, 즐겁고, 아, 진짜 생각하는 것도 번거로워!

벌떡, 나는 일어섰다.

젠장, 왜 이런 걸 입고 왔지? 치마가 걸리적거려.

원피스 끝자락을 걷어 올리고 타다닥, 날아가듯 관객석 계단을 뛰어 내려갔다.

중간에 유우코와 웃찌 같은 애들의 목소리가 들렸다.

"이제 됐어어, 사쿠."

되긴 뭐가 돼!

"사쿠 군, 더 이상은……."

아직이야, 일어서!

"아니, 치토세 군이 죽어버린다고."

안 죽어, 휘둘러!

마음속으로 그렇게 소리쳤다.
달려라, 달려라, 달려라!
그 녀석에게 해줘야만 하는 말이 있다. 전해주고 싶은 말이 있다.
그때 약속했단 말이야.
마지막에는 반드시 미소를 짓게 만들어주겠다고, 한심할 때는 혼내주고, 일어서지 못할 때는 용기를 주겠다고.

타석 바로 뒤에 서서, 그물을 꽉 쥐고.

"──웃어어어어어어어어어!!"

뺨을 칠 것 같은 기세로 외쳤다.

번쩍, 치토세가 고개를 들고 이쪽을 보았다.

"왜 배트에 이것저것 무게추를 달고 휘두르는 거야. 내가 사랑한 너는 좀 더 즐겁게 야구하는 너야! 좋아하잖아, 전부 걸었었잖아, 물러나지 않겠다고 각오했잖아, 계속 그곳으로 돌아가고 싶었던 거 아니었어?"

그렇다면, 그렇다면.

"——이렇게 짭짤한 상황에서 우중충한 표정 짓지 말라고!!"

그렇게 말하고, **온 힘을 다해 활짝 웃어보였다.**

헤헷, 치토세의 입가가 치켜 올라간 것 같다.
그는 곧바로 타임을 걸고 심판에게 뭔가 이야기를 한 다음, 주머니에서 꺼낸 리스트밴드를 왼쪽 손목에 찼다.
몸 전체에서 최후의 힘을 끌어모으는 듯이 크게 심호흡을 하고, 타석에 들어가 한없이 우아하고 늠름하게 배트를 겨누었다.

——아, 이제 괜찮아.
그 옆얼굴은 1년 전에 봤던 것과 같은, 내 하트가 꿰뚫렸을 때와 똑같은 미소였다.

"날려버려!!"

나는 주먹을 들어 올렸다.

따아악!!

진짜, 그렇게나 쓸데없는 무게추는 떼어내라고 했는데.

마치 누군가의 소원이 깃든 별똥별 같은 타구가 백 스크린을 향해 쭉쭉 뻗어 나갔다.

*

스파르타라니까, 우리 공주님(파트너)은.

이제 거의 감각이 사라진 왼팔을 늘어뜨리며 **나**는 1루로 뛰었다.

손맛은 느껴졌다, 하지만 궤도가 낮다.

십중팔구 스탠드까지는 닿지 못할 것이다.

빌어먹을.

이 정도라면 1루 주자는 홈까지 들어갈 수 있다.

하지만 동점으로는 안 된다.

여기서 역전시켜야 한다. 우리 팀에게 연장전에서 싸울 여력 같은 건 남아 있지 않다.

1루 베이스를 박차며 필사적으로 생각했다.

타구의 행방을 눈으로 쫓았다.

예상대로 펜스에 부딪혔다.

다행히도 튕겨 나온 공이 중견수의 예상과는 다른 방향으로 굴러가고 있었다.

이판사판으로 이대로 홈을 노릴까?

그렇게 생각하며 무의식적으로 왼팔을 흔든 순간, 찌지
직 하고 신경을 뜯어낸 듯한 통증이 정수리까지 솟구쳤다.
 비틀, 자세가 무너질 뻔했다.
 까불지 말라고, 미남은 얼빠지게 넘어지고 그러지 않
거든.
 다리에 힘을 꽉 주고, 아직이다, 그렇게 생각하며 2루
베이스를 박찬 순간.

 "멈춰어어어어어어어어어어!!"

 다음 타자 대기석에서 큰 목소리가 날아들었다.
 나는 재빨리 브레이크를 잡고 2루로 돌아갔다.
 "히라노······."
 목소리를 낸 사람은 투지로 가득 찬 표정으로 이쪽을 노
려보고 있었다.

 "환자는 얌전히 서 있으라고. 내가 걸어서 들어오게 해
줄 테니까!!"

 "흥, 진짜로?"
 뒷일은 맡긴다. 나는 그렇게 말하며 어깨에서 힘을 뺐다.

*

"환자는 얌전히 서 있으라고. 내가 걸어서 들어오게 해줄 테니까!!"

나는 목소리가 들린 쪽을 보고.

"──윽."

나도 모르게 깜짝 놀랐다.

4번 타자인 히라노가, 후지고 벤치가 활활 타오르고 있었다.

좀 전까지 보이던 포기하는 분위기는 온데간데없었다.

어느새 팀 모두가 목청이 터져라 소리를 지르며 몸을 앞으로 내밀고 응원하고 있었다.

홈으로 들어온 주자와 히라노가 짜악, 손을 마주쳤다.

"반드시 쳐라, 히라노. 죽어도 사쿠에게 이 홈 베이스를 밟게 해줘."

"당연하지. 저런 걸 보여주는데 타오르지 않는다면 남자도 아니야!"

진짜배기다.

스탠드까지 울린 그 목소리는 허세나 기세에 몸을 맡긴 큰소리가 아니라, 진짜로 새빨간 열기를 뿜어내고 있었다.

어떻게 해서든지 치토세의 진심에 답해주겠다.

그런 마음이 오라처럼 후지고를 감싸며 이글이글 솟구

치고 있는 것 같았다.

"좋았어어어어어어어어, 와라아아!!"

타석에 선 히라노가 소리 질렀다.
분위기가, 바뀌었다.
상대 투수가 동요하고 있다.

──있지, 치토세, 거기서 제대로 보고 있어?
──네가 있는 곳까지 닿고 있어?

초구를 있는 힘껏 쳐낸 히라노의 타구가 좌익수 앞으로 날아갔다.
"사쿠, 뛰어!!"
……진짜, 걸어서 들어오게 해주는 거 아니었어?
저 녀석이라면 그렇게 말할 것 같은데. 그래도 나이스 배팅!
주자 1, 3루.
이제 안타 하나, 뭣하면 상대의 실책이라도 좋다.
그걸로 후지고의 굿바이 승리.
하지만 다음 5번 타자는 이 시합에서 괜찮은 안타를 한 번도 치지 못했다.
나는 기도하듯 손을 마주 모으고 눈을 꽉 감았다.

모처럼 괜찮은 흐름이 생겨났는데, 이제 얼마 안 남았는데, 누가, 누가, 누가 좀——.

『선수 교대를 알려드립니다.』

어……?

『——과 교대하여, **타자, 에자키 군.**』

에자키라니, 유스케?
타석에 선 그 모습을 본 순간, 눈가가 화악 뜨거워졌다.
뭐야, 너, 나올 수 있으면 더 일찍 나오라고, 멍청아.
그러면 치토세가 저렇게 너덜너덜해지지도 않았을 텐데.
……아니, 그게 아니겠지.
그때의 나처럼, 저 녀석의 열기가 스며든 거야.
아직 완전히 회복되지 않은 다리가, 겁이 나서 떨고 있는 혼이, 도망쳐버릴 것 같은 약한 자신이, 미쳐버릴 정도로 눈부신 불꽃 덕분에 깨어난 거다.

——진심을 담은 정열은, 플레이는, 살아가는 모습은, 진짜로 동료들에게 닿지 않은 걸까. 누구의 마음도 움직이지 못한 걸까. 그냥 헛수고나 억지로 끌고 다녔던 것뿐일까.

있지, 치토세, 네가 도달한 결말이라는 거, 제대로 보고 있어?

진심을 담은 정열이, 플레이가, 살아가는 모습이, 동료들의 하트에 불을 붙인 거야.

이어지고, 공명하고, 폭발해버리려 하고 있어.

너는 모두를 비추는 새빨간 태양이야.

타석에 선 유스케가 우렁차게 소리쳤다.

"길은!"

벤치가, 출루해 있던 히라노가, 그리고 치토세가 함께 소리쳤다.

""""만든다!""""

"벽은!"

""""박살 낸다!""""

"가자아아아아아아아아!!"

"""""후지고오오오오오오오오오오오!!"""""

마치 경기장에 열풍이 휘몰아치고 있는 것 같았다.

참으려고 했는데, 마지막까지 지켜본 뒤로 미루려고 했는데, 저 녀석이 아직 싸우고 있는데, 뚝뚝, 뚝뚝, 눈물이 넘쳐나서 멈추질 않아.

사실은 이렇게 되고 싶었던 거지, 치토세.

1년 전 그때, **네게만은** 이 광경이 보였던 거지.

동료들과 함께, 같은 마음으로, 같은 열량으로, 정점까지 뛰어 올라가자고, 진심으로 그렇게 생각했던 거지.

이 팀이라면 할 수 있다고 믿은 거지.

지금은 내게도 보여.

아마, 이 경기장에 있는 모두가 같은 경치를 보고 있을 거야.

봐, 좀 전까지 비웃고 있던 녀석들도 말문이 막혀서 꼴 좋다고.

상상할 수밖에 없잖아, 이대로 내달려서 코시엔에 서 있는 너희들을.

만화 같은 성공담을 쓸어모으고 있는 너희들을.

치토세는 이제 거의 이끌려고 하지도 않고 부드러운 미소를 짓고 있었다.

뒷일은 네게 맡긴다, 라고 말하는 것 같다.

그런 거 하지 마, 자기 역할은 끝났다는 표정 짓지 마, 역시 끌어안고 싶어지잖아.

계속, 계속계속, 그렇게 동료들을 계속 믿고 있었구나.

그 고통을, 절망을, 눈치채주지 못해서 미안해.

천재라느니 비겁한 말을 해서 미안해.

마구 화를 내주는 게 늦어서 미안해.

나도 받았어, 답.

이 바통을 반드시 이어나갈 테니까.

어설프게 끊긴 네 꿈, 내가 미래까지 가져가서 가장 높은 곳에 장식해줄게.

그러니까, 그러니까, 그러니까──.

까아아앙!!

유스케의 타구는 마치 치토세의 것처럼 날아간다.

그러니까, 가슴을 펴. 뽐내면서 홈으로 돌아와.

이 홈런은 네 홈런이야.

그리고 있잖아.

아~, 이제 둘러댈 수가 없네.

미안해, 유우코, 미안해, 웃찌, 미안해, 니시노 선배, 하지만 나나에게만은 질 수 없어.

──있지, 좋아해, 치토세, 난 너를 사랑해.

*

"하하, 진짜로 쳐버렸네."

나는 유스케의 타구를 지켜본 다음, 조깅을 하는 듯한 속도로 홈을 향해 가고 있었다.

예전, 아니, **동료들**이 목이 빠지게 기다리고 있다.

초조해하지 말라고, 이제 그렇게 빠르게 달릴 수가 없으니까.

5, 4, 3, 2, 1──.

굿바이 승리 점수를 따내는 홈 베이스를 밟은 순간, 땀내 나는 남자 녀석들이 달려들었다.

"사쿠~!!"

"너, 이 녀석, 진짜로."

"너무 짭짤하잖아, 스타냐?"

아프다고 멍청아, 남자에게 안겨봤자 기쁘지도 않거든?

그러던 와중에 히라노가 전속력으로 달려왔다.

"해냈어, 해냈다고! 사쿠!!"

"해내긴 뭘, 걸어서 들어오게 해주겠다고 큰소리치던 게

누구였지?"

"시끄러워, 중요한 장면은 저 녀석에게 양보해 준 거라고."

뒤에서 폴짝폴짝, 다친 다리를 조심하면서 유스케가 돌아왔다.

나는 조용히 오른손을 들었다.

"진짜, 1년이나 기다리게 하다니."

——짜악.

있는 힘껏 하이파이브를 하고 말을 이었다.

"악화된 건 아니겠지? 이제 안 도와준다."

"서 있는 것도 벅찬 녀석이 걱정할 필요는 없거든?"

"헤헷."

"이봐, 사쿠, 이대로……."

나는 고개를 저으며 그 말을 가로막았다.

"멋진 시합이었지."

유스케는 살짝 웃었다.

"그래."

"——이제야 겨우, 작년 여름이 끝났어."

한 손으로 헬멧을 벗고, 하늘을 올려다보았다.

하늘은 한없이 맑고 푸르렀다.

왼쪽 손목에 찬 리스트밴드를 살짝 만지고, 최후의 힘을 준 태양 같은 미소를 향해 천천히 들어 올렸다.

천천히 생각해 나가면 되겠지.

지금까지 있었던 일, 그리고 앞으로의 일.

그러니까 지금은 그저 다음 여름을 시작하기 위해서 조금만 쉬자.

홈 앞에서 정렬한 다음, 진심으로 감사하는 마음을 담아 소리쳤다.

유스케에게, 히라노에게, 다른 팀원들에게, 감독에게, 초등학교 때 팀원들에게, 중학교 때 팀원들에게, 유우코에게, 유아에게, 나나세에게, 아스 누나에게, 카즈키에게, 카이토에게, 켄타에게, 나즈나에게, 아토무에게, 하루에게.

──그리고 야구에게.

"감사합니다!!"

＊

──다음 날, 일요일, 후지고 제1체육관.

오늘은 아시고와 연습 시합을 하는 날이다.

1주일 만에 마주친 여자 농구부 동료들은 다들 왠지 껄끄러워하는 표정을 짓고 있었다.

나는 결국 이야기를 나눌 기회를 마련하려 하지 않았다.

분명 말만으로는 전해지지 않을 것이다.

겉으로만 화해해봤자 의미가 없다.

그럼 어떻게 해야 했을까.

그 답은 이미 치토세가 보여주었으니까.

미사키는 내 얼굴을 빤히 바라본 다음에.

"전부 네게 맡긴다."

짤막하게 말했다.

나나가 다가와서 어깨를 툭, 두드렸다.

"다들 몸은 움직일 거야. 이제 기분 문제지."

"고마워."

이야기를 들어보니 최근 1주일 동안, 부주장으로서 모두를 모아서 자율 연습을 한 모양이었다.

이 애가 같은 팀에 있어 줘서 다행이다. 진심으로 그렇게 생각했다.

하지만.

"있지, 나나."

나는 말했다.

"언젠가 말이야, 남자의 힘을 빌려야만 제 실력을 낼 수 있는 여자에게는 지지 않는다고 말했던 거 기억해?"

"그런 일이 있긴 했지."

"그거 취소할게. 나도 빌려버렸어."

나나는 잠깐 멍한 표정을 지은 다음, 도발적인 미소를 지었다.

"호오?"

"그러니까 마이뿐만이 아니야. **나는 나나에게도 지고 싶지 않아.**"

"코트 네임으로 선언한 걸 보니, 진검승부로 받아들여도 되는 거겠지?"

고개를 끄덕이는 대신, 씨익 웃었다.

나나는 조용히 주먹을 내밀었다.

나는 거기에 내 주먹을 툭, 부딪혔다.

"그럼 우미, 우선 눈앞에 있는 문제부터 해결할까?"

"그래. 나나하고는 그다음에, 정정당당하게 붙을래."

"미리 말해두지만, 어제 그걸 보고 불이 붙은 게 너뿐만은 아니니까."

"한심한 꼴인 주제에, 죄가 많은 남자구나."

2층 난간을 올려다보았다.

치토세는 왼팔을 삼각건으로 묶은 채 느긋하게 사이다를 마시고 있었다.

시합이 끝난 다음에 병원에 가서 상황을 설명하니 엄청 혼난 모양이다.

어차피 미인 간호사를 보고 헤롱댔을 테니 고소하다.

아, 그런데 저 녀석, 나도 아니고, 나나도 아니고, 마이를 보고 있네, 용서 못 해.

한순간도 눈을 떼지 못할 정도로 빠져들게 해줄 테니까 각오하라고.

몸풀기를 마친 동료들이 둥글게 모여 서기 위해 다가왔다.

나는 센과 요우 사이로 들어가 어깨동무를 했다.

"우미, 저기……."

"저번에는……."

두 사람이 동시에 입을 열었지만, 그녀들의 등을 짜악, 때리면서 가로막았다.

"나는 사과 안 해. 그러니까 너희도 사과하지 마."

""——윽.""

"그래도 말이지, 다들 만약에 그렇게 해도 괜찮겠다는 생각이 들면, 힘을 빌려줄래? 아시바 고등학교(저 녀석들)를 제쳐버리기 위해서."

대답하기까지 기다리지 않았다. 간다, 그렇게 바로 말했다.

타앙, 바닥을 박차며 소리쳤다.

"사랑하니?"

""""사랑해!""""

나나가, 센이, 요우가, 모두가, 타아앙, 일제히 바닥을 박찼다.

"그 사랑은 진짜야?"

""""뼛속까지 사랑해!""""

"그렇다면 하트에 불을 붙여라!!"

""""기다리기만 하는 여자가 아니야!!""""

"원하는 남자는."

""""끌어안아라!""""

"돌아보지 않는다면."

""""격추시켜라!""""

"위 아."

""""파이팅 걸즈!!""""

타다다다닥, 마치 큰북처럼 체육관 바닥을 박차며 소리

를 울렸다.

두 팀이 센터 서클을 사이에 두고 나란히 섰다.

나와 마이가 각자 가운데로 다가가 대표로 악수를 나누었다.

"하루, 멋진 표정인데?"

"그래?"

"저번에 져서 풀 죽었을 줄 알았는데, 무슨 일 있었어?"

"뭐, 있었다고 하면 있었지."

나는 치토세가 있는 쪽을 힐끔 보았다.

마이가 여고생답게 장난기 어린 표정을 지었다.

"아, 남자?"

"연애에 한눈을 파는 건 너를 제쳐버리고 나서, 그렇게 약속했거든."

"좋은 말을 들었네. 흠씬 두들겨 패주고 나서 내가 채가야지."

"사랑에 빠진 소녀를 얕보지 말라고."

타악, 가볍게 손을 마주친 다음 나는 그 자리를 떠났다.

그 대신 요우가 센터 서클로 들어가서 마이와 마주 보고 섰다.

슈욱슈욱, 점프볼이 올라갔다.

자, 나도 결말을 보러 갈 거야──, 달링.

＊

——젠장, 기합만으로 간단히 실력 차이를 메꿀 수 있다면 고생하진 않았겠지.

제3쿼터를 마치고 수분을 보급하며 **나**는 점수판을 노려보았다.

아시고가 52, 이쪽은 40.

필사적으로 달라붙고 있긴 하지만, 점점 차이가 벌어지고 있다.

문제는 역시 수비.

알고 있긴 했다. 특히 센과 요우가 제대로 집중하지 못하고 있다.

힐끔, 눈치채지 못하게끔 두 사람이 있는 쪽을 보았다.

무슨 이야기를 하고 있는 건지는 모르겠지만, 입가에는 살짝 미소가 드리워져 있었다.

그런 일이 있었기에 쓸데없이 의식해버리고 있는 건지 센은 평소보다 플레이가 더 소극적이고, 요우는 움직임이 매우 조잡하다.

하지만.

이렇게 될 때까지 상황을 개선하지 못한 것은 나다.

뒷모습으로 보여준다는 건 그렇게 간단하지 않구나.

좀처럼 저 녀석같이 해낼 수가 없어.

치토세는 딱히 응원하지도 않고 조용히 시합을 지켜보

고 있었다.

진짜, 사랑한다고 한마디 정도는 해주지.

이름이 들어간 핫피하고 깃발은 어쨌어!

……뭐, 거짓말이야.

필요한 건 어제 전부 받았으니까, 마지막까지 거기에서 확실하게 봐줘.

2분간의 휴식이 끝나고, 다시 코트로 돌아왔다.

뭐, 당장은 저 애들 몫까지 뛸 수밖에 없지.

공교롭게도 최근 1주일 동안, 푹푹 찌는 날씨에도 불구하고 바보 두 명하고 죽을 만큼 달렸거든.

어지간한 정도로는 뻗지도 않을 거니까.

센에게 공을 받고 다리에 힘을 꾸욱 주었다.

——자, 전부 타버릴 때까지 가보자.

센터 라인 근처에서 가속을 시작해 단숨에 적진으로 돌진했다.

한 명, 두 명, 페인트와 턴을 구사하며 제쳐나갔다.

"왔구나, 마이!"

이 녀석이 골치 아프다.

"미안하네, 또 막다른 길이야."

"좋아, 해보자고오!"

억지로 돌파하려 했지만, 딱 달라붙어서 떨쳐낼 수가 없었다.

그러던 와중에 제쳤던 상대에게까지 둘러싸여 버렸다.

아까부터 계속 이런 패턴이다.

마이를 돌파하지 않는 한, 다른 선수들을 제쳐봤자 의미가 없다.

"젠장, 센!"

일단 공을 돌리려 했지만, 자기가 있는 곳으로 올 줄 몰랐던 모양이다.

센이 다른 쪽을 보고 있어서 패스를 할 수가 없다.

잠시 당황한 틈을 타서 마이가 공을 채갔다.

"젠장, 내놔, 이 자식아."

미사일처럼 멀어져가는 뒷모습을 온 힘을 다해 쫓아갔다.

"빨라, 빨라. 하지만 너뿐이야, 따라오고 있는 거."

나나는 공을 빼앗길 때 위치가 안 좋았으니 그럴 수 있다.

하지만 다른 애들은……, 됐어, 내가 두 배 뛰지 뭐.

"힘들겠구나, 다른 사람들하고 수준이 안 맞는다는 건."

"여유 부리다간 혀 깨문다."

"그런 말은."

훌쩍, 마이가 뛰었다.

나도 뒤따라 뛰었지만.

"레이업을 하나라도 막고 나서 하라고."

전혀 닿지 않았다.

이제 54 대 40.

아직 안 되겠다. 좀 더 빠르게, 뛰기 전에 어떻게든 하지 않으면 나는 상대가 안 된다.

겨우 돌아온 센이 나를 향해 공을 보냈다.

바보야, 약해.

스으윽, 뒤에서 마이의 손이 뻗어왔다.

"큭!"

필사적으로 사수하려 했지만 팔이 짧았기에 밀렸고, 곧바로 마이의 점프 슛이 들어갔다.

56 대 40.

에휴, 마이가 들으란 듯이 한숨을 쉬었다.

그녀는 곧바로 큰 목소리로 말했다.

"아~! 이 정도면 하루하고 1 on 1을 하는 게 더 연습이 됐을 것 같은데."

"마이!"

토미나가 선생님이 곧바로 그 말을 가로막았다.

"네, 네~."

따분하다는 듯이 기지개를 켜는 마이.

아마 이 애도 나름대로 발끈하게 만들 생각이었겠지만, 지금은 역효과다.

센은 점점 자신을 잃은 듯이 고개를 숙여버렸다.

"그럼 멋대로 해버려야지."

다시 센에게서 공을 받았을 때, 마이가 그렇게 중얼거렸다.

그 의도를 이해한 내가 말했다.

"준비."

마이가 웃으며 이었다.

"땅!"

타닥, 둘이서 동시에 바닥을 박찼다.

빠르다, 하지만 달리기로는 질 수 없지.

마이가 옆으로 달라붙는다면 오히려 잘된 거다.

눈 깜짝할 새에 센터 라인을 넘어섰다.

이대로 골대 아래까지 파고들어——.

"너무."

스윽, 내 옆을 아름다운 검은색 머리카락이 가로질렀다.

이미 손에 공은 없었다.

마이가 그걸 눈치채고 깜짝 놀라며 돌아보았다.

"얕보지 말라고."

——슈우우욱, 푸숙.

56 대 43.

스쳐 지나가며 내게서 공을 받아든 나나가 눈이 번쩍 뜨이는 것 같은 3점 슛을 넣었다.

"그렇구나, 너도 있었던가? 이름이 뭐야?"

마이가 씨익 웃었다.

"유즈키. 하지만 기억하지 않아도 상관없어. 너는 거기 있는 꼬맹이가 박살 낼 테니까."

"고립된 채로 흠씬 두들겨 맞고 있는데?"

"지금부터는 내가 혼자 있게 내버려 두지 않을 거야. 그리고……."

나나가 도발하듯이 입가를 치켜 올리며 말했다.

"불이 붙을 때까지, 얼마 안 남았어."

"호오, 나쁜 꿍꿍이를 품고 있는 표정이네?"

같은 팀에게 공을 받아든 마이가 달려갔다.

이번에는 둘이서 쫓아갔다.

자주 쓰는 손인 오른손 쪽에 나나가 붙어서 공을 빼앗으려 들었다.

마이의 속도가 떨어졌다.

순식간에 의도를 이해한 나는 더욱 빠르게 가속해서 나아가던 방향으로 먼저 파고든 뒤 멈춰 섰다. 일부러 몸의 힘을 빼면서.

──우당탕.

온 힘을 다해 달려온 마이와 부딪혀서 내 조그마한 몸이 날아갔다.

"커헉."

드러나 있는 팔과 다리가 바닥과 마찰을 일으켜서 타는 듯이 아팠다.

하지만, 오펜스 파울.

"그런 수가 있었나."

"꼬맹이는 간단히 날아가거든, 부드럽게 에스코트해줘."

이건 수비할 때 어찌 해볼 수도 없이 무력한 내게 남은 최후의 수단 같은 거였다.

타고난 속도와 야생의 감을 살려 먼저 코스를 막아선다.

그곳으로 돌진해 오면 상대 쪽 파울이다.

뭐, 디펜스 파울과 종이 한 장 차이니까 매번 성공시킬 수는 없지만.

방금은 나나가 마이의 관심을 돌려줘서 성공했다.

사실 센이 그런 플레이를 해준다면——, 그렇게 생각하고 나서 정신이 번쩍 들었다.

지금부터는 내가 혼자 있게 내버려 두지 않을 거야.

듣고 보니 오늘 나나에게서는 왠지 위화감이 들었다.

원하는 때에 패스가 오지 않거나, 반대로 도움이 필요할 때 없거나.

팀이 삐걱대기 때문이라고 생각했는데……, 그렇구나, 시합이 시작된 뒤부터 지금까지 플레이를 통해서 모두에게 전해주려 하고 있었던 모양이다.

일부러 조각이 빠진 퍼즐을 보여줌으로써, 만약에 센이 나를 도와주려 나섰다면 어땠을까, 요우가 패스를 해줬다면 어땠을까, 하고 저 애들이 깨달을 수 있게끔.

그리고 그것만으로는 부족했을 테니, 이번에는 스스로 시범을 보여주려 하고 있다.

두 사람이 이런 플레이를 해주면 도움이 될 거야라면서.

저 녀석, 기특한 짓을 하네.

나나와 패스를 이어나가며 다시 공격해 들어갔다.

물론 마이가 준비를 갖춘 채 기다리고 있었다.

나는 공을 지켜내며 시간을 벌었고.

"거기!"

단숨에 왼쪽으로 제치려 나섰다.

당연히 마이가 반응했지만, 기척을 감추고 뒤에서 다가와 있던 나나에게 막혔다.

"아차."

한 템포 늦게 쫓아와봤자 늦어.

"나나!"

곧바로 3점 슛 라인 바깥으로 나가서 마크당하지 않고 있던 파트너에게 패스했다.

"윽, 픽 앤 롤."

나나 근처에는 다른 수비수들이 막아서고 있었다.

거리가 조금 멀다. 평소에는 노리지 않을 상황.

하지만.

——화악.

공이 완만한 포물선을 그렸다.
가야지, 오늘은.
마이가 분하다는 듯이 웃었다.
"호오? 확실하게 넣을 수 있을 때만 쏘는 줄 알았는데."
나나가 쿨하게 대답했다.
"질 수 없거든, 나도."
56 대 46.
좋아, 사정권 안으로 들어왔다.
어느새 나와 나나가 어깨를 들썩이며 숨을 쉬고 있다는
건 눈치채지 못한 척하면서, 주먹을 꽉 쥐었다.

*

——남은 시간은 5분 정도.
점수는 60 대 50.
10점 차이가 좀처럼 줄어들지 않는다.
"으아아앗."
치지지직, 마찰 때문에 피부가 쓸렸다.
상대에게 부딪혀서 날아가는 게 이걸로 몇 번째일까.

거의 둘이서 점수를 따내던 나와 나나에게도 한계가 온 상태였다.

치토세, 나도 모르게 그를 생각하며 2층을 올려다보았다.

표정이 굳어 있던 주제에, 눈이 마주치자 그 녀석은 씨익 웃었다.

네, 네, 알겠다고요, 그랬죠.

이런 상황일수록 즐기라는 건가? 스파르타 같은 왕자님(히어로)이네.

어제 시합이 끝난 다음, 그 녀석은 대회 관계자에게서 받았다는 홈런볼을 내게 주었다.

리스트밴드 대신 주는 거라는 모양이었다.

저 바보, 그럼 시합 중에 용기를 받을 수가 없잖아.

덕분에 어제는 머리맡에 두고 잤다고.

흥분해서 좀처럼 잠이 안 오길래 몇 번 쓰다듬기도 했지, 어때, 항복이야?

어쩔 수 없으니 지금은 그 어설픈 미소로 넘어가 줄게.

짜악, 얼굴을 때리며 다시 기합을 넣었다.

공을 든 마이가 어이없다는 듯이 말했다.

"아직 포기하지 않는구나?"

"공교롭게도."

끼익, 바닥을 박차며 소리쳤다.

"——열등감하고는 오랫동안 친하게 지내와서 말이지!!"

젠장, 다리가 꼬인다, 호흡이 흐트러진다, 그래도 달려라.

온몸의 근육이 울부짖는다, 뼈가 삐걱댄다, 그래도 뛰어라.

예전부터 그랬잖아, 내가 요령 있게 할 수 있는 것 따위는 하나도 없었어.

농구로 간단히 이길 수 있는 상대 따위는 한 명도 없었어.

언제나 적은 나보다 크다.

계속, 계속, 가장 낮은 곳에서 하늘을 바라보고 있었다.

그럼에도 불구하고 지금까지 이를 악물고 해왔잖아.

세상에는 160센티미터인 NBA 선수도 있었다고.

정말로 내가 노력해도 보답받지 못하는 쪽이었나.

그 결과를 지켜볼 때까지는 절대로 멈추지 않는다.

센터 라인 근처에서 한순간, 동료들의 위치를 확인하다가 빈틈이 생긴 마이의 공을 타악, 쳐냈다.

그 방향에는——, 센, 안 되겠다, 뛰지 않고 있어.

그렇다면 내가 가주지.

"으랴아아아아아아아아아아아아아아아아."

라인을 넘어갈 것 같은 공 쪽으로 뛰어들어서.

"나나아!!"

코트 안으로 되돌렸다.

착지하려했지만, 힘이 들어가지 않아서 그대로 접이식 의자에 들이박았다.

시끄러운 소리가 울려 퍼졌고, 온몸을 통증이 꿰뚫었다.

공은?

역시 나나. 이쪽에는 눈길도 안 주고 냉정하게 3점 숏을 넣고 있네.

그런 구석이 역시 내 파트너야.

"으윽."

일어나려 하자 온몸에 전류가 흘러 다시 몸을 웅크렸다.

어제 저 녀석도 이런 느낌이었을까, 느긋하게 그런 생각을 했다.

""우미!""

근처에 있던 센과 요우가 달려왔다.

걱정하는 두 사람에게 웃어 보였다.

"헤헤, 1분만 누워있어도 돼?"

내가 그렇게 말하자 센이 울음을 터뜨릴 듯한 목소리로 말했다.

"어째서, 어째서 우미는 그렇게까지 노력할 수 있는 거야? 아무리 생각해도 승산이 없는 상대에게 몇 번이고, 몇 번이고 맞설 수 있는 거야……?"

참지 못했는지, 센의 눈가에 눈물이 흘러내렸다.

나는 손을 뻗어서 그 눈물을 살짝 닦아주었다.

"역시 좋아하니까. 농구도, 너희랑 경기를 뛰는 것도."

"──윽."

"그리고 승산이라면 있어. 내가 미숙하긴 하지. 선수로
서는 확실한 약점을 떠안고 있고, 주장으로서도 근성론 같
은 말밖에 못해. 하지만 이 팀에는 나나가 있고, 센이 있
고, 요우가 있고, 다른 애들이 있어."

말문이 막힌 센을 보고 옆에 앉아있던 요우가 입을 열
었다.

"하지만, 나 같은 게 아무리 노력해봤자…….'

투욱, 나는 살짝 그녀의 볼을 두드렸다.

"다음에 그런 말을 또 하면 날려버릴 거야. 너는 가지고
있잖아, 커다란 재능을."

그러니까, 마음을 한껏 담아서.

"내게 부족한 20센티미터를, 모두가 채워주면 안 될까?"

씨익 웃었다.

"──아, 아아아아아아아아아아아아아아아아아아아
아아아아아아아아아아아아앗!!"

그렇게 얌전하던 센이 입술을 부들부들 떨고는 들어본

적도 없는 듯한 목소리로 소리쳤다.

　따악, 주먹을 쥐고 자신의 허벅지를 때렸다.

　"나는 뭐 하고 있는 거야! 어렸을 때부터 인터하이가 꿈이긴 무슨! 그날 했던 맹세를 잊지 않기는 무슨! 나름대로 최대한 하고 있다고? 우미는 재능이 있으니까 노력할 수 있다고? 전부 내가 필사적으로 하지 않았던 것에 대한 변명이잖아아아아아아아아아!!"

　요우도 입을 열었다.

　"나도……, 마찬가지야. 우미가, 다른 선수들이 아무리 애타게 원해도 얻을 수 없는 20센티미터를 가지고 있는데도, 하필이면, 그런 말을…… ○○○○○○○○○○○○○○ ○○○○○○○○○○○○○○○읔!"

　아, 이제 괜찮겠다.
　치토세, 확실하게 보고 있어?
　네게 배운, 아니, 둘이서 도달한 답이야.
　그러니까, 아무런 걱정도 하지 않았어.
　그저 다가올 순간을 기다리고 있었을 뿐.
　욱신거리는 몸이 왠지 기분 좋다는 걸 느끼면서 내가 말했다.

"하트에 불이 붙었어?"

""네!""

"그럼 사랑스러운 남자(공)를 끌어안으러 가볼까. 좀처럼 돌아봐 주지 않는 남자(골대)를 격추하러 가볼까."

주먹을 힘차게 들어 올리며 미소지었다.

"——우리는 싸우는 여자야."

어느새 모여든 다른 멤버들도 동시에 소리쳤다.

""오오오오오오오오오오오오오오오오오오오오오!""

마치 어제의 광경을 되풀이하듯, 열기가 솟구쳤다.
역시 누워있는 건 취소. 지금 코트에 서지 않으면 꿈자리가 사나워질 거야.
스윽, 나나가 손을 내밀었다.
"오래 기다렸지, 에이스, 확 제쳐버려."
나는 그 손을 잡고 일어서면서.
"등은 맡길게."

헤헤, 웃었다.

우리 팀이 코트로 돌아오는 모습을 보고 아시고가 공을 돌렸다.

나는 마이에게 달라붙으면서 말했다.

"미안하네, 게임을 중단시켜서."

"그 플레이를 보고도 주절주절 따질 정도로 비겁하진 않아."

"그럼 보답으로 날려버려 줄게."

"그거 최고네."

같은 팀에게서 패스를 받은 마이가 재빠르게 가속했다.

뒤처질 것 같으면서도 따라잡고 있자니 센이 도와주러 나섰다.

"죽어도 못 보내!"

"칫, 갑자기."

마이가 꺼리면서 일단 공을 돌렸다.

그거야, 센.

몸을 끼워넣는 요령이 정말 뛰어나다. 공을 화려하게 빼앗는 타입은 아니지만, 딱 달라붙으면 슛을 쏠 기회를 잡을 수가 없다. 금방 포기하는 버릇만 고치면 아무리 마이라고 해도 기분 좋게 뛸 수 없지.

3점 슛을 노리던 상대 팀의 슛이 링에 튕겨 나갔다.

"으랴아아아아아아!!"

타악, 요우가 리바운드를 빼앗았다.

거봐, 너는 원래 키로는 마이에게 뒤처지지 않고, 몸싸움이라면 우리가 더 유리해. 쳇, 마이한테 공중전에서 이기다니, 부럽다.

그런 생각을 하면서도 나는 전속력으로 뛰어갔다.

요우에게서 패스로 보기 힘들 정도의 기세로 공이 날아왔다.

나는 공중에서 그걸 잡아낸 다음, 착지하는 기세를 살려 돌아서며 곧바로 한 명을 제쳤다.

리바운드를 하기 위해 뛰어올랐던 마이는 아직 돌아오지 못했다. 하지만 골대 아래에 세 명.

말없이 돌진해서 수비수의 주의를 끌고, 사이드에서 뛰어가던 나나에게 노룩 패스를 보냈다. 곧바로 3점 슛을 노렸지만……, 얕다.

공이 링에 튕겨 나갔다.

"요우!"

"내게 맡겨!"

다시 리바운드를 가로챈 다음 다시 공격하자며 공을 돌렸지만, 아쉽게도 중간에 상대 팀 수비수가 튕겨내서 바깥으로 나가버렸다.

그래도 최고야, 요우.

그 무기(리바운드)가 있다면 나나도 확률이 낮은 상황에서 망설임 없이 슛을 쏠 수 있어.

"이런, 오싹오싹하네."

그렇게 말하자 내 앞에서 몸을 숙인 마이가 웃었다.

"이제야 제 실력을 낼 수 있겠다는 표정인데?"

"알아보겠어?"

딱히 지금까지 대충한 건 아니다.

그저, 센과 요우가 제대로 뛰지 못하는 상태로는 도저히 공격에만 집중할 수가 없었던 거다.

봐, 지금도 센이 다른 수비수들의 움직임을 견제해주고 있지.

'절대로 우미를 방해하게 두진 않겠다'라고 온 힘을 다해 외치고 있는 것 같다.

요우도, 그리고 나나까지 어울리지 않게 필사적인 모습을 보이고 있고⋯⋯.

그 모습을 본 순간, 화아악, 몸의 심지에 불이 붙었다.

——끼익끼익, 끼익끼익끼익.

이건 너희의 하트 소리야.

기쁘다, 제대로 전해졌어. 울려 퍼졌어.

문득 치토세를 생각했다.

분명 어제는 이런 심정이었겠지.

네게 받은 열기, 내가 확실하게 정점까지 가지고 갈 테니까.

마이가 도전적인 눈빛으로 말했다.

"그래도, 1대1 상황으로 몰아가면 이길 수는 있나?"

"나는 지금도 한창 성장기라고 믿고 있거든."

끼익, 발을 내디디며 공을 받아들었다.

그 순간.

"——제쳐버려! 우미!!"

치토세의 목소리가 체육관에 울려 퍼졌다.

저기, 너, 계속 조용히 있었으면서, 대체 뭐야?

어째서 최고로 가버릴 듯한 타이밍에 그렇게 등을 떠미는 건데?

처음으로 우미라고 불러줬고, 가슴도 두근거려버리고.

그리고, **그 말** 기억하고 그렇게 말하는 거겠지? 달링?

만약 한눈팔게 되면 책임져야 한다고.

드리블을 하면서 휴우, 살짝 숨을 내쉬었다.

머릿속에는 최근 1주일 동안 가슴에 새겨두었던 배팅 폼이 있었다.

전혀 분야가 다르지만, 한 가지 참고가 된 게 있다.

저 녀석, 타석에 서 있을 때는 계속 몸을 흔들거렸던가.

일본 무용처럼 우아한 움직임을 상상하며 공을 다루었다.

1 on 1을 할 때, 마이도 그랬다.

아마 항상 근육을 긴장시킬 필요는 없는 거다.

참다못한 마이가 한 발짝 내디디며 공을 빼앗으러 나섰다.

아, 그렇구나.

몸에 힘을 빼니 눈이 잘 보이네.

슬쩍, 부드러운 턴으로 피했다.

"윽, 그건 그때."

마이가 말했다.

"아니거든~? 내 남자에게 받은 거야, 부럽지?"

그리고.

──스윽, 타악.

정에서 동으로가 아니라, 부드러운 동에서 곧바로 날카로운 동으로 이어나갔다.

한 발짝, 두 발짝, 마이는 아직 일정한 거리를 유지하며 따라오고 있다.

역시 대단하네, 허를 찔렀는데. 믿기지 않는 녀석이다.

그 키로 그만큼 빠르게 움직일 수 있게 될 때까지 죽을 만큼 피를 토했겠지.

하지만, 그건 나도 마찬가지야.

꼬맹이가 스피드로 질 수는 없다고.

한 번, 두 번, 세 번, 한 번 더!

오른쪽으로, 왼쪽으로, 여러 번 휘둘렀다.

마이의 상체가 비틀거렸다.

미안해, 그 키로는 방향을 틀 때마다 부담이 장난 아니겠지.

다음 한 발짝으로 마이를 떼어놓았다.

하지만 시간 차이는 거의 소수점 단위에 불과하다.

느긋하게 슛 자세를 잡다가는 금방 쳐내버릴 것이다.

아직 링이 조금 멀긴 하지만, 있는 힘껏 박찼다.

──아, 그래도.

신기하게도 그 순간 소리가 사라졌다. 주위에 있는 모두가 슬로우 모션으로 보였다.

마치 투명한 수영장을 헤엄치고 있는 것 같다.

마이가 뛰었다. 이쪽으로 손을 뻗고 있다.

슛 코스를 막을 때까지는 시간이 좀 걸릴 것 같다.

다른 수비수는?

모두가 가로막고 있다. 아무도 제때 올 수는 없다.

아직 내 점프도 최고 도달점은 아니지만, 들어갈 것 같으니까 쏴 버릴까?

──화악.

제대로 위쪽으로 뛰지도 못했고, 몸도 쏠리고 있다.

──푸슉.

하지만, 왠지 이렇게 될 거라는 걸 알고 있었거든.

땅울림 같은 동료들의 환호성이 들렸다.

"우와, 방금 그거 뭐야? 남자 같은 건 포기하고 죽을 때
까지 나랑 같이 가자."
마이가 말했다.

"저 녀석보다 더 절정시켜(가게 해)주면 말이지."
나는 엄지손가락으로 2층 난간을 가리키며 그렇게 대답
했다.

"누워서 떡 먹기지."
"달까지 날아갈 각오는 됐어?"
"사랑해, 하루."
"고마워, 마이. 그런데 내 사랑은 매진됐어."

아, 최고로 좋은 기분이다.

나나가 있다, 센이 있다, 요우가 있다, 소중한 동료들이 있다.

눈앞에는 넘어서야 할 상대가 있고, 사랑스러운 남자가 지켜보고 있다.

행복하구나, 나.

어떻게 되어버릴 것 같아.

좀 더 빠르게 달리고 싶다, 좀 더 높게 뛰고 싶다.

어디까지 갈 수 있을까, 뭘 잡아낼 수 있을까.

언젠가 먼 미래에 선 나는 오늘의 나처럼 웃을 수 있을까.

그 답은 아마 아직 여름 하늘 건너편에 있을 것이다.

그러니까 지금은 그저.

——저벅, 우리는 다시 한 발짝 내디뎠다.

뜨겁게, 살아가고자 한다.

*

"으아아아아아악, 또 졌어어어어어어어."

나, 즉 치토세 사쿠는 돌아가는 길, 저녁놀 강가에서 옆을 걸어가는 하루의 목소리를 듣고 무심코 쓴웃음을 지었다.

한데 뭉친 후지고는 그 이후로 성난 파도와도 같은 공격을 가해 동점까지 따라잡았지만, 30초 남았을 때 토도 마이가 3점 슛을 넣어 결국 그대로 3점 차이로 져버렸다.

"뭐, 그래도 아쉬웠어. 처음부터 그런 상태였다면 승부는 알 수 없었겠지."

결코 빈말이 아니다.

마지막 5분 동안, 후지고는 소름이 끼칠 정도로 대단했다.

특히 하루의 플레이는 각성이라고밖에 표현할 말이 없을 정도로 확 바뀌었던 것 같다.

자잘한 테크닉 같은 건 잘 모르겠지만 마치 토도 마이와 우아하게 춤을 추는 것 같아서 매우 아름다웠고, 또한 즐거워 보였다.

솔직하게 감상을 말하자 하루는 쿡쿡 웃으면서 너 때문이라고 말했다.

"아~."

그 이상의 설명은 없이 하루는 보란 듯 한숨을 쉬었다.

"그건 그렇고, 맥빠지네. 라무네로 축배를 들까 했는데."

"왼팔에 붕대를 감고 있는 나한테 그건 너무 악질적인 화풀이 아니야?"

"뭔가 샴페인 같잖아. 퐁, 뚜껑도 따고 말이야."

그 퐁이라는 소리가 해 질 녘 하늘에 매우 잘 어울렸기에 뭐, 그런 것도 나쁘지 않겠다는 생각이 들었다.

시합이 끝난 다음, 하루는 엉엉 우는 팀메이트들, 그리고 왠지 모르겠지만 거기에 끼어 있던 토도 마이에게 둘러싸여 있었다.

시간이 나면 말을 걸어볼까 했지만, 아무래도 그런 분위기가 아니었다.

눈이 마주쳤기에 손을 살짝 들어주고 나서 떠나려 했을 때.

"잠깐만! 치토세! 같이 가고 싶어."

하루가 2층 난간을 향해 큰 소리로 외쳤다.

방금까지는 감동적인 장면이었는데, 갑자기 팀메이트 여자애들이 꺅꺅대며 소리를 질렀다.

나나세가 '오늘만큼은 봐준다'라고 무서운 표정으로 말했고, 왠지 모르겠지만 토도 마이까지 나를 노려보았다.

결국 두 팀의 마무리 운동과 뒷정리, 회의가 끝날 때까지 기다렸다가 이렇게 둘이서 나란히 돌아가게 되었다.

부드러운 분위기가 흐르고 있었다.

뭔가 이 더우면서도 뜨거웠던 이틀 동안 있었던 일들을 전하는 게 나을까 생각했다. 예를 들면 어제 시합 중에 생각했던 것들이나 오늘 시합 중에 느꼈던 것, 또는 직접 말하지 못했던 고맙다는 마음이나 미안하다는 마음. 하지만 그런 건 둘 다 경기를 하면서 다 말해버린 것 같은 기분이었다.

좀 전부터 말수가 별로 없는 하루도 분명히 똑같은 생각을 하고 있을 것이다.

"저기, 치토세."

"응~?"

"나, 확실하게 토도 마이를 제쳤지?"

"더할 나위 없을 정도로 화려하게 말이야."

그녀는 그렇구나, 하고 살짝 해냈다는 포즈를 취했다.

곧바로 덜컹, 크로스 바이크를 멈춘 다음, 에나멜 백에서 라무네를 한 병 꺼냈다.

팀용 아이스 박스에 넣어두었던 걸까.

꺼낸 병은 왠지 시원해 보이는 땀을 흘리고 있었다.

"치토세, 손."

내가 무슨 말인지 이해하지 못하고 있자니 하루가 라무네 라벨을 벗겨낸 다음, 마개를 유리구슬 위로 살짝 누르면서 내밀었다.

"라무네는 혼자서 못 따잖아, 도와줄게."

아, 그런 뜻이었구나.

병을 받아들고 윗부분을 오른손으로 잡았다.

"됐어?"

나를 올려다보는 왠지 촉촉한 시선이 조금 쑥스러워서, 그렇다고 가볍게 대답했다.

"그럼."

——퐁.

하루가 왼손으로 유리구슬을 밀어 넣고, 내 오른손을 꽉
쥐었다.

곧바로 쭈욱, 발돋움을 하고.

——툭, 쪽.

가볍게 빨아들이듯이, 작은 입술을 내 목젖 근처에 가져
다 댔다.

머릿속이 새하얘져서 급하게 침을 삼키려다가 왠지 매
우 창피한 일 같아져서 꾹 참았다.

맴맴, 매미가 우는 소리가 나를 놀리는 것 같았다.

밀어내려고 해도 오른손은 꽉 잡힌 상태고, 왼손은 한심
하게 늘어뜨리고 있는 상태다.

쪼옥, 쪽, 하루는 놓아주지 않았다.

흐르는 땀과 지한제 향기에 감싸여서 비틀비틀 현기증
이 날 것만 같았다.

잠시 후 느슨해진 마개 틈새로 쏴아아 차가운 거품이 쏟
아져 나와서 우리 둘의 이음매를 달콤하게 적셨다.

누군가가 시곗바늘에 장난을 친 것 같은 몇 초가 지나간
뒤, 그제야 하루가 한 발짝 물러섰다.

그녀는 아무 말도 하지 못하고 굳어 있는 나를 보고 낼
름, 혀를 핥고는 '짜'라고 중얼거렸다.

"쳇, 입술(링)을 노렸는데, 내 키로는 10센티가 모자랐
구나."

"윽……, 하루."

"그래도, 일단은 첫 번째 격추 마크는 새겼어."

"뭐?"

"──사랑해, 치토세."

하루는 방긋, 만면의 미소를 지었다.

"나머지 10센티미터는, 언젠가 네가 메꿔줘야 해."

그럼 학교에서 보자.

그렇게 말하는 하루는 힘차게 크로스 바이크를 탔다.

툭툭, 언젠가의 방과 후처럼 시원한 땀이 터졌다.

바람을 받고 부풀어 오른 셔츠가 일어선 채로 쭉쭉 멀어
져갔다.

숏 포니테일은 마치 손을 흔드는 것처럼 이리저리 흔들
리고 있었다.

나는, 나는——.

두 손을 못 쓰는 상태라 화상을 입어버린 것 같은 가슴을 억누를 수 없다는 게 답답해서, 라무네를 단숨에 마셨다.

이윽고 딸랑, 소리가 울리며 알맹이가 텅 비었다는 것을 알려주었다.

그렇게 올려다본 하늘 절반은 그때 나를 지켜주었던 군청색.

한 손으로 천천히 마개를 돌려서 연 다음, 라무네 유리 구슬을 손바닥에 얹었다.

정말 예쁜 나머지 하늘 절반을 향해 그것을 들어 올려 보았다.

그때 내 등을 걷어차 주었던, 뜨겁고, 눈부시고, 강하면서 자상한——.

태양의 미소에 한없이 넋이 나가 있었다.

언제나 여름 입구에는 표식이 굴러다니고 있다.

분명 그것은 한 발짝 내디딘 곳에서 찾아낼 수 있는, 소중한 세계의 비밀 같은 것.

확실하게 끝낸 다음에는 확실한 시작이 온다.

——새로운 여름은, 사이다 거품처럼 톡톡 터지는 여자애의 땀이 데리고 왔다.

에필로그 찾아낸 푸른 하늘

달리고, 달리고, 그래도 계속 달리고.
뛰고, 날고, 그래도 계속 날고.

따라잡았다, 닿았다.
아직 스친 정도에 불과하지만, 확실하게 이 손가락 끝이.

저기, 치토세, 눈치챘어?
아까 한 말에 마음이 얼마나 담겨있는지.
한심하다고, 잘난 척을 하면서 혼냈던 은하수 아래.
사실은 불안한 마음에 짓눌려버릴 것 같은 자기 자신이 제일 울고 싶었는지도 모르지.
작년 여름, 무릎을 꿇어버릴 것 같았을 때 등을 있는 힘껏 걷어 차준 남자가, 계속 찾고 있었던 커다란 달처럼 보였던 남자가, 깜깜한 밤에 숨어버렸어.
마치 누구의 마음도 비추지 못했다면서 홀로 남아 고개를 숙이는 것처럼.
그래서 이 가슴속에 있는 정열을 모조리 부딪히려고 한 거야.
부탁이니까 전부 받아들이고, 언젠가 다시 한번 아름답게 빛나줘.

이 꼴사나운 삶의 방식이 잘못된 게 아니라고 증명해줘. 그렇게 말하고 싶어서.

그런데 말이야, 치토세.
내가 그런 행동을 하지 않았더라도, 네 가슴에는 확실하게 네 불꽃이 꺼지지 않고 남아 있었어.
혹시 하루 덕분이야, 라고 생각해?
착각하게 내버려 두고 싶은 마음은 굴뚝 같지만, 아니야.
동료를 위해서, 분명 나를 위해서, 그리고 무엇보다, 너 자신을 위해서.
미쳐버릴 것 같을 정도로 뜨겁고 풋내나는 너는 어차피 같은 답에 도달했을 거야.
내가 사랑한 남자는 예쁜 달 같은 게 아니었구나.
자칫하다간 내가 이름에게 져버리겠어.
그러니까, 지지 않게끔, 뒤처지지 않게끔, 항상 곁에서 달릴 수 있게끔.

이 하트에 불을 붙여서 멀어지지 않을 거야.

──새빨간 태양에 손을 뻗어라.

후기

    오랜만에 뵙습니다, 히로무입니다. 갑자기 감사의 말씀으로 넘어갑니다(본편을 읽으신 뒤에 보시기를 추천해 드립니다).

    우선 raemz 씨. 이번에도 보는 것만으로도 눈물이 나올 정도로 최고인 일러스트를 그려주셔서 감사합니다! LINE 으로 'We are fighting girls라고 하면 영어 문법에 맞나요?'라고 중학교 1학년 수준 질문을 해서 죄송합니다(아니, 진짜, 신급 일러스트레이터분에게 뭐 하는 거야? 이 작가). 하지만 그 질문에 'yes! We are 싸우는 걸즈! 셋이서!'라고 답장을 받았을 때는 완전 모에했습니다♡ 앞으로도 담당 편집자분과 함께 셋이서 싸워나가시죠.

    그리고 담당 편집자인 이와아사 씨. 항상 후기에서는 무뚝뚝한 교정 내용이나 메일 내용을 소개했는데요, 이번에는 반응이 매우 부드러워져서 소재가 없네요. 어떻게 하실 건가요.

    그러니 조금 진지한 이야기를 하겠습니다.

    사실 이번 4권에서 묘사한 야구부 이야기, 그리고 사쿠와 하루의 관계는 쇼가쿠칸 라이트노벨 대상의 응모 원고, 다시 말해 1권 안에 포함되어 있던 내용이었습니다. 구체적으로 말씀드리자면, 공원에서 1 on 1 대결을 한 다음, 진 사쿠가 하루에게 고백했던 내용이 야구부 관련 내용이었던 거죠.

솔직히 말씀드려서 당시의 저는 야구에 대해 깊게 파고들어갈 생각은 전혀 없었습니다. 그래서 그냥 몇 페이지 정도로 살짝 다루고 끝내버리려 했습니다.

하지만 이와아사 씨는 '아무리 봐도 이 장면에 감정이입을 할 수가 없네요. 야구 이야기는 이야기를 어느 정도 진행시킨 다음에 한 권을 통째로 써서 다뤄야 할 내용 아닌가요?'(※당시에는 좀 더 무뚝뚝했기 때문에 추억 보정으로 말투가 부드러워졌습니다)라고 하면서 물러서지 않았습니다.

짧긴 하지만 장면 그 자체는 마음에 들었고, 저도 고집을 부렸기 때문에 수정을 여러 번 거쳤지만, 결국 전부 퇴짜. 솔직히 말해서 '라이트노벨 청춘 러브 코미디에서 한 권을 통째로 클럽활동 이야기에 쓰다니, 말도 안 돼'라고 생각했지만 해내버렸네요! 게다가 지금 시점에서 시리즈 최다 페이지로!

이 4권은 담당 편집자가 이와아사 씨가 아니었다면 분명히 세상에 나오지 못했을 겁니다.

——제게 열기를 전해주셔서 감사합니다.

그렇게 칭찬 이야기로만 끝내는 건 마음에 안 드니까 뒷이야기를 한 가지 할게요♪

이와아사 씨는 1권 때부터 계속 아스 누나를 보고 '이런 히로인은 인기가 없단 말이죠~', '신비한 존재인 채로 깔끔하게 떠나보내는 게 낫지 않을까요?'라고 말씀하셨지만,

저는 고집스럽게 '반드시 그 평가를 뒤집어버리겠다'고 하면서 물러서지 않았습니다.

결과는……, 3권을 읽으신 여러분이라면 아시겠죠? (담당 편집자에게 문 설트 의기양양한 표정.)

우리는 누구 한 명이라도 빠지면 성립이 안 되는 팀. 앞으로도 누군가의 하트에 불이 붙을 만한 뜨거운 이야기를 자아내고자 합니다.

그밖에도 선전, 교열 등, 치라무네에 힘써주신 모든 분들, 저희의 열기를 받아들여서 이어나가게 해주신 독자 여러분께 타오르는 듯한 감사를. 5권에서 다시 뵙죠!

히로무

역자 후기

안녕하세요, 천선필입니다.

『치토세 군은 라무네 병 속에』 4권, 재미있게 읽으셨는지 모르겠습니다.

이번 4권은 주인공인 치토세의 야구와 히로인인 하루의 농구, 두 갈래 이야기가 한데 얽혔다가 떨어지면서 다시 얽히는 식으로 진행된 느낌이었습니다. 이 작품의 장르가 청춘 러브코미디라면, '청춘' 러브코미디라는 표현이 더 잘 어울릴 것 같다는 생각도 드네요. 물론 러브와 코미디를 완전히 버린 건 아니었지만요.

이 작품을 번역하다 보면 학생 시절 생각이 날 수밖에 없는 것 같습니다. 물론 가상과 실제, 일본과 한국, 예전과 지금 등의 차이가 있기 때문에 완전히 들어맞지는 않겠지만, 읽어나가면서 자신의 상황에 대입해보는 건 어떤 콘텐츠든 어느 정도는 포함하고 있는 영역이겠죠. 그리고 저는 딱히 학창 시절에 운동을 하지는 않았기에 생각하다 보니 친구 중 한 명이 떠올라서 마감하는 내내 머릿속에서 떠나지 않았습니다.

고등학교 1학년 때 전학 온 친구, 초등학교 때부터 야구로 유명한 초등학교, 중학교에서 야구만 열심히 하다가 포기하고 인문계 고등학교로 전학 온 상황이었습니다. 많이들 아시다시피 우리나라 학생 스포츠는 철저하게 엘리트 위주로 돌아가다 보니 거의 직업훈련 수준으로 학업과는 거리가 멀어지게 되죠. 그런 와중에 오랫동안 나아가던 길을 포기하고 다시 학업 쪽으로 방향을 틀었으니 몸과 마음 고생이 꽤 심했을 것 같다는 생각이 이제야 듭니다. 그때는 뭐, 철도 덜 들고 나이도 어렸으니 그런 생각을 제대로 하지는 못했네요. 요즘 그랬다면 술이나 한잔하면서 이야기도 해볼 수 있었을 텐데, 뭔가 이상하게 아쉬운 느낌도 듭니다.

　요즘은 교육과정이 많이 바뀌고 해서 진행되는지 모르겠는데, 제가 고등학교를 다닐 때는 늦은 밤까지 자율학습을 해야만 했습니다. 아침 일찍 학교에 가서 거의 날짜가 바뀌기 직전까지 공부를 하고 집으로 돌아오는 과정의 반복. 그래서 집으로 돌아오는 길에 친구들과 잠깐의 자유를 누렸던 시간이 더욱 즐거웠던 것 같기도 합니다. 그리고 그중에서도 앞서 말한 친구와 배팅 센터에 몇 번 갔던 게 기억나네요. 중간에 그만두고 다시 공부를 하러 전학 왔지만, 그 친구의 타격 실력이 정말 엄청났었거든요. 아무래도 어렸을 때부터 제대로 배웠으니 아무것도 모르고 휘두르는 저와 다른 친구들과는 전혀 다를 수밖에 없었던 것 같습니다. 점수제로 경품을 받는 배팅 센터였는데, 거의 쓸어담다시피 해서 저희가 단골이 아니었으면 출입금지 당했을 것 같다는 생각도 드네요.

저는 고등학교를 졸업하고 대학교를 다른 지역으로 갔기 때문에 중고등학교 시절 친구들과는 많이 소원해졌고, 그 친구와도 연락이 끊긴 지 정말 오래되었습니다. 물론 소설의 주인공이 아니니까 그 이후로 뭔가 드라마틱한 스토리가 전개되지는 않았겠지만, 가능하다면 그 친구가 포기했던 시간만큼의 무언가를 얻고, 새롭게 노력한 만큼의 결과를 냈으면 한다는 생각이 듭니다. '노력하면 보답을 받는가?', 작품 중에 등장했던 질문인데, 제 답은 '잘 모르겠는데 그랬으면 좋겠다' 정도니까요. 여러분께서도 시험이든 뭐든 간에 그러셨으면 좋겠습니다.

이런 생각을 하면서 이번 『치토세 군은 라무네 병 속에』 4권을 번역하였습니다. 매번 그랬듯이 감사의 말씀 드리고 후기를 마치려 합니다.

항상 신경을 많이 써주시는 담당 편집자분, 그리고 책을 내는데 도움을 많이 주신 소미미디어 관계자 여러분, 그리고 가족 여러분. 감사합니다.

그 누구보다 감사드리고 싶은 분은 독자 여러분입니다.

제가 이렇게 무사히 번역을 마치고 후기를 쓸 수 있는 것
도 독자 여러분 덕분이라 생각합니다. 진심으로 감사드립
니다.

　다시 찾아뵙게 될 때까지 행복한 하루 보내시길 바랍니다.
　감사합니다.

CHITOSE-KUN WA RAMUNEBIN NO NAKA Vol.4
by Hiromu
ⓒ2019 Hiromu Illustrated by raemz
All rights reserved.
Original Japanese edition published by SHOGAKUKAN.
Korean translation rights in Korea arranged with SHOGAKUKAN
through Shinwon Agency Co.

치토세 군은 라무네 병 속에 4

2022년 12월 15일 1판 1쇄 발행

저　　　자 히로무
일러스트 raemz
옮 긴 이 천선필
발 행 인 유재옥
본 부 장 조병권
담당편집 박치우
편집 1 팀 김준균, 박소연, 김혜연
편집 2 팀 정영길, 조찬희, 박치우, 정지원
편집 3 팀 오준영, 곽혜민, 이해빈
미　　　술 김보라, 박민솔
라이츠담당 한주원, 이승희
디 지 털 박상섭, 김지연
인쇄제작처 코리아피앤피
발 행 처 ㈜소미미디어
등　　　록 제2015-000008호
주　　　소 서울 마포구 토정로 222, 403호 (신수동, 한국출판콘텐츠센터)
판　　　매 ㈜소미미디어
마 케 팅 한민지, 최원석, 최정연
영　　　업 박종욱
물　　　류 허석용, 백철기
전　　　화 (02)567-3388, Fax (02)322-7665

ISBN 979-11-384-1461-6 04830
ISBN 979-11-6507-918-5 (세트)